দ্রাক্ষানী

রিমা গোস্বামী দাস জন্ম ১৯৮৯, শিল্পনগরী দুর্গাপুরে। বর্তমানে একই শহরের বুকে রয়ে যাওয়া শুধুই শিকড়ের টান। পেশায় শিক্ষিকা এবং নেশায় লেখিকা। সাহিত্যময় জীবনে সবচেয়ে গুরুত্ব রাখে ক্রমাগত সৃষ্টি করার তাগিদ। সেই ছেলেবেলা থেকেই লেখার প্রয়াস। ধীরে ধীরে সেই প্রয়াস ছড়িয়ে পড়ল বিপুল মানুষের কাছে। কয়েকটি জনপ্রিয় এফ এম চ্যানেলে কাজ করা থেকে শুরু করে ধীরে ধীরে বিভিন্ন ওয়েবসাইট-এ ও পত্রিকায় ব্লগ লেখা। দ্রাক্ষানী উপন্যাসের মাধ্যমে লক্ষ লক্ষ মানুষের হৃদয়ে স্থান অধিকার থেকে উপন্যাসটি ছাপা অক্ষরের দুই মলাটের বই করার আকাঙ্খা তৈরি হয়। মাইথলজি নিয়ে পড়ার আগ্রহ শৈশব থেকেই। কুসংস্কার আর সংস্কারের মধ্য-বর্তী সূক্ষ্ম পার্থক্যকে পাঠকদের কাছে পৌঁছে দেবার আগ্রহ নিয়ে লেখা বিভিন্ন জনপ্রিয় উপন্যাসের মধ্যে উল্লেখযোগ্য 'দশমহাবিদ্যার সাধিকা', 'রক্তবীজ সংহার', 'ছিন্নমস্তা রহস্য',' দেবদাসী', প্রভৃতি।

বর্তমানে প্রতিলিপি বাংলার ফলোয়ার রেকর্ড সর্বোচ্চ। ইতিমধ্যে এক জনপ্রিয় সর্বভারতীয় বহুভাষিক একটি প্রকাশনা থেকে 'অথার অফ দা ইয়ার' নমিনেশন ও 'আর্মি অফ দ্য লিটারেচার' জিতে নেওয়া। প্রতিলিপি আয়োজিত বিভিন্ন প্রতিযোগিতায় পুরস্কার থেকে সেরা কলমকার প্রতিযোগিতার বিশেষ স্থান অধিকার।

বইটি আমি উৎসর্গ করলাম আমার পিতামহ স্বর্গীয় শ্রী অনাদিচরণ গোস্বামী এবং মাতামহ স্বর্গীয় শ্রী শ্যামাপদ ব্যানার্জীকে

PRATILIPI PAPERBACKS
প্রতিলিপি পেপারব্যাকস

প্রতিলিপি ভারতের সবচেয়ে বড় গল্প বলার এক প্ল্যাটফর্ম। এখানে নয় লাখেরও বেশি এই প্ল্যাটফর্মে নিয়মিত কাজ করে চলেছেন এবং এই প্ল্যাটফর্মের সংগ্রহে রয়েছে এক কোটি সংখ্যক গল্প। সেদিক থেকে প্রতিলিপি সাহিত্যপ্রেমীদের জন্য সবচেয়ে সমৃদ্ধ অনলাইন লিটারেচার প্ল্যাটফর্ম। প্রতিলিপি অনলাইন কমিকবুকস-ও প্রকাশ করে এবং তা ভারতের সবেচেয়ে বড় ডিজিটাল কমিক্স প্ল্যাটফর্মও বটে। প্রতিলিপি এফএম আটটি ভাষায় সবচেয়ে ভালো অডিও গল্প প্রসারিত করে। এর সঙ্গে এখানে বেস্টল্যান্ড বুক্স এবং IVM পডকাস্টসও রয়েছে।

আমাদের নতুন প্রকাশনা, প্রতিলিপি পেপারব্যাক-এর দ্বারা আমরা আমাদের কোম্পানির যোগযোগকে সম্প্রসারিত করব ভারতের নানান রাজ্যে লেখালিখি সংক্রান্ত প্রকাশনা এবং প্রকাশনা জনিত ব্যবসায়ের ক্ষেত্রে। প্রতিলিপির অ্যাপ-এর তালিকা থেকে ক্রীত সর্বোচ্চ শিরোনাম ছাড়াও অন্যান্য আঙ্গিকের, স্বাদের সেইসব লেখকদের গল্পও আমরা প্রকাশ করব, যাঁরা ইতিমধ্যেই প্রভূত সাফল্যলাভ করেছেন, অথবা যাঁদের মধ্যে প্রভূত সম্ভাবনা রয়েছে।

আমরা আপনাদের সেরা মূল্যে সেরা গল্পের আশ্বাস দিচ্ছি।

রিমা গোস্বামী দাস

দ্রাক্ষানী

PRATILIPI PAPERBACKS | প্রতিলিপি পেপারব্যাকস

PRATILIPI PAPERBACKS
প্রতিলিপি পেপারব্যাকস

First published in Bengali as *Drakhani* in 2023 by Pratilipi Paperbacks, an imprint of Westland Books, a division of Nasadiya Technologies Private Limited

No. 269/2B, First Floor, 'Irai Arul', Vimalraj Street, Nethaji Nagar, Alapakkam Main Road, Maduravoyal, Chennai 600095

Westland, the Westland logo, Pratilipi Paperbacks and the Pratilipi Paperbacks logo are the trademarks of Nasadiya Technologies Private Limited, or its affiliates

ISBN: 9789395767903

10 9 8 7 6 5 4 3 2 1

Typeset by Birch India
Printed at Nutech Print Services-India

কৌশিকী অমাবস্যা শুরু হতে বেশি দেরী নেই। দেবীর পুজো কিছুক্ষণ পরেই আরম্ভ হবে, প্রস্তুতি তুঙ্গে। দ্রাক্ষরাজ ইন্দ্রাশিস লাল রঙের কৌপীন বস্ত্রে আজ প্রস্তুত হয়েছেন পূজার জন্য। বেলে পাথরের তৈরি এই মন্দিরে বিরাজিতা দেবী দ্রাক্ষানী। তিনি চতুর্ভুজা, পিনোন্নত পয়ধরা, সূক্ষ্ম কটি, বিবিধ অস্ত্রে সজ্জিতা। অষ্টধাতু নির্মিত এই দেবী মূর্তি যে কত প্রাচীন সেটা এই সাম্রাজ্যের কেউই জানে না। দেবীর নিত্য পুজো হয় পাঁঠার ভোগ দিয়ে আর বাৎসরিক পুজো হয় শক্তি পুজোর শ্রেষ্ঠ বলি নরবলি দিয়ে। আজ কৌশিকী অমাবস্যায় তিনশো পঁয়ষট্টি পাঁঠা ও একটি নারীর রক্তে রঞ্জিত হবে এই মন্দির চত্বর। আর সেই নারী কোন যে সে নারী নয়, সে এই দ্রাক্ষ সাম্রাজ্যের রাজমহিষী। তন্ত্রচার করে আজকে সারাটা রাত পুজো হবে আর মাহেন্দ্র যোগে দেবীকে অর্পণ করা হবে রাজমহিষী। দেবী দ্রাক্ষানীর পুজো উপলক্ষে গোটা রাজ্য সাতদিন ব্যাপী উৎসব পালন করবে। সকলের ঘরে ঘরে রন্ধনশালা এখন বন্ধ থাকবে, দুবেলা পাত পড়বে রাজবাড়ীতে। এক সপ্তাহ অতিক্রম হলে, দেবীর অষ্টমঙ্গলার দিন আবার নতুন রাজমহিষী আসবেন এই সাম্রাজ্যে। রাজচক্রবর্তী ইন্দ্রাশিস সেদিন বিবাহ করবেন কোন অক্ষত যোনি সুলগ্না নারীকে। একটি বছর সে ভোগ করবে এই বিপুল ধনসম্পদ, সুপুরুষ রাজার স্ত্রী হওয়ার সন্মান। তারপর তাকে সমর্পণ করা হবে দেবীর কাছে। সোনার তৈরি হাড়িকাঠে শান দেওয়া ধারালো বগিতে তার মস্তক শরীর থেকে দ্বিখণ্ডিত হয়ে যাবে। সেই খণ্ডিত মস্তক অর্পণ করা হবে যজ্ঞকুণ্ডে। বাকি শরীর ভাসিয়ে দেওয়া হবে লুরনি ঝর্ণা দিয়ে। এবছর যাকে বাছা হয়েছে বিবাহের জন্য সে এই রাজ্যের এক চাষীর মেয়ে, অষ্টাদশী ঊর্মি। ঊর্মির মা মুগ্ধা সারাটা দিন কেঁদে চলেছে কারণ একটি

বছর পর তার মেয়ের জীবনেও ঘনিয়ে আসবে অমাবস্যার অন্ধকার। ঊর্মিকে এভাবে কিছুতেই মরতে দিতে পারে না মুগ্ধা। তার মেয়ে চাষী ঘরের হলেই বা? সে সুলগ্না, সুন্দরী ও রোহিনী নক্ষত্রে জন্ম গ্রহণ করা এক শ্রেষ্ঠ নারী। তাকে কিনা বলি হতে হবে দেবী

দ্রাক্ষানীর সামনে? দেবীকে মুগ্ধাও ভক্তি করে তা বলে মায়ের কোল ফাঁকা করে এভাবে নররক্তে কেন রঞ্জিত করা দেবীকে? স্বামী উদ্ভবকে মুগ্ধা বলে, চলো না মেয়েকে নিয়ে দেশ ছেড়ে পালাই। আজ পুজো নিয়ে সকলে ব্যস্ত থাকবে আর আমরা এই সময়টা কাজে লাগিয়ে না হয় চলে যাব অনেক দূরে উদ্ভব স্ত্রীর মুখটা চেপে ধরে। ফিসফিস করে বলে, তু মরবি আর আমাকে লিয়ে ও মরবি। তু জানিস লাই মু মাথা বেচে রাখছি রাজা সাহেবের কাছকে। দুয়ারের বাইরে সেনা মোতায়েন আচেক আমাদের পাহারার লগে। মুই মরব সঙ্গে তুই ও। তার থিকে ভালো বিটি বিয়া দি রাজা সাহেবের সঙ্গে । উয়ার রাজরানী হওয়া লিখা আচেক, উ রাজরানী ট হুক লা হয়। উয়ার ভাগ্য যদি থাকে বাঁচার, উ বাঁচবেক। আর মরণ যদি থাকেক লিখা তুই আর মুই আটকাতে লারবক। দেবী দ্রাক্ষানীর প্রকোপ ট লাগবেক ।

ঊর্মি নিজেও জানে আজ থেকে ঠিক সাত দিন পরে তার বিয়ে হবে রাজা ইন্দ্রাশিসের সঙ্গে । রাজমহিষী হয়ে একটা বছর সুপুরুষ রাজার ঘরণী হয়ে বাঁচবে সে। তার পরে দেবী দ্রাক্ষানীর জন্য বলি চড়তে হবে ওকে। ঊর্মির চোখের সামনে ভাসে মন্দিরে বিরাজিতা দেবী দ্রাক্ষানীর মূর্তি। ঊর্মি যেন নিজের ঝুপড়ির ভিতরে বসেই মানস চক্ষে দেখতে পায় আর চারদিকে ছড়িয়ে থাকা রক্ত আর নাকে ভেসে বেড়ায় রক্তের উৎকট গন্ধ। প্রতি বছর রাজমহিষী বলি হওয়ার দৃশ্য দেখার জন্য রাজ্যবাসীরা ভিড় করে। রাজমহিষীরা ভিজে কাপড়ে ঠিক পাঁঠার মত কাঁপতে কাঁপতে দাঁড়িয়ে থাকে হাড়িকাঠের সামনে। দুজন মহিলা প্রহরী তাকে চেপে ধরে রাখে যাতে কোনভাবেই পালাতে না পারে। মাহেন্দ্র যোগ শুরু হলে

রাজমহিষীকে নিজের হাতে বলি দেন রাজা ইন্দ্রাশিস। আর এক নিঃশ্বাসে নিজের বলিপ্রাপ্ত মহিষীর কর্তন করা মুন্ডটি নিয়ে ছুটে যান দেবীর গর্ভগৃহে। যজ্ঞকুণ্ডে নিবেদন করেন হতভাগ্য নারীর মুন্ডটি। এদিকে রাজ্যবাসীদের মধ্যে পৈশাচিক উল্লাস শুরু হয় মহিষীর নিথর দেহটি নিয়ে। ওটি ঘাড়ে নিয়ে নাচ করতে থাকে উন্মত্ত পুরুষের দল। হতভাগী রাজমহিষীর শরীর থেকে চুঁইয়ে পড়া রক্ত মেখে উল্লাস করে যারা তারা কি আদতে মানুষ- এটাই ভেবে পায়না ঊর্মি। বহুকালের এই নিয়মের স্রষ্টা কে তা জানে না ঊর্মি। তবে অদ্ভুত ভাবে দ্রাক্ষা বংশ বিস্তার হয়েছে যুগের পর যুগ। শোনা যায় ইন্দ্রাশিসের জন্মদাত্রী মাতা বিবাহের পরপরই গর্ভধারণ করেন ও তাঁর বলির আগের মাসেই জন্মান ইন্দ্রাশিস। এক বছর ঘর করেই রানীদের মৃত্যু হয় বলে খুব কম রানীই সন্তানের জন্ম দিতে সক্ষম হন। অনেক সময় গর্ভবতী মহিষীও বলি হয়েছেন। ঊর্মি চাষার মেয়ে, সে শাস্ত্র বোঝে না। এক কথায় নিরক্ষর। তবুও এ কথা সে ভেবে আকুল যে দেবী দ্রাক্ষানী মাতৃত্বের রূপক। তবু অন্য নারীর বলি গ্রহণ করে কি করে তুষ্ট হন তিনি? এক গর্ভবতী নারীর বলি কি দেওয়া যায়? রাজার মনে কি প্রেম আসে না? তার কি মনে হয় না এই রীতি ভুল? এই রীতি কি বন্ধ হওয়া উচিত নয়?

ঊর্মির চোখ ভিজে যায় আজকের হতভাগী রাজমহিষীর কথা ভেবে। তাকে আজ একটা কুপ্রথার জন্য নির্মম ভাবে হত্যা করবে, তাও আবার সেই হত্যাকারী স্বয়ং তার স্বামী রাজচক্রবর্তি ইন্দ্রাশিস। গত বছর দেবীর পুজোর অষ্টমঙ্গলার দিন দূরের গান্ধার রাজ্য থেকে আনা হয়েছিল রাজকন্যা কেসীকে। তিনি সুন্দরী, রাজ পরিবারের মেয়ে। তারপরেও তাকে আজ মরতে হবে। সেই মরণ দেখতে আবার গান্ধার থেকে তার পিতা ও ভাইয়েরা এসেছেন। ঊর্মি তো চাষার মেয়ে তবুও তাকে বাছা হয়েছে এবছর কারণ তার জন্ম রোহিনী নক্ষত্রে হয়েছে । ঊর্মির কপালের কাছটা মাঝে মাঝে কেমন

যেন করে। এক এক সময় যেন ও স্পষ্ট অনুভব করে আর একটা চোখ যেন ওর কপালে ফুটে উঠেছে । খুব ভয় লাগে তখন। মা বাবা জানে ওর এই গোপন বিষয়টা । তাই ওকে সচরাচর বাইরে যেতেও দেওয়া হয়না। কিন্তু এবার কি হবে? রাজমহলে তো প্রচুর মানুষ, সেখানে যখন তৃতীয় নয়ন প্রকট হয়ে উঠবে কি করে লুকাবে ঊর্মি?

কানে ভেসে আসছে ডমরু, ঢাকের শব্দ, শঙ্খের নিনাদ। এতক্ষন নিশ্চই তিনশো পঁয়ষট্টি পাঠার বলি সম্পন্ন হয়ে গেছে। এরপর পালা দেবী কেসীর ।

কেসী জানতেন এই দিনটা আসবে তিনশো পঁয়ষট্টি দিন পরেই তারপরেও তিনি কোন রকমের খামতি রাখেননি দ্রাক্ষরাজ ইন্দ্রাশিসের প্রতি স্ত্রীর কর্তব্য পালন করতে। আশ্চর্য নিয়মে এই রাজমহলে প্রচুর দাস দাসী থাকলেও কোন মহিলা সদস্য নেই রাজপরিবারের। দেবী দ্রাক্ষানী আর রাজমহিষী কেসী ছাড়া আর কোন নারী নেই যে রাজপরিবারের সঙ্গে যুক্ত। রাজা ইন্দ্রাশিসের মাতা তাঁকে জন্ম দিয়েই বলি চড়ে ছিলেন দেবীর চরণে আর পিতা কয়েক বছর আগে দেহ রক্ষা করেছেন। কেসীর একটু পরের দৃশ্যটা মনে পড়তেই শরীরে কাঁপুনি ধরে যাচ্ছে। অবচেতন মন বলছে তোর স্বামী ইন্দ্রাশিস কি পারবেন তোকে হত্যা করতে? তিনি যে তোকে বড্ড ভালোবাসেন।

আবার মস্তিস্ক বলছে যা পালা এখন এখান থেকে। ইন্দ্রাশিসের এই নিয়ে যোলটি স্ত্রী এই রাজভবনে এসেছে। ইন্দ্রাশিস তাদের ভোগ করেছে একটি বছর ধরে আর তারপর কসাইয়ের মত কেটে

টুকরো করে দেবী দ্রাক্ষানীকে ভোগ নিবেদন করেছে। প্রাণের চেয়ে মূল্যবান কিছুই নয়। কেসীর মস্তিষ্ক তাঁকে পলায়ন করতে নির্দেশ দেয়। তবে কেসী জানেন সেটা সহজ নয়, বলতে গেলে এক কথায় অসম্ভব। চারদিকে ছড়িয়ে আছে দ্রাক্ষ সৈন্য আর কেসীকে ঘিরে আছে এখন কিছু মহিলা রক্ষী। কেসীকে হরিদ্রা দ্বারা রঞ্জিত করে. তামার তৈরি বিশাল পাত্রে বসিয়ে দুগ্ধ, ঘি, মধু, গো-চোনা, গঙ্গা জল দিয়ে স্নান করানো হয়েছে। এরপর তাকে সাজানো হয়েছে তার বিবাহের দিনের বসনে। থরে থরে বহুমূল্য অলংকার, দুর্মূল্য রত্ন খচিত রাজ মুকুট দিয়ে সজ্জিতা দেবী কেসী। এরপর তাকে নিয়ে যাওয়া হবে দেবী দ্রাক্ষানীর মন্দিরে। সেখানে তার শরীরে ঢেলে দেওয়া হবে পবিত্র গঙ্গা জল আর গলায় পরিয়ে দেওয়া হবে বেল পাতার মালা। হাত দুটো পিছন দিকে কযে বেঁধে দেওয়া হবে যাতে চোট দেবার সময় যন্ত্রনায় দেবী কেসী হাত না ছুঁড়তে পারেন। আকাশ নিকষ কালো রঙ ধারণ করেছে, যেন কেসীকে দেখাতে চায় যে আজ তোর শেষ রজনী। মন্দিরের একশো এক পুরোহিতের মন্ত্রপাঠের শব্দ এই রাজমহল পর্যন্ত ধাবিত হচ্ছে। ঢাক ঢোলের শব্দ বন্ধ হয়ে গেছে। তার মানে পশুবলি শেষ হয়েছে। এবার পালা কেসীর। রাজমহিষী কেসী দাসীকে জিজ্ঞাসা করে তাকে কখন নিয়ে যাওয়া হবে?

দাসী নত মস্তকে অশ্রু বিসর্জন করতে করতে বলে, দেবী আর কিছু সময় পরেই আপনাকে যেতে হবে বলিপিঠে। কেসী অবাক হয়ে যায় এটা দেখে যে একটা সামান্য দাসী তার এই অন্তিম পরিণতি দেখে অশ্রুপাত করছে কিন্তু তার আপন জন্মদাতা পিতা, তার ভ্রাতা! তাদের কি একটু কষ্ট হচ্ছে না গান্ধার কন্যা কেসীর জন্য? দাসীকে রাজমহিষী জিজ্ঞাসা করেন, দাসী পিতা কোথায়?

দাসী জানায় বলি পিঠের কাছে নাটমন্দিরে যে আরাম শয্যার আয়োজন করা হয়েছে ক্ষত্রিয়দের জন্য সেখানে গান্ধার রাজ উপস্থিত

আছেন ও সুরাপান করছেন । আপন কন্যার বলি দেখে, দ্রাক্ষরাজের কাছে উপঢৌকন নিয়ে তিনি ভোর বেলা বিদায় নেবেন ।

কেসীর ভিতর থেকে একটা দীর্ঘশ্বাস পড়ে। মনে মনে কেসী ভাবেন, বেঁচে থাকার কারণ আর কিই বা অবশিষ্ট আছে? তার থেকে মরে যাওয়াই ভাল। পিতা সামান্য হীরক ও স্বর্ণের জন্য মেয়ের মৃত্যুর দৃশ্য দেখতেও কাতর হচ্ছেন না!

কেসী জানেন এর পরে রাজমহিষী হবে এই সাম্রাজ্যেরই এক চাষীর মেয়ে। তার নাম ঊর্মিমালা। সে নাকি রোহিনী নক্ষত্রে জন্ম নিয়েছে। তাই তাকে রাজমহিষী করে বলি দিলে রাজচক্রবর্তি ইন্দ্রা-শিস দীর্ঘজীবী হবেন। আগের রাতেও রাজন দুগ্ধ ফেনিল শয্যায় রতিক্রিয়ায় মজে ছিলেন কেসীর সঙ্গে। কেসী আসন্ন মৃত্যুর কোপে ভীত ছিলেন তাই সঙ্গমের সুখ উপভোগ করতে অক্ষম ছিলেন। এতে যে রাজন অসন্তুষ্ট হয়েছেন সেটা বুঝেছিলেন কেসী। তিনি রাজনের রাগকে আরো উস্কে দিতে বলেছিলেন, রাজন আপনি রাজ-চক্রবর্তি। তারপরও কী ভয় আপনার যে প্রতি বছর একটি করে মহিষী আপনি দেবীকে অর্পণ করেন? আপনার কি নিজের রণনীতি, যুদ্ধনীতির উপরে ভরসা নেই?

রাজন মহিষী কেসীর স্তনদ্বয় নিজের শক্ত হাতে আসুরিক শক্তির সঙ্গে মর্দন করতে করতে বলেছিলেন ....এটা গান্ধার নয় দেবী কেসী। এটা দ্রাক্ষা সাম্রাজ্য। এখানে এক রাজপুত্র কীভাবে বেড়ে ওঠে তুমি জানো? মাতৃহীন রাজপুত্রর জন্য মা কেবলই দেবী দ্রাক্ষানী। বৈভব ও ক্ষমতার মধ্যে আজন্মলালিত শিশুটি বড়ো হবার সঙ্গে সঙ্গে তাকে শিক্ষিত করার প্রচেষ্টায় ব্রতী হন কুলপুরোহিত একদন্ত। উদ্দেশ্য মহৎ, এই শিশুটি ভবিষ্যত রাজা। রাজাকে কেব-লমাত্র আত্মসুখ আত্মতৃপ্তিতে নিরত থাকলে চলে না। রাজার স্কন্ধে প্রজাপালনের বিশাল দায়িত্ব। তার প্রতিটি সিদ্ধান্তই ধাবিত হবে বৃহত্তর কল্যাণের অভিমুখে। আর গান্ধার কন্যা কেসী, প্রজারঞ্জক

রাজা ভূমিষ্ঠ কোনদিন হন না। তাকে নির্মাণ করতে হয়। আর এই নির্মাণ কার্য সম্পন্ন করেন কুলপুরোহিত একদন্ত।

কথার মাঝখানে রাজন ইন্দ্রাশিসের হস্ত ততক্ষনে দেবী কেসীর বক্ষ থেকে রক্ত বইয়ে দিয়েছে। মহিষী যন্ত্রণায় কাতরে ওঠাতে রাজন তার কপোলে চুমু খেয়ে বলেন, এই টুকু যাতনা সইতে পারছ না দেবী! আগামীকাল বলির যাতনা কি করে সইবে? তোমার মস্তক দ্বিখন্ডিত হবার সময় যখন রুপোর ধারালো বগি তোমার ঘাড়ের মাংস ভেদ করে কণ্ঠনালি কর্তন করবে তখন কি অপরিসীম যন্ত্রণা হবে সেটা কি করে সইবে? মস্তক কর্তন হবার পরেও কিন্তু সব যন্ত্রণা শেষ হয়ে যাবে না । তোমার শরীর ছটফট করবে প্রচন্ড যন্ত্রণাতে। অবশ্য সেটা দেখার জন্য আমি তখন ওখানে থাকব না। আমি তোমার কাটা মুন্ডু নিয়ে ছুটে যাব দেবী দ্রাক্ষানীর মন্দিরের ভিতরে ।

বিগত রাতে রাজনের মুখে নিজের মৃত্যুর দৃশ্যের বর্ণনা শুনে স্তম্ভিত হয়ে ছিলেন দেবী কেসী। রাজন ও চুপ করে মন দিয়ে ছিলেন মহিষীর পার্থিব শরীরকে শেষবারের মতো ভোগ করতে । রমনে ব্যস্ত হয়ে গিয়ে ছিলেন রাজন ইন্দ্রাশিস ।

দীর্ঘ সময় নৈঃশব্দে অতিবাহিত হয়েছিল। কেবল দেবী কেসীই জানতেন সেই নৈঃশব্দ পূর্ণ হয়েছিল এক অবলা নারীর আর্তিতে।

দেবী কেসী মনে মনে বলে ছিলেন, আমি ক্ষমা করবো না আপনাকে রাজন, ক্ষমা করবো না শতায়ু কুলপুরোহিত একদন্তকে, ক্ষমা করবো না নররক্ত পিপাসু দেবী দ্রাক্ষানীকে। আমি ক্ষমা করতে পারব না আমার পিতৃকুলকে যারা সব জেনেও রাজকন্যাকে বলি-প্রদত্ত পশুর ন্যায় আমাকে এই রাজপরিবারে বিবাহ দিয়ে পাঠিয়ে ছিলেন। ক্ষমা করতে পারব না আমার ভবিতব্যকে যা জন্ম থেকে আমাকে বঞ্চিত করে এসেছে।

মাহেন্দ্রযোগ শুরু হবার কিছুক্ষণ আগেই মহিলা প্রহরীরা দেবী কেসীকে নিয়ে হাজির হলো বধ্যভূমিতে। দেবী কেসীর হাত দুটি পিছনে মুড়ে পাটের দড়ি দিয়ে বেঁধে দেওয়া হলো। তারপর ঘড়া ভর্তি গঙ্গা জল কুলপুরোহিত একদন্ত এসে নিজে ঢেলে দিলেন রাজমহিষীর মাথায়। দেবী কেসী আসন্ন মৃত্যুর ভয়ে ঠকঠক করে কাঁপছেন। লাল কৌপীন পরিহিত বৃদ্ধ একদন্ত রাজচক্রবর্তি ইন্দ্রা-শিসকে ডাকলেন। ইন্দ্রাশিস দেবী কেসীর পাশে এসে দাঁড়ালেন। কেসী দেখলেন তার পাশে দাঁড়ানো মানুষটা মদিরার নেশায় পূর্ণ। তার চক্ষুদ্বয় মদিরা সেবনে টকটকে লোহিত বর্ণ ধারণ করেছে । তিনি আর যেই হোন না কেন কেসীর রাজন নন। কুলপুরোহিত একদন্ত দাসীকে ইশারা করলে সে একটি পুজোর থালা নিয়ে এল। রাজন তার মহিষীকে বেলপাতার মালা পরিয়ে দিলেন। তারপর নিজের অঙ্গুলি বলির জন্য রাখা বগির ধারালো অংশে সামান্য কর্তন করে নিজের স্ত্রীকে অন্তিম বারের জন্য রক্ত তিলক পরালেন ।

এই বিধি পালনের সময় কুলপুরোহিত রাজনকে বলে গেলেন ....

রাজচক্রবর্তি দ্রাক্ষরাজ ইন্দ্রাশিস আপনি যথার্থ এক বীর ও প্রজাহিতকর রাজন। আপনি নিজের স্ত্রীকে বলিদান করে দেবী দ্রাক্ষানীকে তুষ্ট করতে যাচ্ছেন। তন্ত্র মতে যথাবিধি প্রদত্ত একটি নরবলিতে দেবী সহস্র বৎসর তৃপ্তি লাভ করেন, আর তিনটি নরবলিতে লক্ষ বৎসর তৃপ্তি লাভ করেন। মনুষ্য মাংস দ্বারা কামাখ্যা দেবী এবং আমার রূপধারী ভৈরব তিন হাজার বৎসর তৃপ্তি লাভ করেন। যেহেতু বলির মস্তক এবং মাংস দেবতার অত্যন্ত অভীষ্ট, এই হেতু পূজার সময় বলির শির এবং শোণিত দেবীকে দান করিবেন আপনি। বিচক্ষণ সাধক ভোজ্যদ্রব্যের সহিত লোমশূন্য মাংস দান করেন এবং কখন কখন পূজোপকরণের সহিতও মাংস দান করেন। দেবী আদিপরাসর শক্তির পূজায় রক্তশূন্য মস্তক অমৃত

তুল্য পরিগণিত হয়। কুষ্মাণ্ড, ইক্ষুদণ্ড, মদ্য ও আসব ইহারাও বলি এবং কৃষ্ণ ছাগতুল্য তৃপ্তি কারক কিন্তু আপনি রাজচক্রবর্তি ও সৌভাগ্যক্রমে দেবী আপনার কুলদেবী তাই আপনি রাজমহিষীর বলি দান করেন।

দেবী কেসীর কানে প্রবেশ করে না কুলপুরোহিত একদন্তর কথা। তিনি তাকিয়ে থাকেন নাটমন্দিরে বসে থাকা তাঁর পিতার দিকে। তার ভ্রাতা ও পিতা যেন কোন পাঁঠা বলি দেখবে বলে বসে আছে।। তাদের রাজকন্যা কেসী যে ক্ষণিকের মধ্যে এক যন্ত্রনাদায়ক মৃত্যুর স্বাদ পেতে চলেছে সেটা কি ওদের হৃদয়ে বেদনার সৃষ্টি করছে না! মশালের আলোয় উদ্ভাসিত গোটা চত্বর। পশু বলির রক্তে মম করছে গোটা এলাকা। রাজন মন দিয়ে শুনছেন তাঁর কুলপুরোহিত একদন্তর কথা। একদন্ত রাজনের হাতে চকচকে শান দেওয়া বগি তুলে দিয়ে বললেন, চন্দ্রহাস বা কর্ত্রী দ্বারা বলিচ্ছেদ করাই প্রশস্ত বলিয়া গণ্য হইয়াছে; দাত্র, অসি, ধেনু, করাত বা শঙ্কুল দ্বারা বলিচ্ছেদ মধ্যম এবং ক্ষুর ক্ষুরপ্র ও ভল্ল দ্বারা বলিচ্ছেদ অধম বলিয়া কথিত হইয়াছে।

রাজন অনন্তর বক্ষ্যমাণ মন্ত্রদ্বারা খড়গের আমন্ত্রণ করিবেন।

মন্ত্র যথা, "রক্তং কিলকিলী ঘোরা ঘোরধারবিহিংসকঃ। ব্রহ্মশিষ্যাম্বিকাশিষ্যা অমুকং চারিসত্তমম্"।

ছঃ ছং অথবা মঃ মং ক্রঃ ক্রং ফট্ এই মন্ত্র স্কন্ধ এবং বিশাখের বলিদানে উক্ত হইয়াছে।

রাজন ইশারা করেন মহিলা রক্ষীদের। তারা স্বর্ণ নির্মিত হাড়িকাঠের কাছে নিয়ে যায় দেবী কেসীকে।

একদন্ত রাজনকে বলেন, রাজন রক্তসূত্র দ্বারা গান্ধার কন্যা দেবী কেসীর কণ্ঠে বন্ধন, নাভিতে কৃত্রিম শল্য দান এবং তাহাকে উত্তরশিরা করুন। রাজন উপাচার সম্পন্ন করেন। একদন্ত আবার বলেন আপনার হস্তে থাকা খড়্গ দ্বারা বলিপ্রাপ্তার স্কন্ধ ছেদন করিবেন।

অনন্তর তাহা স্কন্ধের মূল মন্ত্র দ্বারা মন্ত্রিত করিয়া স্কন্ধকে দান করিবেন উল্লাস করার জন্য অপেক্ষমান পুরুষদের।

সকারের অগ্রবর্তী অক্ষর, চতুর্দশ স্বর এবং অগ্নি যুক্ত তদনন্তর চন্দ্রবিন্দু অর্থাৎ হ্রৌঁ ইহাই স্কন্দের মূল মন্ত্র, এই মন্ত্র উচ্চারণ করিয়া স্কন্ধকে বলি প্রদান করিবেন।

দেবী কেসী মনে মনে মন্দিরে বিরাজিতা দেবীকে ভর্ৎসনা করেন। কী করে তিনি এভাবে কষ্ট দিয়ে নারী হয়ে আর এক নারীর প্রাণ গ্রহণ করেন? কোন শাস্ত্র দেবীর পুজোর এই বিধান দিয়েছে? কুলপুরোহিত একদন্ত সত্য বিধান দিচ্ছেন তারই বা কী প্রমাণ আছে? এই এত বড় মন্দিরে কোন ধরণের পূজার বিধি বা পাণ্ডুলিপি তো নেই যা এই হিংস্র নিয়মগুলিকে সমর্থন করে। দেবী কেসীকে টেনে জোর করে হারিকাঠের মধ্যে মাথা আটক করে মহিলা রক্ষীরা। পাশে এসে হাজির হন রাজন ইন্দ্রাশিস। তাঁর হাতে ধারালো বগি। রাজন খেয়াল করেন দেবী কেসীর পায়ের তলায় জল গড়িয়ে যাচ্ছে। এর অর্থ আসন্ন মৃত্যুর ভয়ে দেবী কেসী মূত্র বিসর্জন করে ফেলেছেন। রাজন ইশারায় এক রক্ষীকে ডাকেন। সে এগিয়ে এলে তাকে গঙ্গা জল ছিটিয়ে দেবী কেসীকে পুনরায় শুদ্ধ করতে নির্দেশ দেন। রাজনের এই নিয়ে ষোলটি বিবাহ করার পরেও একটি বছরের মধ্যে কোন সন্তান জন্ম নেয়নি। এবারেও হলো না। রাজন একটু বিমর্ষ যেন ।

কুলপুরোহিত বগি তুলতে নির্দেশ দিলেন। চারদিকে সকলে উল্লাসে ফেটে পড়ল। গান্ধার রাজের চোখের কোনের জল তিনি মুহূর্তে লুকিয়ে ফেললেন। কুলপুরোহিত মন্ত্রপাঠ আরম্ভ করলেন ....

সিতপ্রেতো রথস্তেষাং যোগপীঠ্য সন্নিভঃ। ধ্যায়াম্যস্মিন্ মহামায়ে সিদ্ধিং বোধয় তে নমঃ ॥”

দেবী কেসী মনে মনে বললেন .... আজ আমার মৃত্যু যেন শেষ নরহত্যা হয় দেবী দ্রাক্ষানী, আপনি এই কুপ্রথা বন্ধ করতে স্বয়ং অবতীর্ণ হন ।

আর কিছুই বলা হয়ে ওঠে না দেবী কেসীর কারণ ধারালো বগির এক কোপ এসে পড়ে তাঁর স্কন্ধে আর নিমেষে মাথাটা ছিটকে পড়ে মাটিতে। রাজন ইন্দ্রাশিস ভিজে একাকার হয়ে গেছেন নিজের স্ত্রীর রক্তের ধারায়। দেবী কেসীর কাটা মাথাটাতে যন্ত্রনা মাখা দুটো বিস্ফোরিত চোখ যেন ঠিকরে বেরিয়ে আসতে চাইছে। জিভ বেরিয়ে এসেছে মুখ থেকে অনেকটা। শিরচ্ছেদ হবার পর রাজমহিষীর মাথাটা দ্রুত তুলে নেন রাজন। এক নিঃশ্বাসে ছুট দেন মন্দিরের গর্ভগৃহের দিকে। এদিকে কাটা দেহটি যন্ত্রনাতে ছটফট করছে হারিকাঠের ওপারে। ভলকে ভলকে বেরোচ্ছে রক্ত। শরীরটা বেঁকে যাচ্ছে আর পা দুটো যেন মুন্ডহীন হয়েও লাফিয়ে যাচ্ছে। গান্ধার রাজ সেই দৃশ্য দেখে সংজ্ঞা হারিয়ে ফেলেন। উল্লাস শুরু হয় মৃতা দেবী কেসীর দেহটি নিয়ে। কয়েক জন উন্মত্ত পুরুষ দেহটি নিয়ে কাঁধে ফেলে নাচ শুরু করে। তখনও প্রাণের স্পন্দন থেমে যায়নি রাজমহিষীর শরীর থেকে। কাটা গলার কাছ থেকে রক্ত নিয়ে চারদিকে ছিটিয়ে দিতে থাকে সেই চারালরা। রক্তের ছিট এসে লাগে দেবী কেসীর ভ্রাতাদের শরীরেও। তারা টিকতে পারেনা এই পৈশাচিক দৃশ্য দেখে। তবুও তারা এখানে বসে থাকতে বাধ্য নচেৎ রাজচক্রবর্তি ইন্দ্রাশিস তাদের ও খুন করবেন। দেবী কেসীর কর্তন করা মুন্ডটি হোম কুন্ডে ফেলে দেন রাজন। হোমাগ্নি আরো যেন উজ্বল হয়ে জ্বলে ওঠে। দেবী

দ্রাক্ষানীর পুজোর মন্ত্র ধ্বনিত হয় মন্দির চত্বর জুড়ে । রাজন নিজের অর্ধাঙ্গিনীকে দেবীর কাছে অর্পন করে করজোড়ে মন্ত্রপাঠ করেন ....

শ্রীং হ্লীং ক্লীং এং সৌঃ ঊং হ্লীং শ্রীং কএইলহ্লীং হসকহলহ্লীং সংকলহ্লীং সৌঃ এং ক্লীং হ্লীং শ্রীং

ঊং শ্রীং হ্লীং হ্লীং বজ্র বৈরোচনীয়ে হ্লীং হ্লীং ফট্ স্বাহা ।।

দেবী কেসীর মাথাটা যজ্ঞ কুন্ডে দেবার কিছুক্ষণের মধ্যেই ফটাস করে ফেটে ওঠে শব্দ করে আর ভিতরকার তপ্ত ঘিলু এসে ছিটকে লাগে কাপালিক, পুরোহিত, কুলপুরোহিত একদন্ত ও রাজন ইন্দ্রাশি-সের গায়ে। সকলের শরীরে বড় বড় ফোস্কা পড়ে যায়। রাজন ভাবে গান্ধার কন্যা মরে গেলেন কিন্তু তারপরেও নিজের উষ্মা প্রকাশ করে দিলেন এভাবে। সকলের শরীরে বড় বড় ফোস্কা পড়াতে সকলেই জ্বলনে উহু উহু করতে লাগল। ইন্দ্রাশিস সব থেকে বেশি জখম হয়েছেন মৃত স্ত্রীর উতপ্ত ঘিলুর ছিটেতে। কিন্তু তিনি আঘাতের কারণে হতাশা ব্যক্ত না করে মনে মনে একবার স্ত্রীর মুখচ্ছবি মনে করে মা দ্রাক্ষানীর উদ্দেশ্য করজোড়ে প্রণাম করে মন্দির থেকে বেরিয়ে এলেন। একটু আগেই রাজমহিষীর কর্তব্য পালনে দেবী কেসীকে যে যন্ত্রণার মধ্যে দিয়ে যেতে হয়েছে তার কাছে এই কিছু পুড়ে যাওয়া ঘা কিছুই নয়। মন্দিরের বাইরে এসে রাজন দেখলেন দেবী কেসীর দেহটি নিয়ে উন্মত্ত পুরুষের দল নেচেই চলেছে। ভোর হতে এদিকে বেশি বাকি নেই, পুজো প্রায় শেষের দিকে। রাজন জলদগম্ভীর কণ্ঠে আদেশ দিলেন, তোমরা সকলে এবার শান্ত হও আর সম্মানের সঙ্গে রাজমহিষীর দেহখানি লুরনি নদীর ঝর্ণায় ভাসিয়ে দিয়ে এসো। প্রহর শেষ হয়ে আসছে।

রাজনের আদেশের পর সকলে মিলে দেবী কেসীর দেহটি নিয়ে পালকিতে চাপিয়ে রওনা দেয় ঝর্ণার দিকে। রাজন শ্রান্ত ক্লান্ত হয়ে রাজকক্ষে চলে যান। এবার একটু নিদ্রার প্রয়োজন আছে। গান্ধার রাজ অসুস্থ হয়ে পড়েছেন মেয়ের মৃত্যুর পর, তাই রাজবৈদ্য তাঁকে ঔষধ সেবন করিয়ে ঘুম পাড়িয়ে দিয়েছেন। রাজন প্রতিবার বলির পরই ঘুমিয়ে পড়েন কারণ সারাদিনের ধকলশ, আপন জনের মৃত্যু আর মদিরা সেবনের ফলে শরীর ক্লান্ত হয়ে যায়। তিনি জানতেও পারেন না যে রাজমহিষীদের দেহ লুরনি নদীর ঝর্ণায় ফেলার আগে

কী তন্ত্র সেই মৃতদেহের সঙ্গে করা হয়। কুলপুরোহিত একদন্ত প্রতি অমাবস্যার শেষ প্রহরে মৃত রাজমহিষীর দেহ ঝর্ণার কাছের গুহায় নিয়ে যান এবং মৃতার সঙ্গে শারীরিক সম্পর্ক স্থাপন করেন। তারপর সেই মৃত দেহের উপরে বসে শব সাধনা করেন। সাধনা শেষ করে অন্ধকারের অপদেবতার কাছে একটি বছরের জন্য জীবন আদায় করে নেন কুলপুরোহিত একদন্ত। এখন তাঁর বয়স আনুমানিক দুশো বছরের বেশি। এর মধ্যে দ্রাক্ষ সাম্রাজ্যতে চার পুরুষ রাজত্ব করে গেছেন, বর্তমান রাজন ইন্দ্রাশিস। দেবী দ্রাক্ষানীর অভিশাপ প্রাপ্ত একদন্ত নিজের মৃত্যুকে আটকে রাখতে প্রতি বছর রাজমহিষীদের বলি দেওয়ান স্বয়ং রাজন দ্বারা। আদিপরাসর শক্তি কখনো নারী রক্ত গ্রহণ করেন না। দেবীকে ওই অষ্টধাতুর মূর্তির মধ্যে আটকে রাখতে একদন্ত নারীর রক্ত সমর্পণ করেন যাতে দেবী মূর্তি অপবিত্র হয়ে যায় ও দেবী দ্রাক্ষানী বন্দি থাকেন মূর্তির ভিতরেই। এভাবে আর একটা বছর মাত্র। একটি নরবলি দিয়ে, তার উপরে শব সাধনা করে একটি বছর আয়ু বৃদ্ধি করেন একদন্ত। আর মাত্র একটি রোহিনী নক্ষত্রজাতার বলি হলেই দুশো এক বছর হবে তাঁর বয়স এবং অমরত্ব লাভ করবেন একদন্ত।

দেবী দ্রাক্ষানীকে নিজের পায়ের তলায় রেখে দিতে সক্ষম হবেন তিনি। সেই কারণেই এবার রাজন ইন্দ্রাশিস এতগুলি বিবাহ করেও বংশ বিস্তার করতে অক্ষম হয়েছেন। আর মাত্র একটি বিবাহ আর একটি বলি। তারপর দ্রাক্ষ সাম্রাজ্যকে প্রয়োজন নেই একদন্তর। প্রয়োজন নেই রাজন ইন্দ্রাশিস বা তার সন্তানকেও। এই রাজবংশ ভেবে এসেছে একদন্ত ঈশ্বরের এক দূত। হুঙ্কার দিয়ে চারদিক কাঁপিয়ে হেসে উঠলেন একদন্ত। হতভাগ্য নারী দেবী কেসীর দেহটি ঝর্ণায় ফেলতে ফেলতে একদন্ত বললেন, এর পরের বার রাজমহিষী কেবল নয় রাজা ইন্দ্রাশিসও বলি চড়বে। দেবী দ্রাক্ষানীকে আমি লুপ্ত করে দেব এই জগৎ সংসার থেকে। আগেই তার পুজো পদ্ধতি,

পুঁথি সব ঘুচিয়ে দিয়েছি। এবার এই দ্রাক্ষ বংশকে ঘুচিয়ে পৃথিবীর অধিশ্বর হবো আমি। দেবী দ্রাক্ষানী যদি রক্ষা পেতে চান তো তাকে আমার বশ্যতা স্বীকার করতেই হবে। রাজন ইন্দ্রাশিস থেকে তার পূর্বজ সকলেই আমার অঙ্গুলিহেলনে চলেছে আর আমার মন্ত্র ওদের এমন বশ করে রেখেছে যে কোনটা ঠিক আর কোনটা ভুল সেটা বোঝার ক্ষমতা ওদের নেই। একটা ব্যাপার খেয়াল রেখে চলতে হয়েছে আমাকে সর্বদা যাতে কোন রাজন তার মহিষীকে এমন পর্যায়ে ভালো না বেসে ফেলেন যে আমার অপশক্তি তাদের ভালোবাসার কাছে হেরে যায়। কারণ যেখানে প্রেম সেখানেই দেবী দ্রাক্ষানীর উপস্থিতি।

এদিকে রাত শেষ হয়ে ভোর হয়েছে। রাজমহল পুনরায় সেজে উঠছে কারণ পাঁচ দিন পরেই নতুন রাজমহিষী আসবেন এই মহলে। এবার আসছেন এই সাম্রাজ্যের এক কন্যা, ভূমিকন্যা দেবী ঊর্মিমালা। রাজন গান্ধার রাজ ও তার পুত্রদের উপঢৌকন দিয়ে বিদায় জানিয়েছেন। যদিও গান্ধার রাজ এমনই বিমর্ষ হয়ে পড়েছেন যে রাজন ওঁর চোখ দেখেই অনুমান করেন যে ওঁর আয়ু আর বেশি বাকি নেই ।

রাজন ভুলতে পারছেন না দেবী কেসীর মুখ, তার নুপুরের নিক্কন, শরীরের সুবাস । দেবীর উদ্দেশ্যে প্রণাম জানিয়ে রাজন মনে মনে বলেন, কেন মা? কেন এই নিয়ম? এই সাম্রাজ্যের মা তুমি হে আদিপরাসর শক্ত। তুমি কি এই রাজমহলে কোনদিন জীবিত রাজমহিষীদের স্বাভাবিক আনন্দের সংসার উপহার দেবে না? আর কত হত্যা করব এই দুই হাত দিয়ে? কেসীর উত্তপ্ত ঘিলু ছিটকে যে দগদগে ঘা আমার শরীরে হয়েছে সেটা তো কয়েক দিন পরেই সেরে যাবে কিন্তু মনের ক্ষত মা? তার কী হবে?

মনের চিন্তার জট কেটে যায় গম্ভীর এক কণ্ঠের আওয়াজে । পিছনে দাঁড়িয়ে আছেন কুলপুরোহিত একদন্ত। রাজন ঘুরে তাকান একদন্তর দিক। প্রতিবার রাজন আশ্চর্য হয়ে যান এটা দেখে যে

দেবী দ্রাক্ষানীর বাৎসরিক পুজোর পরের দিন যেন খুব দীপ্তিময় হয়ে যান একদন্ত। তার বয়স যেন কমে যায় নিমেষে।

একদন্ত রাজনকে বলেন, ঊর্মিমালা নাম তার রাজন । আপনার মহিষী হবেন ঊর্মিমালা। তিনি আর আপনি আজ একসঙ্গে দুপুরের ভোজন করবেন। বিবাহের পূর্বে এটাই আপনাদের প্রথম ও শেষ দেখা। তারপর আজ থেকে পাঁচদিন পরে দেবী দ্রাক্ষানীর সামনে আপনি বিবাহ করবেন রোহিনী নক্ষত্রজাতা নারী ঊর্মিমালাকে ।

রাজন ইন্দ্রাশিস বিমর্ষ হয়ে পড়ছেন দেবী কেসীর পোশাকসহ অন্যান্য ব্যবহার্য বস্তু গুলি দেখে। তাই তিনি আদেশ দিলেন দাসীকে- দেবী কেসীর সকল জিনিসপত্র ও অলংকার যেন সাম্রাজ্যের দুঃখিনী নারীদের মধ্যে বিলিয়ে দেওয়া হয় ।

দাসী নত মস্তকে বলে, ধৃষ্টতা মাফ রাজন কিন্তু এই সকল মূল্যবান গহনা ও পোশাক কেউ নিতে চায় না।

রাজন অবাক হন। এত মহার্ঘ্য পোশাক ও গহনা কে না নিতে চাইবে!

দাসী বলেন, সাম্রাজ্যের নারীরা বলেন যে রাজমহিষীর থেকে দুঃখী আর কেই বা ছিল। বলিপ্রদত্তা নারীর গহনা কেই বা নেবে? সকল আশা জলাঞ্জলি দিয়ে তিনি যে কষ্টের মৃত্যু পেয়েছেন তাতে ওঁর ব্যবহার্য দ্রব্যকে অভিশপ্ত বলেই মনে করা হয়।

রাজনের ভিতর থেকে একটা হাহাকার বেরিয়ে আসে নিঃশব্দে। তিনি বলেন, বেশ তবে এগুলো অন্যত্র সরিয়ে দেওয়ার ব্যবস্থা করা হোক।

কুলপুরোহিত একদন্ত আসেন রাজনকে নিয়ে যেতে। বিশেষ পাক তৈরি করা হয়েছে ওঁর জন্য। সেই আহার গ্রহণ করবেন

রাজন ও আগামী রাজমহিষী। একদন্ত এই আহারে মারণ উৎচাটন করেন। যাতে রাজন আজ থেকেই ওঁর বশীভূত হয়ে যাবেন আগামী এক বছরের জন্য। কৌশিকীঅমাবস্যার নরবলির পরে রাজনের উপর সেই মারণ উৎচাটনের প্রভাব শেষ হবে। তখন তিনি মৃত রাজমহিষীর জন্য শোক করবেন আর পাঁচটা স্বাভাবিক মানুষের মতোই। যেমন এখন করছেন। রাজন যদি স্বাভাবিক থাকেন তাহলে এমনটা হতেই পারে যে তিনি নরবলিতে মত দিলেন না। তাই একদন্ত আগেই খাবারের সঙ্গে বশীভূত করার দ্রব্য মিশিয়ে দেন।

দেবী দ্রাক্ষানীর মন্দিরের বিশাল চত্বর জুড়ে কাঙালী ভোজন শুরু হবে। রাজন আর হবু রাজমহিষী আইবুড়ো ভাত খেতেই শুরু হবে সাম্রাজ্যের সকল মানুষের প্রসাদ ভক্ষণ। বড় বড় কড়াইয়ে রান্না হচ্ছে হাজার হাজার মানুষ খাবে। বিশাল আয়োজন সাম্রাজ্যে জুড়ে। উৎসবের আড়ালে চাপা পড়ে গেছে দেবী কেসীর যন্ত্রণাময় মৃত্যু। গান্ধার রাজ রাজন ইন্দ্রাশিসের কাছে বিদায় নিয়ে পথে এগিয়ে যাবার কিছুক্ষণের মধ্যেই অসুস্থ বোধ করেন । দ্রাক্ষ সাম্রাজ্যের বাইরে বেরিয়ে কিছুটা যেতেই পথে মৃত্যুর কোলে ঢলে পড়লেন গান্ধার রাজ । ওঁর পুত্ররা অবশ্য খুব একটা ব্যথিত নয় কারণ রাজন ইন্দ্রাশিস তাদের বিপুল পরিমাণ মোহর দান করেছেন সঙ্গে এক হাজার তেজী ঘোড়া ও কিছু ক্রীতদাস। পিতা ও ভগিনীর মৃত্যু গান্ধার রাজকুমারদের জন্য অতি সৌভাগ্যসূচক হয়ে দাঁড়াল। কেসীর জন্য একটুও কষ্ট হয়না তার দাদাদের। বোনের বিনিময়ে বহু কিছু দিয়েছেন জামাতা রাজন ইন্দ্রাশিস। এখন রাজসিংহাসন কে পাবে সেই নিয়েই তিন ভ্রাতার মধ্যে বিতর্ক বেঁধেছে, যদিও গান্ধার রাজের মৃতদেহ পড়ে আছে হাতির হাওদার ভিতরেই। অর্থ ও ক্ষমতার লোভ এতটাই ভারী যে আত্মীয়তা ও অনুভব নামক শব্দ দুটি খুবই হালকা লাগে সেই লিপ্সার কাছে।

রাজন ইন্দ্রাশিস দেবী দ্রাক্ষানীর মন্দিরে উপস্থিত হলেন। ওদিক থেকে আসছে ওঁর আগামী মহিষী ঊর্মিমালা। উদ্ভব চাষার বউ মুগ্ধা কেঁদে কেঁদে মেয়েকে সাজিয়ে দিয়েছে মরণ ফাঁদ পা রাখার জন্য। ওদের কাছে তো মহামূল্যবান রত্নখচিত স্বর্ণালংকার নেই তাই ঊর্মিকে মুগ্ধা সাজিয়ে দিয়েছে ফুলের অলংকারে। মাথায় সাদা রঙের ফুলের টায়রা, কানে সাদা ফুলের ঝুমকো, হাতে ফুলের বলা ও গলায় ফুলের হার ও ফুলের কোমরবন্ধনী। সাধারণ ছালের শাড়িতেই অপরূপা লাগছে ঊর্মিকে। আজ থেকে বিবাহের দিন পর্যন্ত শেষ সে থাকবে তার মা বাবার সঙ্গে । বিবাহ সম্পন্ন হওয়ামাত্র তাকে বৈভবের রাজমহলেই থাকতে হবে মৃত্যুর দিন পর্যন্ত। তবে রাজবৈভব ভোগ যদিও বেশিদিন নয় মাত্র একটা বছরের ।

ঊর্মিকে নিয়ে দেবী দ্রাক্ষানীর মন্দিরে পৌঁছে যায় উদ্ভব ও মুগ্ধা। রাজন দেখেন ঊর্মিকে। ওঁর চোখের পলক কিছুক্ষণ পড়া বন্ধ হয়ে যায়। অবাক হয়ে ভাবেন রাজন তাঁর দিকে ধীর পায়ে যে এগিয়ে আসছে সে কে! সে যে অবিকল দেবী দ্রাক্ষানী!

একদন্ত বলেন, রাজন ইনি হলেন দেবী ঊর্মিমালা । ইনি আগামী বছরের নরবলির যোগ্য নারী ।

একদন্তর কথা গুলো বিঁধে যায় যেন রাজনের বুকে। এত সুন্দর একটা ফুলের মত মেয়েকেও আগামী বছর মরতে হবে?

রাজন ধীর গলায় বলেন, কুলপুরোহিত মহাশয় একটা উপায় বের করুন। আর কত হত্যা এই দুই হাত দিয়ে করব? দেবী কেসীর শেষ উপহার এই হাতের দগদগে ঘাগুলো যেন আমাকে উপহাস করছে। আর কত মহিষীর রক্ত ঝরিয়ে দেবীকে তুষ্ট করব বলতে পারেন? অসম্ভব হয়ে উঠছে আমার পক্ষে ।

একদন্ত মনে মনে হাসেন। ভাবেন আর পারার দরকার নেই। আর মাত্র একটা বলি। তারপর রাজন আপনারও ছুটি জন্মের মত ।

মুখে একদন্ত বলে, রাজন, কোন উপায় যদিও নেই তবু চেষ্টা করব।

ঊর্মি মন্দিরে পা রেখেই শুয়ে পড়ে টানটান হয়ে। দন্ডী খাটতে খাটতে ও এগিয়ে যায় গর্ভগৃহের দিকে। খুব আস্তে আস্তে মন্ত্রচারণ করতে করতে ঊর্মি দেবীর কাছে এগিয়ে যায়। রাজন কান পেতে শোনেন ঊর্মি বলছে .... আয়ুর্দ্দেহি যশোদেহি ভাগ্যং ভগবতী দেহি মে। ধনং দেহি পুত্রান্ দেহি সর্ব কামাংশ্চ দেহি মে'।

রাজন অবাক হয়ে যান এক সাধারণ চাষীকন্যার এই শ্রদ্ধা ও ভক্তি দেখে। দেবী দ্রাক্ষানীর বলিপ্রদত্ত যে, তাঁর জন্য এত নিষ্ঠা ভরে মন্ত্র বলছে মেয়েটি। রাজন মনে মনে দেবী দ্রাক্ষানীর উদ্দেশ্যে বলেন, হে আদিপরাসর শক্তি, তুমি যদি চাও সব সম্ভব। তুমি এই কন্যাকে রক্ষা করো মা।

একদন্তের ধারণা ছিল না কাকে তিনি নির্বাচন করেছেন নিজের অসৎ কার্যসিদ্ধির জন্য। এই কন্যার মধ্যেই আছে দ্রাক্ষানীর শক্তি। আর কন্যাই বিনাশ করবে সব পাপ। খর্ব হবে ন্যায়ের কাছে অন্যায়। কারণ ঊর্মিমালা কেবল রোহিনী নক্ষত্রজাতাই নয় সে আদিপরাসর শক্তির এক ভাগ।

দন্ডী কেটে ঊর্মিমালা পৌঁছল দেবীর কাছে। মাথা নিচু করে তাঁকে প্রণাম জানিয়ে সে উঠতে যাচ্ছিল এমন সময় সে আবার নিজের কপালের কাছে সেই অস্বস্তি অনুভব করল। এর অর্থ কিছুক্ষণ পরেই ঊর্মির কপালে ফুটে উঠবে তৃতীয় নয়নের ন্যায় একটি চিহ্ন। সে জানে তার মা বাবা মন্দিরের বাইরে অপেক্ষমান। তারা চাষা তাই গর্ভগৃহে প্রবেশের অনুমতি তাদের নেই। এখানে উপস্থিত

আছেন কুলপুরোহিত একদন্ত ও রাজন রাজচক্রবর্তি ইন্দ্রাশিস। ঊর্মি মাথা তুলতে পারে না, সকলের সামনে এই রহস্য উন্মোচিত হয়ে যাবে ভেবে। অথচ কতক্ষণই বা পাথরের মেঝেতে মুখ গুঁজে থাকা যায়! সকলে এই রহস্য জেনে ফেললে হয়ত আর একটা বছরও বাঁচতে হবে না তাকে। তার আগেই হত্যা করতে পারেন ওকে রাজন। মাথাটা স্বল্প তুলে ঊর্মি দেখল সামনে রাখা আছে হরিদ্রা ও কুমকুম। ওই অবস্থায় ঊর্মি হাত বাড়িয়ে বাটি থেকে এক খাবলা বাটা হরিদ্রা নিয়ে নিজের কপালে লেপে নেয়। তারপর মুখ তুলে উঠে দাঁড়ায়। কুলপুরোহিত একদন্ত রাজনকে বলেন, আপনি ভাগ্যবান যে এমন ভক্তিমতী নারী আপনার অর্ধাঙ্গিনী হতে চলেছেন।

একদন্ত ঊর্মিকে বলেন, চলুন দেবী এবার আপনি রাজনের সঙ্গে আইবুড়ো ভাত খেতে বসবেন।

ঊর্মি তাকাল রাজনের দিকে। এর আগে সে প্রতিবার রাজনকে দেবী দ্রাক্ষানীর বাৎসরিক পুজোর সময়ই দেখেছে। কিন্তু কোথাও একটা আলাদা ভাব আছে রাজনের মুখে। বাৎসরিক পুজোর সময় রাজনের চোখ দুটো দেখে যেন মনে হয় তিনি কারো বশীভূত পিশাচ। আর এখন ওঁর দুটো চোখে বিরাজ করছে প্রস্বস্তি। ঊর্মি রাজনের দিকে একভাবে তাকিয়ে আছে দেখে রাজন ইন্দ্রাশিস সামান্য বিস্মিত হলেন। মেয়েটার দুটো চোখে যেন সম্মোহন আছে। দাসীরা ইতিমধ্যে বাইরে অপেক্ষমান। তারা ঊর্মিকে নিয়ে যাবে রাজবেশে সাজিয়ে আনতে। ঊর্মি অনুভব করে মন্দিরে যতক্ষণ সে থাকবে তার কপাল থেকে ওই চিহ্ন মুছবে না।, তা জাগ্রত অবস্থায় থেকেই যাবে। এদিকে হরিদ্রা শুকিয়ে গেলে ঝড়ে পড়বে কপাল থেকে!

ঊর্মি মন্দিরের বাইরে পা রাখে। ওর চোখে পড়ে বধ্যভূমির ওই স্বর্ণ নির্মিত হাড়িকাঠটি। সেটি যেন বিগত রাতে দেবী কেসীর রক্ত

পান করে তৃপ্ত । সোনালী রোদের আভায় চকচক করছে রক্তপি-পাসু হারিকাঠটি। ঊর্মির ভিতরে মন খারাপটা আবার চেপে বসল। রাজন ইন্দ্রাশিস বসে আছেন নাটমন্দিরে আর তাকে ঘিরে আছে তাঁর অমাত্য এবং মন্ত্রীগণ। ঊর্মিকে একটি স্বর্ণজরি খচিত লাল শাড়ি পরিয়ে দিল দাসী। তারপর ওর হাঁটু ছাপানো চুল গুলগুলের সুগন্ধি ধোঁয়া দিয়ে খোঁপা বেঁধে দেওয়া হলো আর মাথায় জুড়ে দেওয়া হলো একটি সোনার ফুল। সারা গায়ে বিবিধ রত্ন অলংকার পরিয়ে দিল দাসীরা। মায়ের বানানো ফুলের অলংকার গড়াগড়ি খেল রাজমহলের মেঝেতে। ঊর্মির মাথায় লেপিত হরিদ্রা মুছে চন্দনের কারুকার্য করে দিল দাসীরা। নিজেকে আরশিতে দেখে অবাক হয়ে যায় ঊর্মি। তার মনে হয় আরো কিছুক্ষণ দেখে নিজেকে। কিন্তু উপায় নেই বারবেলা পড়ার আগেই ভোজনে বসতে হবে।

ডমরু, ভেরী বেজে উঠলো, শঙ্খ নিনাদ শুরু হল। রাজন আর ঊর্মি একসঙ্গে চন্দন কাঠের তৈরি পিঁড়িতে বসল খেতে। সামনে দাঁড়িয়ে কুলপুরোহিত একদন্ত। তিনি ধান ও দুর্বা দিয়ে আশীর্বাদ করলেন রাজনকে আর ঊর্মিকে। দুজনেই একদন্তকে পায়ে হাত দিয়ে প্রণাম করল। থরে থরে সাজানো হলো ভোজনাদি। ঊর্মি তো এত ভোজন কোনদিন চোখেই দেখেনি! তাছাড়া ওর মা বাবা সাম্রা-জ্যের বাকি অধিবাসীদের সঙ্গে লাবড়া আর মাংস খাচ্ছে। তাছাড়া ঊর্মি এত খাবার কী করে খাবে? অর্ধেক খাবারের নামই জানেনা ও। রাজন ইন্দ্রাশিসের পাশে বসে। ওঁর শরীরের গন্ধ পর্যন্ত নাকে এসে লাগছে। লজ্জায় লাল হয়ে যাচ্ছে ঊর্মি।

রাজন কিন্তু একটা কথাও বলেননি ওর সঙ্গে । গতকাল যে নরহত্যা তিনি করেছেন তার জন্য কি তিনি বিমর্ষ!

রাজন একটু গ্রাস মুখে দিয়েই উঠে গেলেন। ঊর্মি ও খেতে পারল না কারণ তার কেমন যেন সন্দেহজনক লাগছে খাবারের স্বাদ। কিছু একটা যেন মিশিয়ে দেওয়া হয়েছে এতে। আবার ঊর্মির

ব্রহ্মতালুতে স্পন্দন শুরু হয়েছে। সে তাড়াতাড়ি উঠে যায়। একদন্ত ঊর্মিকে বলেন, দেবী আপনি তো কিছুই আহার করলেন না। এখন সামান্য বিশ্রাম নেবেন। আপনাকে দাসীরা কক্ষে নিয়ে যাবে।

ঊর্মি একটি রাজকীয় কক্ষে গিয়ে উপস্থিত হলো। সে দাসীদের বাইরে অপেক্ষা করতে বলে একাই গবাক্ষর কাছে গিয়ে দাঁড়িয়ে রইল। তার এই রাজমহলে পা দেবার পর থেকে এভাবে কেন বারবার তৃতীয় নয়নের চিহ্ন উঠে আসছে? হয়ত দেবী দ্রাক্ষানীর সঙ্গে এমন কিছু রহস্য তো জড়িয়ে আছে যেটা ওর ভিতরকার অদৃশ্য শক্তিকে বারবার সচেতন করছে।

রাজন ইন্দ্রাশিস বিচলিত মেয়েটিকে দেখেন। এর পরিবর্তে অন্য কোন কন্যা পাওয়া গেলে একটি বছর পর অন্তত একে মৃত্যু গ্রহণ করতে হত না। কুলপুরোহিত একদন্তকে একবার বললে কেমন হয়? রাজন ভাবলেন। একদন্তকে রাজন নিজের মনের কথা জানালে একদন্ত নিজের বেল কাঠের তৈরি বাঁকা লাঠিটায় ভর দিয়ে কিছুক্ষণ তাকিয়ে রইলেন রাজনের দিকে। মনে মনে ভাবলেন তবে কি এবার মারণ উচাটন প্রয়োগ ঠিকঠাক হলো না? রাজন নিজের মতামত প্রকাশ করছেন, আবার ওই চাষার বলিপ্রদত্ত মেয়েটির জন্য আবেগতাড়িত হয়ে পড়ছেন! এই লক্ষণ শুভ নয়। একদন্তকে এভাবে চুপ থাকতে দেখে রাজন বললেন, বলুন তাত ... কোন উপায় কি নেই?

একদন্ত বললেন, না নেই রাজন। থাকলে কোন চাষার মেয়েকে কখনোই বাছা হত না। আপনি ভেবে দেখুন এই মেয়েকে দেবী দ্রাক্ষানী নিজে বেছে নিয়েছেন। আমি আপনি কে এই নিয়ে সিধান্ত নেবার? হয়ত এই মেয়েই এই সাম্রাজ্যকে রাজপুত্র দেবে। হয়ত দ্রাক্ষানীর আশীর্বাদ আসবে এর মধ্যে দিয়েই। আপনি এই নিয়ে আর ভাববেন না। ভুলে যান দেবী কেসীকে। দেবী দ্রাক্ষানীর উদ্দেশ্যে উৎসর্গ করা হয়েছে যাকে তাকে নিয়ে ভেবে পাপ করবেন না।

বিয়ের প্রস্তুতি শুরু হয়েছে আপনি ঊর্মিমালাকে গ্রহণ করুন মনে প্রাণে।

দেখতে দেখতে দিন কয়েক কেটে যায়। সেই কাঙ্খিত দিন উপস্থিত যখন ঊর্মিমালা রাজন ইন্দ্রাশিসের গলায় বরমাল্য দেবেন। সকাল থেকেই প্রস্তুতি তুঙ্গে। দেবী দ্রাক্ষানীর আজ অষ্টমঙ্গলা। পুজোর পরের দিন রাজনের সঙ্গে ছাপান্ন ভোগের আইবুড়ো ভাত খেয়ে ঊর্মি ফিরে এসেছিল তার মা বাবার কুঁড়ে ঘরে। শেষ কয়েকটা দিন মেয়েকে বুকে করে আগলে রেখেছিল মুগ্ধা। বিয়ের পর কয়েকটা দিন সুখ ভোগ করে মেয়েকে যে নিদারুন যন্ত্রণার মৃত্যু বরণ করে নিতে হবে সেটা ভেবে মুগ্ধা কেঁপে কেঁপে উঠছে। একমাত্র মা দ্রাক্ষানীই পারেন মেয়ের জীবন রক্ষা করতে। মৃত্যু ধ্রুব সত্য। সকলকে একদিন এর স্বাদ গ্রহণ করতেই হবে আর এটাই মানব জীবনের সবথেকে বড় আশীর্বাদ। কারণ অমরত্ব কেবলই অভিশাপ। যুগে যুগে ঈশ্বর ও অবতার নিয়ে এসেছেন ধরাধামে কিন্তু তারাও কার্য শেষে পৃথিবীর মায়া ত্যাগ করেছেন। যারাই মৃত্যুকে এড়িয়ে যেতে চেয়েছে তাদের হাতে এসেছে শূন্যতা। মহাভারতের অশ্বত্থামা নাকি অমর। এই অমরত্ব তার জন্য আশীর্বাদ নয়। স্বয়ং শ্রীকৃষ্ণ তাকে অভিশাপ দিয়েছিলেন অমরত্বর। অশ্বত্থামার পাপের শাস্তি হিসেবে তার কাছ থেকে শ্রীকৃষ্ণ তার মাথার মনিটি কেড়ে নেন। যা ছিল তার বীরত্ব ও গৌরবের প্রতীক। অভিশাপ দেন যে কখনো অশ্বত্থামার মৃত্যু হবে না। অশ্বত্থামা চাইলেও কোনদিন মৃত্যুবরণ করতে পারবেন না। আজীবন অমর থাকবেন। এই ঘটনার পর অশ্বত্থামাকে আর কোথাও পাওয়া যায়নি।

কিন্তু এই নরমেধ কি মেনে নেওয়া উচিত? মুগ্ধা ভেবে পায়না। কেন বছরের পর বছর ধরে রাজমহিষীদের এভাবে মৃত্যুবরণ নিতে হবে?

প্রশ্ন অনেক কিন্তু উত্তর দেবার কেউ নেই। এই সাম্রাজ্যের কেউ এই প্রশ্ন রাজনের সামনে তুলবে না কারণ ধার্মিক ভয়। দ্বিতীয়ত, রাজমহিষী মৃত্যুবরণ করবেন তাতে প্রজার কী যায় আসে? প্রজার কন্যা তো নয় সে। কিন্তু এবার উদ্ভব চাষা ও মুগ্ধার সন্তান ঊর্মিকে বেছে নিয়েছেন কুলপুরোহিত একদন্ত। তিনি গোটা সাম্রাজ্যের খবর রাখেন। ওঁর দৃষ্টি ছিল এই শ্রেষ্ঠ রোহিনী নক্ষত্রজাতার উপরে। প্রজারা রীতিমতো উল্লাস করে একটা আস্ত মানুষের যন্ত্রণাদায়ক মৃত্যুতে। মুগ্ধা মেয়েকে বিয়ের দিন ভোর বেলায় আবার বলে, সে চাইলে মুগ্ধা তাকে লুরনি নদী পার করে দেবে। এভাবে রাজভোগ খেয়ে যন্ত্রণাদায়ক মৃত্যু গ্রহণ করার থেকে ভালো ঊর্মি পালিয়ে যাক। ঊর্মি বাধ সাধে। সে বিশ্বাস করে দেবী দ্রাক্ষানী মাতৃরূপা, তিনি আদিপরাসর শক্তি। তিনি কখনোই ভক্তের বলি গ্রহণ করেন না। এর পিছনে আছে কোন নিগূঢ় রহস্য। চাষার মেয়ের পক্ষে সম্ভব নয় রাজবাড়ীর ভিতরের রহস্য উন্মোচন করা কিন্তু রাজমহিষী হয়ে সেটা করবে ঊর্মি। সে যদি পালায় তাহলে আরো অনেক নিরীহ মেয়েকে মরতে হবে এই কুপ্রথার জন্য। রাজন ইন্দ্রাশিসকে ঘিরে কোন রহস্য আছে নিশ্চিত। যিনি বলি দেন সেই রাজন আর যাকে সেদিন ঊর্মি দেখেছে তিনি সম্পূর্ণ ভিন্ন মানুষ।

ভোর বেলায় গরুর গাড়ি করে মহলের বাইরে পর্যন্ত এলো পিতা উদ্ভবের সঙ্গে ঊর্মি। রাজমহলের ভিতরে তাকে নিয়ে যাওয়া হলো পালকি করে। পিতা বাইরে থেকেই মেয়েকে শেষ বারের মতো দেখলো। এর পর আবার দেখা হবে বধ্যভূমিতে এক বছর পরে।

বিবাহ হলো খুবই ধুমধাম করে ঊর্মিমালা ও রাজন রাজচক্রবর্তি ইন্দ্রাশিসের। একদন্ত নিজের হাতে কন্যা দান করলেন রাজনকে।

বিবাহের সময় একটু বিমর্ষ লাগছিল রাজনকে। এতবার তিনি এই আচার অনুষ্ঠানের মধ্যে দিয়ে গেছেন যে আর নতুন করে তিনি কিছুই অনুভব করেন না।

সেই রাত্রে ঊর্মিমালাকে ফুল দিয়ে সাজানো বিছানায় বসিয়ে দাসীরা চলে গেল। ঊর্মি দেখল চারদিকে প্রদীপের আলোয় উদ্ভাসিত হয়ে আছে। ফুলের সুবাসে ম-ম করছে চারদিক। দেবী দ্রাক্ষানীর জন্য বেছে নেওয়া বলির আজ প্রথম রাত এই রাজমহলে।

রাজন ইন্দ্রাশিস ......

আজ বিবাহের প্রথম রাত্রি। দ্রাক্ষ সাম্রাজ্যের এক চাষী উদ্ভবের কন্যা ঊর্মিমালা আমার স্ত্রী হয়েছেন আজ। তার রূপ ও মাধুর্যের প্রমাণ আমি প্রথম দর্শনেই পেয়েছি। আজ সেই ঊর্মিমালার সঙ্গে নিশিযাপন করতে যাচ্ছি প্রথমবার। নারীসঙ্গের অভিজ্ঞতা আমার নতুন নয়। ঊর্মিমালা আমার সপ্তদশ পত্নী হয়েছেন। কিন্তু তার তুলনায় আগের কেউই যেন রূপে ও দেবী দ্রাক্ষানীর প্রতি ভক্তিতে সমকক্ষ নন। ঊর্মিমালা রাজকন্যা নয় ঠিক কিন্তু তিনি এই দ্রাক্ষ সাম্রাজ্যের এক প্রজা। মা দ্রাক্ষানীর যেন প্রতিরূপ তার মধ্যে দেখেছি আমি। কিন্তু দেবী কেসীর মৃত্যুর শোক কেন ভুলতে পারছি না আমি? এমন তো কোনদিন হয়নি আগে? তাকে হত্যা করতে আমার এই দুটো হাত কাঁপেনি অথচ তার মৃত্যু ও তার দেওয়া শেষ আঘাত আমার শরীরে অবস্থান করা এই ঘাগুলি যেন কিছুতেই আমাকে স্বস্তি পেতে দিচ্ছে না। রাজমহিষীর কক্ষে যাবার সময় আমি পদক্ষেপ ভুল করতে লাগলাম। আমার হস্তদ্বয় প্রকম্পিত হতে থাকল বারবার। কক্ষে প্রবেশ করার সঙ্গে সঙ্গেই মিষ্টভাষণে আপ্যায়ন করল দেবী ঊর্মিমালা। নির্দিষ্ট আসনে উপবিষ্ট হবার পর সে বিনীত কণ্ঠে জানতে চাইল আমি তাম্বুল গ্রহণ করব কিনা। আমি সম্মতি দিলে সে একটি তাম্বুল আমাকে দিল রেকাবে করে। আমি উঠে গিয়ে কক্ষদ্বার বন্ধ করে দিলাম। ঊর্মিমালা অনতিদূরে উপবেশন

করে আছে। আমি মদিরার সেবনে এমনিতেই চোখের সামনে সব কিছু ধোঁয়াশা দেখছি। তবুও তাকে আরক্ত গলায় জিজ্ঞাসা করলাম, দেবী তোমার কি কিছু বলার আছে?

ঊর্মিমালা চুপ করে রইল। তার দেহনিঃসৃত ঘ্রাণ আমার নাসিকায় প্রবেশ করে আমাকে উত্তেজিত করে তুলছে। তার উপস্থিতি আমাকে আমোদিত করছে। তার দ্রুতগতি নিঃশ্বাস প্রশ্বাসের শব্দে আমি বুঝতে পারছি যে সেও উত্তেজিত। আমি রাজচক্রবর্তি ইন্দ্রাশিস বয়সে দ্বিগুণ এই মেয়েটির থেকে। তবুও আমার পৌরুষময় দীপ্তি তাকেও কামার্থ করে তুলছে নিশ্চিত। সে নিম্নবর্গের কন্যা, রাজনের সহধর্মিণী হয়েও একটু দ্বিধায়। তার কঙ্কণের শব্দ ও পোশাকের খসখস থেকেই অনুধাবন করতে পারছি, দ্বিধান্বিতা ঊর্মিমালা বুঝতে পারছে না এখন কী করণীয়।

সাহায্য করার জন্য বললাম, কুলপুরোহিত একদন্ত কিছু বলেছেন দেবী?

কিছুক্ষণ চুপ থেকে ঊর্মিমালা বলল, আপনি আমার স্বামী। ন্যায়ত ও ধর্মত আপনাকে আহ্বান করা আমার কর্তব্য। আজ থেকে আমি আপনার রাজমহিষী হিসেবে আপনাকে তুষ্ট রাখার চেষ্টায় ব্রতী হলাম।

ঊর্মিমালার অনুমতি পেয়ে রাজন ইন্দ্রাশিস শয্যায় এসে বসলেন। ঊর্মিমালা রাজনকে বলল, আমার একটি নিবেদন আছে স্বামীন!

ইন্দ্রাশিস : বলো!

ঊর্মি : আমি নগণ্য চাষী কন্যা। রাজাচার সম্বন্ধে ধারণা অতি সামান্য। আমি এক কথায় অক্ষর পরিচয়হীন। এখন আমি রাজবধূ তাই যদি অনুমতি দেন আমি শাস্ত্র জ্ঞান পেতে চাই। লিপি পাঠ

করার ক্ষমতা অর্জন করতে চাই। দেবী দ্রাক্ষানীর আমি নগণ্য ভক্ত। তাঁর পুঁথি পড়ার ক্ষমতা অর্জন করতে চাই। যদিও ভাবছেন বলি-প্রদত্ত নারীর আবার শিক্ষা গ্রহণ করার আগ্রহ! যার জীবন একটি বছরের জন্য রক্ষিত তার এত শখ! তবুও মৃত্যুর অপেক্ষায় আমি একটি বছর কাটাতে চাইনা। আমি চাই বাঁচার মত করে বাঁচতে।

ইন্দ্রাশিস অবাক হয়ে গেলেন দেবী ঊর্মিমালার কথা শুনে! এই মেয়েকে যতই দেখছেন তিনি ততই অবাক হয়ে যাচ্ছেন। এই নারী কি রক্ত মাংসের নারী! না দেবী দ্রাক্ষানীর এক রূপক! আসন্ন মৃত্যুকে কে এভাবে স্বীকার করে!

রাজন বললেন, ঠিক আছে দেবী। আমি তোমার জন্য এমন গুরুর ব্যবস্থা করছি যে খুব অল্প দিনেই তোমাকে শিক্ষিত করে তুলবে। তবে দেবীর উপরে আমাদের রাজবংশের আস্থা পুঁথিগত নয়। আমাদের কাছে দেবী দ্রাক্ষানী সর্বময়। আর আছেন কুলপুরো-হিত একদন্ত। তিনি আমাকে পথ দেখান। তাই দেবীর কোন ধরণের পুজোর পুঁথি বা পাণ্ডুলিপি নেই।

ওসব বাদ দাও। দুটি কথা বলি ভালো করে শুনে নাও। প্রথমত .... মৃত্যুর ভয় তোমার নেই দেখছি। বেশ ভালো কথা। তবুও বলি ক্ষত্রিয় রাজা হিসেবে আমিও তোমার আগে প্রাণ ত্যাগ করতেই পারি। যুদ্ধে লিপ্ত হয়ে যখন তখন মৃত্যুর সম্মুখীন আমি হতেই পারি। তুমি এ রাজ পরিবারের বধূ হয়ে এক বছর পর মা দ্রাক্ষানীর উদ্দেশ্যে সমর্পিত হবে এটা যেমন ঠিক। তেমন এটাও ঠিক যে মানুষ মাত্রই যেকোন সময় তার অন্তিম মুহূর্ত উপস্থিত হতে পারে। তাই আসন্ন মৃত্যুকে ভয় না পেয়ে, ভয়ের উপর জয় পাওয়াটা উচিত।

দ্বিতীয়ত, আমি তোমার নিবেদন রক্ষা করলাম। এবার তুমি আমাকে কথা দাও যে আমাকে তুমি দেহে মনে একান্ত ভাবেই গ্রহণ করবে। আমি রাজচক্রবর্তি ইন্দ্রাশিস তোমাকে কথা দিলাম যতদিন তুমি একবল্লভা এককেন্দ্রিক জীবনযাপন করবে, যতদিন

তোমার জগতে আমি ছাড়া আর কোন পুরুষের অস্তিত্ব থাকবে না - এমনকি চিন্তনেও ... ততদিন আমি অন্য নারী সংসর্গে লিপ্ত হব না। আমি যখনই তোমাকে কামনা করব, দিনে রাতে যে কোন সময়ে, তখনই তোমাকে সাড়া দিতে হবে। ধাইয়ের কাছে কোন ধরণের জন্মনিরোধক বুটির সেবন তুমি করবে না। আমাদের সঙ্গম হবে নদীর মতোই অবাধ ও সহজ।

ঊর্মিমালা মাথা নেড়ে সম্মতি জানাল। ইন্দ্রাশিস এবার ভীষণ ভাবে আশাবাদী যে মা দ্রাক্ষানীর আশীর্বাদে এবার নতুন অতিথি আসবে। ঊর্মিমালাই জন্ম দেবে নতুন দ্রাক্ষারাজের।

ঊর্মিমালা রাজন ইন্দ্রাশিসের পদযুগল প্রক্ষালন করে দিল। তারপর সুগন্ধি বস্ত্রে রাজনের দেহের স্বেদ বিশুস্ক করল। অবশেষে ধীরে ধীরে নিজেকে বসন মুক্ত করে রাজনের ঘনিষ্ঠ হলো। রাজন এর আগে ষোলটি মহিষী ছাড়াও বহু নারীতে উপগত হয়েছেন। কিন্তু এত মধুর, এত কোমল, এত সুগন্ধি সান্নিধ্য কোনো নারীর হতে পারে এ ধারণা রাজনের ছিল না। ইন্দ্রাশিস তৃপ্ত হলেন।

ঊর্মিমালার কথা বলতে গেলে একথা বলতেই হয় যে, প্রত্যেক মানুষেরই কিছু প্রত্যাশা থাকে। পরিপার্শ্বর কাছে, আত্মীয় পরিজনদের কাছে। জীবনের কাছে। ঊর্মি রাজকুমারী না হলেও ওর ব্যতিক্রম নয়। সে ভাগ্যের বিড়ম্বনাতেই হোক বা যে কারণেই হোক আপাতত এখন রাজমহিষী তথা সুন্দরী। এক সুন্দর স্বাস্থ্যবান পুরুষের কাঙ্খিতা হবার ইচ্ছা, সেই পুরুষ কর্তৃক ধর্ষিতা হবার যৌনাকাঙ্খা ঊর্মির মনেও সুপ্ত অবস্থায় ছিল। তার স্বামী রাজচক্রবর্তি ইন্দ্রাশিস। তিনি সুন্দর, স্বাস্থ্যবান, যৌবনদীপ্ত, যৌনক্ষমতায় দীপ্যমান। এতএব ঊর্মি প্রথম মিলনে অবশ্যই তৃপ্ত হয়েছিল ও হৃদয়ও দিয়ে ফেলেছিল রাজনকে।

রাজন কথা রাখলেন। বিবাহের প্রথম রাতের পরেই তিনি গুরু নিয়োগ করলেন দেবী ঊর্মিমালার জন্য। কুলপুরোহিত একদন্ত

একবার এই নিয়ে বিরোধ তুললেও রাজনের উপর তো কারো কথা চলে না। তাই একটি বছরের মামলা ভেবে তিনিও অন্যান্য কর্মে মন দিলেন। ঊর্মিমালা জানে সে এই একবছরের মধ্যে চাইলে ইতিহাস পাল্টে ফেলতে পারে। মা বাবাকে দেখতে না পাওয়ার কষ্ট গিলে সে বদ্ধপরিকর যে আগামী বছর এই বলি প্রথা বন্ধ হবেই। তার জন্য ঊর্মিমালা এই নরমেধ যজ্ঞের সঙ্গে দেবী দ্রাক্ষানীর আসলেই কি যোগসূত্র সেটা জানবে। যেমন ধনুর্ধারীর জন্য তীর সন্ধানের প্রাকশর্ত লক্ষ্য নির্ণয় করা। তেমনি ঊর্মির জন্য শাস্ত্র জ্ঞানে ব্যুৎপত্তি অর্জনই এখন প্রধান লক্ষ্য। যদিও দেবীর পুজো মন্ত্র ঊর্মি কিভাবে যেন অনেক আগেই করাগত করে ফেলেছিল তবুও পুঁথি পড়তে শেখাটা জরুরি ছিল। কিন্তু কথা হলো দেবী দ্রাক্ষানীর পুরান বা পুঁথি কোথায়? মন্দিরের চারদিক ঊর্মি অন্বেষণ করতে লাগল খুব সতর্ক থেকে কারণ তার উদ্দেশ্য কেউ যাতে না বোঝে। রাজন ইন্দ্রাশিস নর হত্যার দায়ে দায়ী তবে তিনি আসলে কুলপুরোহিত একদন্তর কাঠের পুতুল ভিন্ন কেউ নন। অন্ধের মত একদন্তকে ভরসা করেন রাজন। তিনি অবশ্য রাজার সন্তান রাজত্ব রক্ষাই ওঁর প্রধান কাজ ও প্রথম শর্ত যুদ্ধ। তিনি শাস্ত্রজ্ঞ হয়ে কী বা হত? রাজাকে যুদ্ধক্ষেত্রে যেতেই হবে তাই যুদ্ধ বিদ্যা তার কাছে জরুরি। রাজার উন্নত শির ও তার জয়ধ্বজা দেখেই তো সৈন্যরা উদ্দীপিত হবে।

তিনি মানবিকতা, ধর্ম, জ্ঞান সব ক্ষেত্রে একজনের কথাই শেষ কথা ভাবেন আর রাজন ইন্দ্রাশিস কেন তার বাপ-ঠাকুর্দাও একজ-নকেই বুঝতেন, তিনি কুলপুরোহিত একদন্ত।

আপ শক্তির থেকে বড় শক্তি কিছুই নেই তাই ঊর্মিমালা চতুর্বেদ, ন্যায়, সংখ্যা, ভেদনীতি জাতীয় যাবতীয় শিক্ষা গ্রহণে ব্রতী হলো। সে দিনরাত এক করে দিল অভিষ্ঠ লক্ষ্যে পৌঁছাবার পথ নির্মাণে। কেবল রাজনের সান্নিধ্য ছাড়া বাকি সময়টুকু ঊর্মির কেটে যেত গুরু শিক্ষায় ও দেবী দ্রাক্ষানীর মন্দিরে। সাম্রাজ্যের সকলে এটা দেখেই

অবাক হলো যে ঈশ্বরীর কাছে বলি যেতে হবে সেই ঈশ্বরীর পায়ের তলায় দিনরাত পড়ে থাকে রাজমহিষী। রাজ ঐশ্বর্য ভোগে যেন তার কোন তারণ নেই। নিতান্ত সাদামাটা ভাবেই থাকে ঊর্মি। আর ওর ওই স্নিগ্ধতা যেন রাজন ইন্দ্রাশিসকে দিনে দিনে আরো মুগ্ধ করে গেল।

বিয়ের পর কেটে গেছে দুটি মাস। এর মধ্যে রাজন ইন্দ্রাশিসের অনেকটা কাছাকাছি চলে এসেছে ঊর্মি। গুরুর কাছে শিক্ষা গ্রহণ আর দেবী দ্রাক্ষানীর মন্দিরে পড়ে থাকা ছাড়াও ঊর্মি তলে তলে একটা কাজ করে যাচ্ছে - দেবীর পুজোর পুঁথির খোঁজ। তার বিশ্বাস সেটা পেলে তবেই রাজনের ভুলগুলো ভাঙানো সম্ভব। রাজন নরহত্যার দায়ে দায়ী হচ্ছেন বছর বছর। তিনি ক্ষত্রিয় রাজা তাই যুদ্ধে শত্রু দমন করতে তিনি বাধ্য। তবে এই যে নিষ্ঠুর নিয়ম সেটা একেবারেই অবাঞ্ছনীয় মনে হয় ঊর্মির। কুলপুরোহিত একদন্ত খুবই ভালো ব্যবহার করেন ঊর্মির সঙ্গে। দেবীর মন্দিরে নিত্য আরতি করা বা একশ আটটি জবা সংগ্রহ করে ঊর্মির মালা বানানো সব কাজের জন্য বারংবার একদন্ত বলেন রাজনকে যে ঊর্মি খুবই ভক্তিমতি নারী। তবুও কোথাও একটা সন্দেহ থেকেই যায় অশীতিপর বৃদ্ধের প্রতি। ওঁর বয়স অনেক দেখেই বোঝা যায় কিন্তু তবুও কী নিখুঁত নিয়ম করে দেবীর পুজো করেন তিনি। ওঁর কথাই সব এই রাজপরিবারে। উনি যে বিধান দেন সেটাই কার্যকর হয় এখানে। ঊর্মির সন্দেহ হয় এই বছর বছর রাজমহিষীদের হত্যা কি আসলেই দেবী দ্রাক্ষানীর ইচ্ছায় না একদন্ত জড়িয়ে আছেন এর সঙ্গে ? সময় কিন্তু একটু একটু করে ফুরিয়ে আসছে। দুটি মাস অতিক্রান্ত হয়ে গেল যার

একটি রাত ও এমন যায়নি যে রাজন ওর সঙ্গে দৈহিক যোগাযোগ স্থাপন করেননি। তার পরেও ও সন্তানসম্ভবা হলো না।

ঊর্মিকে গত রাতেও রাজন জিজ্ঞাসা করেছেন, ঊর্মিমালা কোন সুখবর কি নেই?

ঊর্মি রাজনের হাত স্পর্শ করে বলে, রাজন দেবীর আশির্বাদে ঠিক সুখবর আসবে। অযথা চিন্তা করবেন না।

রাজন : আমি পারলে আজীবন তোমাকে নিজের কাছে আটকে রাখতাম ঊর্মি। ভালোবাসে ফেলেছি তোমাকে। কিন্তু দিনের শেষে সব আবেগের পরে আমি যে একজন রাজা। রাজধর্ম পালন করতে আমি বাধ্য। তাই তোমাকে দেবী দ্রাক্ষানীকে সমর্পণ করতেই হবে আমায়। তবে কেন জানিনা আমার মনে হয় তোমাকে নৃশংস মৃত্যু দিয়ে আমিও আর বাঁচব না। আমার হৃদয় ও স্তব্ধ হয়েই যাবে। আমি না থাকলে আমার বংশ তো চাই। তাই কৌশিকী অমাবস্যা আসার আগে তোমাকে যে সন্তান জন্ম দিতেই হবে। আমাদের দুজনের সন্তান আসুক এই পৃথিবীতে। তার হাতেই সপে যাব এই সাম্রাজ্যে।

ঊর্মি : রাজন হত্যার লীলা আপনার বংশজর হাত দিয়ে এগিয়ে যাবে যুগের পর যুগ। কেন রাজন? আপনি দেবী কেসীকে ও বলি দিয়েছেন নিজের হাতে। আপনি কি মরে গেছেন? আমার হত্যা করে কেন মৃত্যুর স্বাদ গ্রহণ করবেন? বরং বলুন আমার সন্তানের মধ্যে আমাকে বাঁচিয়ে রাখতে চান আপনি।

রাজন ঊর্মির হাতটা ধরে বললেন, বিশ্বাস করো প্রিয়ে আমি ভীষণ ভাবে বিশ্বাস করতে আরম্ভ করেছি যে তোমাকে ছাড়া আমি বাঁচতে অক্ষম। হ্যাঁ এটাও সত্যি যে তোমার জন্ম দেওয়া সন্তানের মধ্যে দিয়ে আমি তোমার অস্তিত্ব এই পৃথিবীতে রেখে যেতে চাই। তুমি সত্যই বুদ্ধিমতী।

রাত পাখিদের কর্কশ ডাক কানে আসে। আগামীদিনে কি ঊর্মি পারবে আসল সত্য উন্মোচন করতে এটা ভেবেই ঊর্মির বুক কেঁপে ওঠে।

আজ অমাবস্যা তাই রাতে পুজো হবে দেবী দ্রাক্ষানীর। সকাল থেকেই ব্যস্ততা তুঙ্গে। আজ জোড়া ছাগ বলি হবে। হোমের জন্য বেল কাঠ কেটে কেটে রাখা হচ্ছে। মণ-মণ গব্য ঘৃত রাখা হয়েছে ভাঁড়ার ঘরে। একান্ন ভোগ দেবীকে দেওয়া হবে আজ। ঊর্মি দেবীর জন্য স্বর্ণ জড়ি নির্মিত রেশমের বসন তৈরি করিয়েছে। দেবীকে ওই বসন আজ পড়ানো হবে সঙ্গে রত্নখচিত অলংকার। কুলপুরোহিত একদন্ত মন্ত্রণা গৃহে রাজনের সঙ্গে ঢুকেছেন সেই সকাল বেলা থেকেই। ঊর্মি একবারের জন্যও আজ একদন্তকে মন্দিরে আসতে দেখেনি। আজ সারাটা দিন নির্জলা উপবাস থাকেন রাজন তাই যোগ্য সহধর্মিণী হিসেবে ঊর্মিও উপবাস করে আছে। দুপুরের দিকে দাস দাসীরা খেতে গেলে মন্দিরে একাই ছিল ঊর্মি। দেবী দ্রাক্ষানীর মূর্তির পাশে বসে বসে ঊর্মি ভাবছিল তবে কি এই নারকীয় হত্যালীলা তুমিই চাও মা? আমি নিজের জীবনের ভয় পাইনা মা। আমি ভাবি রাজন কত পত্নী এভাবে গ্রহণ করবেন? কতই বা বছর বছর তাদের হত্যা করবেন?

একটা হাতের ছোঁয়া পেয়ে ঘুরে তাকাল ঊর্মি। সামনে দাঁড়িয়ে আছে একটি ছোট্ট মেয়ে। আলতা পেরে শাড়ি গাছকোমড় করে বাঁধা, পায়ে আলতা আর নুপুর। লম্বা চুল নেমে লুটাচ্ছে মেঝেতে। ঊর্মি অবাক হয়ে যায় এই মন্দিরে এখন এত মিষ্টি শিশু কন্যা কোথা থেকে এলো?

ঊর্মি জিজ্ঞাসা করল, কে গো তুমি বাছা?

শিশু কন্যাটি খিলখিলিয়ে উঠল। তার হাসি দেখে মনটা যেন জুড়িয়ে গেল ঊর্মির। কি মুগ্ধতা এইটুকু শিশুর মধ্যে। কোন দাসীর মেয়ে কি? না কেউ এসেছে রাজবাড়ীতে?

কন্যাটি ঊর্মির হাত ধরে টানতে লাগল। ঊর্মি বুঝল সে ঊর্মিকে কোথাও নিয়ে যেতে চাইছে। ঊর্মি উঠে দাঁড়াতেই কন্যাটি গর্ভগৃহের ভিতরেই দেওয়ালে যে নটরাজের পাথরের মূর্তিটি খোদাই করা

আছে সেখানে গিয়ে দাঁড়াল। ঊর্মি মেয়েটিকে বলল, বাছা এ তো নটরাজ। দেবী দ্রাক্ষানীর পতি। কন্যা নটরাজকে হাত জোড় করে প্রণাম করল আর তারপর পাথরের ত্রিশূলের দিকে হাত দেখিয়ে ইশারা করল। ঊর্মি ভাবল হয়ত কন্যাটি দেখতে চায় পাথর কুঁদে বানান নটরাজকে হাত দিয়ে। তাকে কোলে তুলে নিল ঊর্মি। কোলে উঠেই কন্যা নটরাজের ত্রিশূলের গায়ে হাত দিল। ঊর্মি দেখল মেঝেতে একটা হালকা স্পন্দন হলো আর ঘরঘর করে শব্দ করে নটরাজের মূর্তি খোদাই করা দেয়ালটা খুলে গেল। কন্যা এবার ঊর্মিকে বলল, চল মা ভিতরে চল ....চল না ...

ঊর্মি বুঝল এটা কোন গুপ্ত পথ যেটা এতদিন ধরে ও খেয়াল করেনি। ভিতরে আলো প্রবেশ করছে না। তাই এভাবে শিশুর কথা শুনে ভিতরে প্রবেশ করে বিপদ ডেকে আনবে ঊর্মি। অব্যবহৃত স্থানে পোকা মাকর, সাপ অনেক কিছুই থাকতে পারে। তাই মন্দিরের দেওয়ালে লাগানো মশালটা তুলে নিল ঊর্মি। তারপর ধীরে পায়ে কন্যাটিকে কোলে নিয়ে আর একহাতে মশাল নিয়ে ভিতরে ঢুকে গেল ঊর্মি। ধীরে ধীরে নটরাজের মূর্তি খোদাই করা দেওয়ালটি বন্ধ হয়ে গেল।

গুপ্ত কক্ষে সিঁড়ি বেয়ে নেমে এসে কন্যাকে কোল থেকে নামিয়ে ঊর্মি দেখল বাইরে যাবার দরজা বন্ধ হয়ে গেছে। কন্যাটিকে নিয়ে ঊর্মি ওই গুপ্ত কক্ষের ভিতরে ঢুকে যদিও গেল কিন্তু প্রবেশ পথ তো নিজে থেকেই বন্ধ হয়ে গেল! এবার বাইরে বেরোবার উপায় কি? ঊর্মি নিজের কথা ভাবে না, সে এমনিতেই বলিপ্রদত্ত কিন্তু এই শিশুটি? সে তো এখানে পচে মরবে ঊর্মির বুদ্ধিহীনতার জন্য। শিশু কন্যাটিকে ঊর্মি বলল, বাছা তোমার ভয় নেই। আমি আছি তো।

শিশুটির মুখে যদিও ভয়ের লেশমাত্র নেই। সে ঊর্মিকে ইশারা করে দেখাতে লাগল চারদিকে। ঊর্মি দেখল এই গুপ্ত কক্ষের দেয়ালে অনেক প্রকোষ্ঠ আর সেখানে থরে থরে সাজানো আছে লাল শালু জড়ানো পুঁথি। এছাড়াও অনেক ধরনের পুজোর জিনিস-পত্র। পুঁথিগুলোতে হাত দিয়ে দিয়ে দেখে ঊর্মি, ওগুলোতে ধুলোর পুরু আবরণ। শিশু কন্যা আধো আধো বুলিতে বলে, মা মা চল চল। ঊর্মি বুঝল মন্দিরের সব পুঁথি এখানেই সংগৃহিত আছে কিন্তু রাজন কি তা জানেন না? এখানকার অবস্থা দেখেই বোঝা যায় যে এখানে দীর্ঘদিন কেউ আসেনি! ঊর্মি পুঁথিগুলো নেড়েচেড়ে দেখার সুযোগ পায়না কারণ কন্যা এবার কোলে চাপতে চাইছে। ওকে কোলে নিতেই কন্যা বাইরে যাবার আবদার শুরু করে। ঊর্মি দেখে পথ যখন চেনা হয়ে গেছে তখন আবার আসা যাবে আপাতত এখান থেকে বেরোবার উপায় জানা দরকার। একটা ছোট পুঁথি কন্যা তুলে নেয় হাতে। ঊর্মি অনেকবার চেষ্টা করে কন্যাকে বুঝিয়ে পুঁথিটি যথাস্থানে রাখতে কিন্তু কন্যা কিছুতেই দেবে না ওটি। তাই ঊর্মি কন্যাকে কোলে নিয়ে আবার মশাল হাতে দরজার কাছে এগিয়ে আসে। অনেকবার চেষ্টা করেও দরজা খোলা যায়না। কন্যা হাতে লাল শালু জড়ান পুঁথিটি নিয়ে ঊর্মির কোলে নিজের মনেই কলকল করে যায়। ঊর্মি অন্য কোন পথ আছে কিনা চারদিকে দেখতে থাকে। যদি বাইরে যাবার পথ পাওয়া যায়! নাহলে কেউ জানতেও পারবে না যে ওরা দুজন এখানে আটকে আছে। কক্ষের শেষ প্রান্তে এসে জলের ছলাৎ ছলাৎ শব্দ কানে ভেসে আসে। লুরনি নদী তো অনেকটা দূরে তাহলে এখানে কি ভাবে জলের শব্দ আসছে? ঊর্মি মশাল নিয়ে ভালো করে দেখে। একটা পাথুরে দরজা মিশে আছে দেয়ালের সঙ্গে। ঊর্মি সমস্ত শরীরের বল দিয়ে সেটা খোলার চেষ্টা করে। ওটা ঠেলতে ঠেলতে ঊর্মি আবার অনুভব করে নিজের ব্রহ্মতালুতে স্পন্দন। বিয়ের পর এই প্রথম আবার

তৃতীয় নয়নের আভাস! ঊর্মি আরো মনোবল বাড়িয়ে দরজা ঠেলার চেষ্টা করে। একসময় দরজাটা খুলে যায়। বাইরের আলো এসে লাগে ঊর্মির চোখে। ব্রহ্মতালুর স্পন্দন বন্ধ হয়ে যায়। কন্যা বাইরে বেরিয়ে এসে মনের আনন্দে হাততালি দিতে থাকে। ঊর্মি দেখে লুরনি নদীর একটা সরু স্রোত এখান দিয়ে বইছে কিন্তু কই এটা তো আগে কোনদিন দেখেনি ও! বা এই স্রোতের কথা কানেও শোনেনি! সবটা যেন কেমন জটিল হয়ে যাচ্ছে উত্তরোত্তর। স্রোতে পা দিয়ে হেঁটে যাওয়া যায় অনায়াসে। মশালটি ছুঁড়ে ফেলে কন্যাকে কোলে তুলে জলের মধ্যে দিয়ে এগোতে থাকে ঊর্মি। কিছুটা যাবার পর ও দেখে প্রতি পদে পদে রাজমহলের এই চোরা দেয়ালের পাশে পাশে ছড়িয়ে ছিটিয়ে আছে নরকঙ্কাল। এত কঙ্কাল এলো কোথা থেকে ঊর্মি জানেনা। এত বেশি ভাবার সময় নেই কোলের শিশু কন্যাকে এখন সুস্থভাবে বের করে নিয়ে যাওয়াটা ওর আসল লক্ষ্য। কিছুটা যেতেই লুরনি ঝর্ণা দেখতে পেল ঊর্মি আর চারদিকে জঙ্গল। ধীরে ধীরে পেছল সামলে ঊর্মি রাজমহলের অন্দরমহলে যাবার দিক নির্ণয় করে এগিয়ে গেল। কিন্তু সদরে দাঁড়িয়ে আছে রক্ষী। তারা যদি দেখে ফেলে ঊর্মি রাজমহলের বাইরে থেকে ভিতরে ঢুকে আসছে সেটা তো রাজনের কান পর্যন্ত যেতে সময় লাগবে না!

ঊর্মি নিজের ভিজে যাওয়া শাড়িটাতে একটা বড় ঘোমটা টেনে ধীরে ধীরে মহিলাদের ভিড়ের মধ্যে মিশে ভিতরে প্রবেশ করে যায়। কিন্তু আবার ঘুর পথে মন্দির পর্যন্ত এসে দেখে সেই কন্যাটি নেই তার পাশেপাশে। এদিক ওদিক দেখেও তাকে যখন ঊর্মি খুঁজে পায়না তখন সে ভাবে হয়ত ওই মহিলাদের দলের মধ্যে নিজের মাকে পেয়ে শিশুটি তার সঙ্গে চলে গেছে। লাল শালু জড়িত পুঁথিটি নিজের কোমরে গোঁজা অবস্থায় পায় ঊর্মি। মানে কন্যার হাতের ওই পুঁথি সে ঊর্মির কোমরে গুঁজে দিয়েছিল কোলে থাকার সময়। ওটা গোপনে নিজের কক্ষে নিয়ে গিয়ে রেখে দেয় ঊর্মি। মন্দিরের

গর্ভগৃহের ভিতরে যে গোপন কক্ষ, তার বাইরে ওই স্রোত,.নর কঙ্কাল! এগুলো কি রাজনের জানা আছে? ঊর্মি ভাবে রাজনের থেকে ছলেবলে বিষয়টি জেনে নিতে হবে ওকে।

ভাবনার মাঝেই রাজন এসে হাজির রাজমহিষীর কক্ষে। রাজন ঊর্মিকে বলেন আজকের অমাবস্যার পুজোর সময় যে বিশেষ ভোগ দেওয়া হয় দেবীকে সেটা যেন ঊর্মি নিজের হাতে মাকে সমর্পণ করে। ঊর্মি রাজনকে জানায় সে সময়মত পৌঁছে যাবে মন্দিরে। রাজন ঊর্মির কাছে এসে বলেন, ঊর্মি আমি সারাদিন উপবাসে। খুবই ক্লান্ত আছি। একটু কি তোমার আশ্রয়ে বিশ্রাম পেতে পারি?

ঊর্মি নিজের জংঘায় রাজন ইন্দ্রাশিসের মাথা রেখে ওঁর মাথায় হাত বুলিয়ে দিতে থাকেন। রাজনকে ঊর্মি বলে, স্বামী আপনি এত বিষণ্ণ কেন থাকেন? ইন্দ্রাশিস : যেন জন্ম মুহূর্ত থেকেই আমার পৃথিবীতে অমানিশার অন্ধকার। যার ফাঁক ফোকর দিয়েও একবিন্দু স্বস্তির আলো প্রবেশ নিষিদ্ধ। আমি জানিনা সুখের খোলা আকাশ কি, তা কোথায় থাকে আসলেই। আমি জানিনা মাতৃস্নেহ কি, মায়ের কোলে মাথা রেখে চিত্তের কি বর্নান্তর ঘটে। জানিনা সম্পর্কের সৌন্দর্য আসলে কাকে বলে। জন্মর পর থেকেই একদন্তর কাছে আমি পালিত। ধীরে ধীরে শৈশব - বাল্য - কৈশোর অতিক্রম করতে করতে আমার জন্য যে পৃথিবী তাকে চিনে নিতে শিখলাম। আমি বছর বছর দেখেছি কেমন প্রতি বছর পিতা নতুন বিবাহ করতেন এবং সেই রাজমহিষীকে কেমন ধারালো বগির আঘাতে দ্বিখন্ডিত করে দিতেন। আমার কাছে বিষণ্ণতা ছাড়া আর কি বা থাকতে পারে বলতে পারো ঊর্মি?

একটি কিশোর, যে যৌবনে প্রবেশ করেছে, সে জানে শক্তিতে, বিদ্যাবত্তায় ও জ্ঞানে সে শ্রেয়তর। তথাপি নিষ্কন্টক তার সিংহাসন। কেবলমাত্র বিধাতার অলক্ষ্য প্রভাবে এই দ্রাক্ষ সাম্রাজ্যে তার কুলদেবীর কাছে প্রতিজ্ঞাবদ্ধ হওয়াতে তাকে নিজ অর্ধাঙ্গিনীকে সমর্পণ করতে হবে দেবী দ্রাক্ষানীকে।

আমার কোন ভ্রাতা বা ভগিনী নেই, আমি রাজন রাজচক্রবর্তি ইন্দ্রাশিস এই বিশাল সাম্রাজ্যের একমাত্র ওয়ারিস। তবুও আমাকে রাজ সিংহাসনের সঙ্গে স্বীকার করতে হলো ত্যাগ। নিজের অর্ধাঙ্গিনীর ত্যাগ স্বীকার করে তবেই সিংহাসনে আরোহণ করলাম আমি। আমার প্রথম বিবাহ হয় যখন আমি সদ্য সিংহাসনে আরোহণ করেছি। আমার বয়স তখন মাত্র সতেরো। আবেগ স্বভাবতই বেশি থাকে সেই সময়। ভেবেছিলাম আপন রাজমহিষীকে বুক দিয়ে আগলে রাখব। দেবী দ্রাক্ষানীর কাছে নরবলি আমি চিরতরে বন্ধ করে দেব। ধারা আমার প্রথম রাজমহিষী, আজও চোখ বন্ধ করে তাকে দেখতে পাই চোখের সামনে। মাত্র তোরো চৌদ্দ বছরের ধারাকে আমি অভয় দিয়েছিলাম যে তার ইন্দ্রাশিস তাকে কিছুতেই বলি হতে দেবে না। প্রথম প্রেমকে নিয়ে একটা বছর যে কি আনন্দে কেটে গেল আমি হিসেব রাখতে সক্ষম হইনি তিনশো পঁয়ষট্টি দিনের। তারপর এলো সেই কালো রাত। আমার পিতাসম একদন্ত এলেন আমার কাছে। একদন্ত আমার গায়ে মাথায় হাত বুলিয়ে দিচ্ছিলেন। কুশল জিজ্ঞাসা করছিলেন। কিন্তু তাঁর স্পর্শ বলে দিচ্ছিল, তিনি দ্বিধান্বিত। বলে দিচ্ছিল, তার অভিপ্রায় আমার পক্ষে মঙ্গলজনক নয়। তাই স্বভাবগম্ভীর একদন্ত অতখানি প্রগলভ। আমি অপেক্ষা করে রইলাম। অবশেষে একদন্ত মুখ খুললেন -

রাজন যে কারণে আপনাকে বিরক্ত করতে এলাম অসময়ে সেই কারণটা, বলি। আপনার বিবাহের সময়সীমা আজ অতিক্রম করে যাচ্ছে। কাল রাতে কৌশিকী অমাবস্যা আরম্ভ হলে দেবী ধারাকে

আপনাকে নিজের হাতে বলি দিতে হবে দেবী দ্রাক্ষানীর কাছে। আপনি যেহেতু কোনদিন বলিদান করেননি অত বড় প্রাণীর তাই আপনাকে আজ একটি মহিষ বলি দিয়ে অভ্যাস করতে হবে, চলুন বলিদান করতে।

আমি কেঁপে উঠলাম একবারের জন্য। পিতা কয়েক বছর যাবৎ অসুস্থ হওয়াতে আমি সিংহাসনে। আগের বছরও পিতার বিবাহিত এক রাজমহিষীকে বলি দান করেছেন স্বয়ং পিতা। তারপর আগের বছর উনি নতুন করে বিবাহ করেননি আর সিংহাসন ও ত্যাগ করেছেন। ওঁর শারীরিক পরিস্থিতি ঠিক না হওয়াতে আগের বছর দেবীর অষ্টমঙ্গলাতে আমি সল্যরাজ কন্যা ধারাকে বিবাহ করি ও এই সাম্রাজ্যের রাজা হই। আমি ভেবেছিলাম একবছর পর আমি রাজন হিসেবে ক্ষমতায় থাকার অছিলায় বলি বন্ধ করে দেব। কিন্তু একি! একদন্ত আমার কাছে বলির অস্ত্র নিয়ে হাজির হয়েছেন ধারাকে বলি দেবার মহড়া দেবার জন্য!

আমি জানালাম দেবী দ্রাক্ষানীর পুজোয় বলি বন্ধ করতে ফরমান জানিয়ে দিতে। কারণ আমি আমার ধারাকে মরতে দেব না। একদন্ত বললেন, অনর্থ হবে রাজন। আপনার পিতা, আমি, আপনি সকলেই দেবীর রোষানলে পড়ব। দেবী কৌশিকী অমাবস্যাতে নরবলি না পেলে সাম্রাজ্যের একটি মানুষকে বাঁচতে দেবেন না। আপনি যখন রাজা হয়েছেন তখন আপনাকে প্রেম ও বিরহর মত তুচ্ছ শব্দকে নরমেধ যজ্ঞতে আহুতি দিয়ে প্রমান করতে হবে যে আপনি শ্রী ইন্দ্রাশিস এক মহান রাজন। আপনাকে রাজচক্রবর্তি হতে হবে।

আমি শুনলাম না একদন্তর কথা। মানা করে দিলাম নরবলি। ধারাকে আমি জানালাম-মহিষ বলি দিয়েই নিয়ম রক্ষা করা হবে।

আমি বলিপীঠে গেলাম, হাতে তুলে নিলাম দেবীর আদিম ধারালো বগি। সামনে হারিকাঠে পেশ করা হয়েছে একটি বড় মহিষকে। তাকে চোট দিয়ে আমি এই প্রথম বলি দেবার মহড়া দেব। চতুর্দশীর

চোট আমি নিজের হাতে দেব। বগি তুললাম আর জয় মা দ্রাক্ষানী বলে সোজাসুজি চালিয়ে দিলাম বগিটা। কিন্তু একি! কোথায় মহিষ! যে দ্বিখন্ডিত মস্তক গড়িয়ে গেল তা তো মানুষের। হাড়িকাঠের এদিকে ছটফট করছে একটা মানুষের ধর! আমি বগিটা কাঁপা হাতে ফেলে এগিয়ে গেলাম ...

আমার পিতা, পূর্ব রাজন আমারই হাতে দ্বিখন্ডিত হয়ে গেছেন কিয়ৎকাল আগে! আমি মুহূর্তে সংজ্ঞা হারিয়ে ওখানেই আমার পিতার রক্তের স্রোতের মধ্যেই পড়ে গেলাম।

আমার ধুম জ্বর এলো সেদিন। মাথার মধ্যে চলছে একটাই কথা ... আমি পিতৃহন্তা! আমি তো মহিষ বলি দিচ্ছিলাম! পিতা কী করে!

কৌশিকী অমাবস্যার দিন সকালে আমার জ্বর নামল। জ্ঞান অর্জন করে সামনে পেলাম একদন্তকে। তিনি জানালেন আমার নরবলি বন্ধ করার নির্দেশে দেবী দ্রাক্ষানীর কোপ পড়েছে এই বংশের উপরে। তাই তো মহিষের স্থানে পিতা চলে এসে ছিলেন কাল। আর আমার হাতেই তাঁর মৃত্যু হয়। এখন ধারাকে মায়ের চরণে সঁপে না দিলে দেশে মড়ক লাগবে। সব শেষ হয়ে যাবে।

আমি পিতার দেহ লবণে সংরক্ষণ করার আদেশ দিয়ে পুজোর প্রস্তুতি নিতে বললাম একদন্তকে। আমি রাজা আমাকে প্রেম নয় প্রজা পালন করতে হবে। এটাই আমার নিয়তি, এটাই আমার ভবিতব্য। যেটাকে অস্বীকার করার চেষ্টা করে নিজের পিতাকে হারিয়েছি আমি। সেদিন রাতে নিশ্চিতে ঘুমিয়ে থাকা ধারাকে কোলে করে তুলে এনে এই দুটো হাত দিয়ে আমি দেবী দ্রাক্ষানীর চরণে সঁপে দিয়েছিলাম। ধারার মর্মভেদী চিৎকার, আমার দিকে বিশ্বাসভঙ্গ হওয়ার ফলে ওর হতবাক চাহনি আজও আমি ভুলতে পারিনি। ওর কচি ঘাড় থেকে মাথাটা কেটে নামিয়ে ফেলার সময় যে গরম রক্ত আমার মুখে চোখে এসে ছিটকে পড়েছিল তার বিচিত্র গন্ধ আজও আমি ভুলতে পারিনি।

প্রথম বার নিজের অর্ধাঙ্গিনীকে দেবী দ্রাক্ষানীর সামনে বলি দেবার পর থেকেই আমার ভেতরে ভেতরে জন্মাতে থাকল ক্রোধ। এক অসহ্য জ্বালা, সমস্ত কিছু ভেঙেচুরে তছনছ করে দেবার এক অবরুদ্ধ বাসনা থেকে আমি হয়ে উঠলাম নৃশংস এক রাজন। যে তার সাম্রাজ্যে ছাড়া আর কোন কিছুর প্রতি টান অনুভব করেনা। যুদ্ধ জয়, অন্য রাজাদের নিজের কাছে নতিস্বীকার করানোর একটা নেশা আমি করাগত করলাম। সেই থেকেই আমি রাজচক্রবর্তি উপাধি পেলাম অশ্বমেধযজ্ঞ করে।

রাজন আর ধারার গল্প শুনে ঊর্মির চোখে জল চলে এলো। রাজন ইন্দ্রাশিস বরাবরই একা রয়ে গেছেন। চারপাশে এত বৈভব, এত সম্মানের পরেও মনের কথা বলতে কাউকে পাননি তিনি। ভূমিষ্ঠ হওয়ামাত্র মায়ের মৃত্যু ঘটার পর পিতা একের পর এক বছর বছর বিবাহ করলেও মাতৃস্নেহ থেকে বঞ্চিত থেকেই জান রাজন। কারণ প্রত্যেক সৎ মাতার সঙ্গে ওঁর সম্পর্কের মেয়াদ ছিল মাত্র একটি বছরের। বছরের পর বছর একে একে এই রাজপরিবারে অসংখ্য রানী এসেছেন ও নির্মম প্রথার বলি হয়ে ভয়ানক মৃত্যুর স্বাদ গ্রহণ করেছেন। রাজন ইন্দ্রাশিস চেয়েছিলেন এই প্রথা বন্ধ করতে। নিজের প্রথমা রাজমহিষী ধারাকেই তিনি আজীবন বেঁধে রাখতে মরিয়া প্রয়াস করেছেন তবু অলৌকিক ভাবে পিতার মৃত্যুর কারণ হয়ে যান রাজন ইন্দ্রাশিস। মহিষের স্থানে পিতা কী করে এলেন! এই আশ্চর্য ঘটনার সাক্ষী হয়েও আজও ধন্ধে রাজন। ধারাকে তিনি নিজের হাতে বলি দেন সে রাতে। দেবী দ্রাক্ষানীর কাছে যুগে যুগে চলে আসা প্রথাকে বন্ধ করতে গিয়ে পিতাকে হারিয়ে মনোবল ভেঙে পড়ে ইন্দ্রাশিসের।

কুলপুরোহিত একদন্ত জানান হত্যালীলার তো এই শুরু। এরপর গোটা সাম্রাজ্য দেবীর প্রকোপে পড়বে আর সব শেষ হয়ে যাবে। এক ধারাকে বাঁচাতে গিয়ে রাজন এভাবে সব শেষ করে দিতে পারেননা। তিনি প্রজাপালক রাজা। তাঁর অন্তিম শ্বাস পর্যন্ত প্রজাদের রক্ষার্থে যেখানে ব্যবহৃত হওয়ার কথা সেখানে সামান্য ধারার জন্য কী করে তিনি গোটা সাম্রাজ্যের মানুষ গুলোকে বিপদের মুখে ফেলে দেন?

একথা শোনার পর রাজন আর সাহস করে উঠতে পারেননি। তিনি বাহুবলি রাজা। তিনি প্রজা বৎসল রাজা। তিনি নিজের কর্তব্য থেকে বিপথে চালিত হতে পারেননা। ধারাকে বলি দেবার পর রাজন সেবার মূর্ছা গিয়েছিলেন সব বিধি পূর্ণ করার পর। রাজন আর পেরে ওঠেননি ধারার মুন্ডহীন রক্তাক্ত দেহটা নিয়ে উন্মত্ত পুরুষদের ওই উদ্দাম নাচের বীভৎসতা। তারপর দ্বিতীয় স্ত্রী হয়ে আসেন আনন্দ-মণি। না রাজন আর কাউকেই মন দেননি। বলির পশুর মতই দেখে এসেছেন নিজের অর্ধাঙ্গিনীদের। যাকে নিজের হাতে মারতে হবে তার প্রতি মায়া বাড়িয়ে লাভ কি ছিল? ষোলতম পত্নী গান্ধার কন্যা দেবী কেসীর শেষ রাতের কথা গুলো আবার রাজনকে ভাবতে বাধ্য করে -তিনি যে রাজচক্রবর্তি রাজন ইন্দ্রাশিস। তিনি কেন এভাবে ধর্মভীরু হয়ে একের পর এক অসহায় নারীর হত্যা করে যাচ্ছেন? তাদের কি দোষ? তারা এই রাজপরিবারে কুলবধূ বলে তাদের এই ভয়াবহ মৃত্যু কেন স্বীকার করতে হবে? সে নারী তাই তার প্রতিবাদ করার চেষ্টা বৃথা। এই মর্মে তাকে বাধ্য হয়ে বিবাহ করতে হয় রাজনকে। তারপর রাজনের স্ত্রী হয়ে একটা বছর থেকে কেমন লাগে যখন রাজন নিজের হাতে তার অর্ধাঙ্গিনীকে হারিকাঠে চড়ান?

রাজনকে ভোজন শেষে বিশ্রামে যেতে বলে ঊর্মি। রাজনের পদযুগল প্রক্ষালন করে দেয় ঊর্মি। আর মধ্যে রাতে যখন রাজন ঘুমের মধ্যে বিভোর তখন একটি ঘিয়ের প্রদীপ জ্বালিয়ে ঊর্মি বসে পড়ে মন্দিরের গুপ্তকক্ষ থেকে ওই বালিকার হাতে আনা

পাণ্ডুলিপিটি পড়তে। যদিও ঊর্মির অক্ষর জ্ঞান হয়েছে তবুও তার পড়তে ও বুঝতে সময় লাগে।

ঊর্মি একটু একটু করে পড়তে শুরু করে পাণ্ডুলিপি। কোন জ্ঞানী সাধক দ্বারা লিখিত এই পাণ্ডুলিপিতে প্রথমেই দেবী দ্রাক্ষানীর নাম খোদাই করা হয়েছে। এটি ওই গুপ্ত কক্ষের অনেক পাণ্ডুলিপির মধ্যে একটি তাই এখানে কিছু নিগুড় রহস্য প্রতিলিপি করা আছে, সবটা জানতে হলে আরো পাণ্ডুলিপির সাহায্য ঊর্মির প্রয়োজন। এই পাণ্ডুলিপিতে স্পষ্টভাবে এটা লিখিত হয়েছে কোন মহান সাধকের মসিতে যে দেবী রক্ত পিপাসু এটা অনেকেই বলে থাকে, তা সম্পূর্ণ ভুল। দেবতা কিছু খায় না, কিছু পানও করে না। দেবী কেবল দেখে তার প্রতি কে কতটা নিবেদিত প্রাণ। রক্ত পানের কথা যতটুকু বলা হয়েছে তা কেবল চণ্ডীর রক্তবীজ বধ অধ্যায়ে। সেখানে দেবীর এই কাজ করতে হয় রক্তবীজের রক্ত হতে জন্ম নেওয়া বন্ধ করার জন্য। এখানে অসুর তথা রক্তবীজের রক্ত তিনি যেভাবে ভয়ংকরী রূপে খেয়েছিলেন তাতে ঋষিগণ ও দেবগণ মনে করে ছিলেন তিনি বোধহয় রক্ত পিপাসু। তা আদতে ভ্রান্ত এক ধারণামাত্র।

ঊর্মি আশার আলো পায় পাণ্ডুলিপির প্রথম অধ্যায়টুকু পড়ার পর। দ্বিতীয় পৃষ্ঠা উল্টে ফেলে মা দ্রাক্ষানীকে স্মরণ করে। সেখানে লেখা হয়েছে ...

দেবীর অঙ্গে সজ্জিত মুণ্ডমালা তাঁর শৌর্য প্রকাশ করে। তাতে সাধারণ মানুষের ভয়ের কিছু নেই। তিনি কেবল কত খারাপ শক্তি নাশ করেছেন তা দেখানোর জন্যই মুণ্ডমালা ধারণ করেন। মূলতঃ, বিপথগামীদের ভয় দেখানোর জন্য এবং তাদের পরিণতির জন্যই এটি। চিন্তা চেতনা দিয়ে বিচার করা হয় না। মায়ের বস্ত্র বা তাঁর কী আছে, কী নেই এই সব ত্রুটি কেউ বিচার করে না এখানে। হাজার হাজার বছর ধরে মায়ের পূজা এই রূপেই হয়ে আসছে। তার রূপ বা অন্যকিছুর গুরুত্ব আমাদের কম, সবচেয়ে গুরুত্বপূর্ণ হলো আমরা

মাকে কতটা ভালোবাসি। কালো বা লোলজিহ্বা বা নগ্ন নারীমূর্তি এগুলা কোন বিষয় না। সবার উপর তিনি জগদম্বা, যাঁর অঙ্গ ঢাকতে পারে এমন বস্ত্র নেই।

পাণ্ডুলিপি পড়তে পড়তে ঊর্মির সর্বাঙ্গে কাঁটা দিয়ে দিয়ে উঠছে। এদিকে ভোরের আলো ফুটে উঠেছে। না পাণ্ডুলিপির শেষ এখানেই। পরবর্তী অধ্যায় জানতে ঊর্মিকে এটিকে যথাস্থানে রেখে অন্য একটি পাণ্ডুলিপি সংগ্রহ করে আনতে হবে। এবার রাজনেরও ঘুম ভাঙার সময় হয়ে এসেছে তাই ঊর্মি লুকিয়ে ফেলে পাণ্ডুলিপিটা। রাজনের পাশে শয্যা গ্রহণ করে মনে মনে সেই শিশু কন্যার কথা মনে পড়ে যায় ঊর্মির। তাকে কোলে নিয়ে একটু স্নেহ উজাড় করার তীব্র ইচ্ছা জন্ম নেয় ঊর্মির মধ্যে। পাণ্ডুলিপি পড়ে ঊর্মি বুঝে যায় কুলপুরোহিতের ভাবনায় হয় ভ্রান্ত নয় কৃত্রিমভাবে আরোপিত।

আদিপরাসর শক্তি তো মমতাময়ী। তিনি কেন বছরের পর বছর নিজের সন্তানের বলি গ্রহণ করবেন?

রাজন ইন্দ্রাশিস ঘুম ভেঙে ঊর্মিকে নিজের পাশে অকাতরে ঘুমিয়ে থাকতে দেখে আজ একটু অবাক হন। রাজমহিষী প্রভাতেই জাগ্রত হন, অথচ আজ এখনও নিদ্রামগ্ন? রাজন ঊর্মির কপালে হাত রেখে দেখেন শরীর তপ্ত কিনা। না, ঊর্মি ঠিকই আছে। একবার ডাকতে গিয়েও রাজন সম্বরণ করেন নিজেকে। নিজের অর্ধাঙ্গিনীর সারল্য মাখা মুখটা দেখে মায়া হয় রাজন ইন্দ্রাশিসের। ঊর্মিকে দেখলে বার বার ধারাকে মনে পড়ে যায় রাজনের। তার যত বছর মৃত্যু হয়েছে তত বছর বয়স ঊর্মির। মানে ধারার মৃত্যুর সমসাময়িক কালে জন্ম নিয়েছে ঊর্মি। ইন্দ্রাশিসের কোথাও যেন মনে হয় ধারাই আবার ফিরে

এসেছে তার প্রিয় ইন্দ্রাশিসের কাছে। তাকে যে নিষ্ঠুর মৃত্যু দিয়েছে সেই স্বামীর মোহ যেন ত্যাগ করতে পারেনি ধারা। সেই জন্যই তো এতটা কাছের লাগে ঊর্মিকে রাজনের। কিন্তু হা ভবিতব্য! ঊর্মিকে রাজন কিই বা দিতে পারে? শুধুই ভয়াবহ মৃত্যু ছাড়া?

রাজনের মনটা প্রভাতেই ভারী হয়ে যায়। তার প্রতি এত মায়া বাড়িয়েই লাভ কি যাকে হারাতে হবে। যদিও ইন্দ্রাশিস এটা ভীষণ ভাবে বিশ্বাস করেন যে ঊর্মির মৃত্যুর পর তিনি নিজেও জীবিত থাকবেন না।

রাজন শয়ন কক্ষ ত্যাগ করেন। দেবী দ্রাক্ষানীর মন্দিরের ঘন্টার শব্দ কানে আসছে। রাজন স্নান গৃহে প্রবেশ করেন। স্নান সেরে সূর্য নমস্কার করে রাজন দেবীর মন্দিরের দিকে এগিয়ে যান। কুলপুরোহিত একদন্ত দেবীর শৃংগার করছিলেন হরিদ্রা ও কুমকুম সহযোগে। রাজনকে দেখে তিনি প্রণাম জানিয়ে এত সকাল সকাল মন্দিরে আসার হেতু জানতে চাইলে রাজন একদন্তকে বললেন, মন দিন দিন ভারাক্রান্ত হয়ে পড়ছে গুরুদেব। আপনি বলুন দেখি এভাবে আর কতদিন? এর থেকে মুক্তি পাবার কি কোন উপায় নেই? আর দেবী যদি রাজমহিষীদের বলিতে তুষ্ট হতেন তাহলে আমি আজও কেন সন্তানহীন?

বলি বন্ধ করেই দেখা যাক না যে দেবীর কৃপা বর্ষণ হয় না অভিশাপ জাগ্রত হয়। একদন্ত লক্ষ করছেন আজকাল রাজনের হাবভাব ঠিক নয়। রাজা হবার পরেও এমন বিরোধীতা করেছিলেন তিনি। তখন প্রথমা পত্নী ধারাকে বলি দিতে অস্বীকার করেছিলেন। মহিষ বলির অভ্যাসের নামে তখন একদন্ত রাজনের পিতা পূর্ব রাজনকে হাড়িকাঠে এনে ফেলেছিলেন মহিষের স্থানে। আর আগে থেকেই রাজনকে নেশায় এমন ঘোরে ফেলেছিলেন যে রাজন এই হাড়িকাঠের পরিবর্তন ঠাহর করতেই পারেননি। তিনি সেটাই বোঝেন যা একদন্ত তাঁকে বোঝান। একদন্ত ইন্দ্রাশিসকে বোঝান যে ধারাকে বলি না দিতে চাওয়াতে দেবী পূর্ব রাজন, ইন্দ্রাশিসের পিতার বলিদান গ্রহণ করেছেন। তারপর আর

রাজন এতগুলো বছর ধরে সাহস করেননি একদন্তর বিরুদ্ধে গিয়ে বলি বন্ধ করার চেষ্টা করতে। এখন আবার রাজনের মাথায় দয়া মায়ার পোকা নড়েচড়ে উঠেছে। একদন্ত রাজনকে বলেন ,

পশুবলি ছিল ভারতে প্রাচীন বৈদিক ধর্মের অংশ,এবং যজুর্বেদের মত শাস্ত্রে উল্লেখ আছে।

বৈদিক গ্রন্থে 'অশ্বমেধ' এর উল্লেখ করা হয়েছে। অশ্বমেধ একটি রীতি যেখানে একটি ঘোড়াকে এক বছর অবাধে ঘোরাফেরা করার অনুমতি দেওয়া হয়, তারপর শেষ পর্যন্ত বলি দেওয়া হয়। মহাকাব্য মহাভারতে, যুধিষ্ঠির চক্রবর্তী সম্রাট হওয়ার জন্য কুরুক্ষেত্র যুদ্ধে জয়লাভ করার পর অশ্বমেধ পালন করেন। সাধারণ মানুষ বলি দিতে পারেনা কিন্তু ক্ষত্রিয় রাজা বলি দিতে পারে তার রাজ্যের শান্তির জন্য। যেই সেই বলি নয়, কেবল মাত্র অশ্বমেধ যজ্ঞ ও নরমেধ যজ্ঞ। রাজার অশ্ব এক বছর দেশ ঘুরে তার শৌর্য দেখাতে পারবে এবং তার সুরক্ষিত রাজ্য প্রতিষ্ঠা করতে পারবে। অশ্বমেধ যজ্ঞ মূলত করা হতো রাজ্যের সীমানা নির্ধারণের জন্য, যেখানে ঘোড়া ছেড়ে দিয়ে রাজা তার রাজত্বে বাধার বিচার করে। এবং সীমানা হতে আশেপাশের অন্য রাজাদের নিমন্ত্রণ পাঠান একমাত্র সেই রাজারাই আসতেন যারা উল্লেখিত ভূমি তার হিসেবে মেনে নেন। মহাভারত কালে প্রধান বুদ্ধিদাতা কৃষ্ণের সামনেই যুধিষ্ঠির অশ্বমেধ যজ্ঞ করেছিলেন। আর ভগবান বিষ্ণুর অবতার হয়ে, রাজা রামও অশ্বমেধ যজ্ঞ করেছিলেন।

আপনি দ্রাক্ষরাজ রাজন রাজচক্রবর্তি ইন্দ্রাশিস, আপনিও অশ্বমেধ যজ্ঞ করে রাজচক্রবর্তি হয়েছেন। আপনার সিংহাসন নিষ্ক-ণ্টক। আপনি খুব শীঘ্রই পিতা হবেন রাজন। দেবী দ্রাক্ষানী আপনার কুলদেবী।আপনাকে নরমেধ যজ্ঞ করেই দেবীকে তুষ্ট করতে হবে।

তাছাড়া, বলি দিয়ে আপনি কেন পাপ গ্রহণ করবেন! আপনি তো রাজধর্ম পালন করছেন নিজ রাজমহিষীকে দেবীর চরণে সমর্পিত করে। কতজন এতটা ত্যাগ স্বীকার করতে পারে বলুন? আপনার পত্নীরা তো

ভাগ্যবতী কারণ, দেবীর সম্মুখে যে প্রাণী বলি দেওয়া হয়, তা অবশ্যই স্বর্গ লাভ করে। সেহেতু, বলিদানকারীর কোন পাপ হয় না। হে রাজন, তাই সকল শাস্ত্রে দেবতার জন্য পশুবলি হত্যা হিসেবে ধরা হয়নি।

তামসিক এক কাজ, অর্থাৎ মাংস ভক্ষণ যাতে অতিরিক্ত মাত্রায় না হয় তাতে মহাঋষি ব্যাসদেবের চিন্তা ছিলো অবশ্যই। তিনি তাই নিয়মও দিয়ে গেছেন -নবমী এবং অমাবস্যা তিথিতে বলি দিতে পারবে, অন্যথা বিশেষ কার্যেই বলি হবে। বিশেষতঃ কৃষ্ণপক্ষে। দেবীর উদ্দেশ্যে বলি ছাড়া কোনো পশু খাওয়া যাবে না।

রাজন ইন্দ্রাশিস আরো বিষণ্ণ হয়ে পড়েন কুলপুরোহিত একদন্তর কথা শুনে। রাজন অশ্বমেধ যজ্ঞ করে রাজচক্রবর্তি হয়েছেন। কিন্তু নরমেধ যজ্ঞ! সেটা কি এভাবে চলতেই থাকবে? মনটা ছটফট করে ওঠে, রাজনের চোখের সামনে ভেসে ওঠে ঊর্মিকে হাত পা বেঁধে নিয়ে আসা হয়েছে বধ্যভূমিতে। ঊর্মির স্ফীত উদর, সে সন্তানসম্ভবা। তার গলায় বিল্যপত্রর মালা। ঊর্মির চোখে জল, নিজের অনাহুত সন্তানকে মৃত্যুর হাত থেকে বাঁচাবার আকুতি। রাজন ইন্দ্রাশিসের হাতে চকচকে ধারালো বগি। অন্তিম মুহূর্ত উপস্থিত, এই প্রথমবার রাজন পত্নী সহ তার গর্ভে পালিত সন্তানকেও দেবী দ্রাক্ষানীর কাছে সমর্পণ করবেন।

রাজন নিজের কল্পনাতেই সেই দৃশ্য দেখে আতঙ্কিত হয়ে ওঠেন। সর্বাঙ্গ ঘামে ভিজে একাকার হয়ে যায়। রাজন মন্দিরের মধ্যেই চিৎকার করে ওঠেন .... না না এটা হতে পারেনা। আমি পারব না, আমি আর পারব না মা মহামায়া। আমাকে ক্ষমা করে দাও দেবী দ্রাক্ষানী ....

একই স্বপ্ন ঘুমন্ত অবস্থায় ঊর্মিমালা ও দেখে। সেও একরাশ আতঙ্ক নিয়ে চোখ খুলে দেখে কোথায় কি? সে তো রাজকক্ষে! আর তার পাশে বসে আছে সেই শিশু কন্যাটি ....

ধড়মড় করে উঠে বসে ঊর্মি। মাথার পাশে গতকালের শিশু কন্যাকে দেখে ঊর্মি অবাক হয়ে যায়। ঊর্মি কন্যাকে জিজ্ঞাসা করে ,

তুমি কোথা থেকে এলে খুকু? কাল চলে গেলে কোথায়, তোমাকে খুঁজে পেলাম না।

খুকু ঊর্মির পাশে এসে বসল। তারপর ঊর্মির হাতে হাত দিয়ে বলল, মাতা .... তলো ওখানে। খেলব যে ....

ঊর্মি বুঝল খুকু মন্দিরে যেতে চাইছে। খুকুকে ঊর্মি বলল, দাঁড়াও সোনামনি। আমি তৈরি হয়ে যাব। তুমি কি এখন যেতে চাও? তবে দাসীকে ডেকে তোমায় মন্দিরে পৌঁছে দেব।

খুকু শয্যা থেকে ঝাঁপ দিয়ে নেমে গেল ভূমিতে। তারপর মিষ্টি হেসে বলল, মাতা তুমি আছ ... আমি দাই ...

সে আর মুহূর্ত অপেক্ষা না করে ছুট লাগল। ঊর্মির স্বপ্ন দেখে যে ভয় মনে ভর করেছিল তা নিমেষে উধাও হয়ে গেল শিশু কন্যার আধো আধো বুলি শুনে। খুকু সদ্য কথা শিখেছে তাই তার কথন এখনো সুস্পষ্ট হয়নি। আর খুকু নিশ্চয় এই রাজমহলের কোন দাসীর কন্যা তাই সে মহলের প্রতিটা কোনা চেনে। ঊর্মির বড় সাধ হয় এমন এক কন্যার মা হওয়ার।

দাসীরা সুগন্ধিযুক্ত জলে স্নান করিয়ে দেয় রাজমহিষী ঊর্মিমালাকে। দাসীরা একটা জিনিস লক্ষ করেছে যে প্রতাপশালী রাজন ইন্দ্রাশিস এই রাণীটিকে কিন্তু বেশ সম্ভ্রম করে চলেন। এই রানীর শরীরে একটিও নখরাঘাত চিহ্ন মেলেনা রাজনের সঙ্গে রাত্রিবাস করার পরেও। যেখানে অন্য রানীদের নিয়ত ক্ষতবিক্ষত হতে দেখেছে দাসীরা, স্নান করবার সময় রানীর শরীরে নতুন নতুন আঘাত আবিষ্কার করেছে তারা। রাজন যেন একটু বেশিই যত্নশীল এই রানীর প্রতি। দেবী কেসী ছিলেন একটু গম্ভীরদ, দাম্ভিক স্বভাবের। তিনি যে রাজকন্যা। আর এই রানী তো এই সাম্রাজ্যের এক সামান্য চাষীর কন্যা! আর স্বভাব ও আচরণেও বড্ড নরম।

তবুও রাজন কত মানেন ঊর্মিমালাকে। তাকে শিক্ষা গ্রহণ করার অনুমতি পর্যন্ত দিয়েছেন। রাজমহিষী স্নান সেরেই ছুটে যান মন্দিরের দিকে। ঊর্মিমালার পরনে আজ আলতা পেড়ে সাদা গরদের শাড়ি। গা ভরা গয়না .... সিঁথি ভর্তি সিঁদুর আর সর্পিনীর ন্যায় কেশ স্পর্শ করেছে ভূমি। ঊর্মি মন্দিরে এসে হাজির হয়। পুজো হবে কিছুক্ষণ পরই। একটি পাঁঠাকে বলিপিঠের কাছে বেঁধে রাখা হয়েছে। ঊর্মি বলি দেখে না, তার মন খারাপ বেড়ে যায়। সে মন্দিরের ভিতরে ঢুকে এদিকে ওদিকে দেখে কিন্তু খুকিকে দেখতে পায়না। ঊর্মি ভাবে খুকি হয়ত চলে গেছে। মা দ্রাক্ষানীকে ভক্তিভরে প্রণাম করে ঊর্মি। মনে মনে মাকে বলে, পা তুমি পথ দেখিয়ে দিয়েছ আমায়। জানিয়ে দিয়েছ যে তুমি বলি গ্রহণ করো না। তবে ভোররাতে আমি কেন ওই স্বপ্ন দেখলাম? কেন দেখলাম গর্ভবতী অবস্থায় আমি তোমার চরণে বলি যাচ্ছি? মা কেন জানি না মনে হচ্ছে তুমি আমাকে এই সঙ্কেত গুলো দিয়ে এমন কিছু একটা দেখাতে চাইছ বা বোঝাতে চাইছ যেটা আমি দেখেও দেখতে পাচ্ছি না।

মা আদিপরাসর শক্তি তুমি আমাকে দিশা দেখাও। আমি সব জেনে তবেই রাজনকে সত্য জানাতে পারব। অর্ধ সত্য পেশ করার চেষ্টা করাটা বৃথা।

দেবী দ্রাক্ষানীকে ঊর্মি প্রণাম করার সময় ওখানে এসে হাজির হয় কুলপুরোহিত একদন্ত। তার কুটিল চোখ দুটো চেটে নেয় ঊর্মির যৌবনময় শরীরটি। একদন্ত মনে মনে ভাবে, "আর কয়েক মাস কাটলেই এই সুলক্ষনা নারীকে বলি দিয়ে দেবী দ্রাক্ষানীর অস্তিত্ব নষ্ট করে দেব আমি। আর বলি যাবার পর এই সুন্দর নারীর দেহ ভোগ করে এর উপরে বসে শব সাধনা করে অনন্ত শক্তির অধিকারী হয়ে অমর হয়ে যাব।"

একদন্তকে দেখে মাথায় কাপড় দিয়ে করজোড়ে নমস্কার জানায় ঊর্মি। ওর মানসচক্ষু আবার নিজের অস্তিত্বের জানান দেয়।

একদন্তকে দেখলেই ঊর্মির তৃতীয় নয়ন জাগ্রত হতে মরিয়া হয়ে যায় কেন সেটা ঊর্মি জানেনা। ঊর্মি বেশি কথা না বাড়িয়ে ফিরে আসে রাজমহলে। সকাল থেকে একবার ও সে রাজনকে দেখেনি। তবে কানে আসছে যে রাজন নাকি যুদ্ধে যাবার প্রস্তুতি নিচ্ছেন। বড় ভয় লাগে ঊর্মির। রাজনকে ছেড়ে থাকার চিন্তা ওকে অবসন্ন করে দেয়।

দুপুরে অন্ন গ্রহণ করে ঊর্মি আবার স্নান সেরে নেয় আর শুদ্ধ বস্ত্রে মন্দিরে চলে যায়। ঊর্মির মন পড়ে আছে ওই গুপ্ত কক্ষে। আর সেখানে যাওয়ার উৎকৃষ্ট সময় মধ্যাহ্ন। মন্দিরে পৌঁছে এদিক ওদিক দেখে নেয় ঊর্মি। না কেউ নেই এখন। ও আগের দিনের মত পাথরের দেওয়ালে নটরাজের মূর্তির ত্রিশূলে হাত রাখতেই গোপন দরজা খুলে যায়। ধীরে ধীরে কক্ষে ঢুকে দরজার বন্ধ হবার সময় একটা চুলের কাঁটা দিয়ে দেয় ঊর্মি, যাতে ওই পথেই আবার ফিরে আসতে পারে। আগের দিনের পুঁথি যথাস্থানে রেখে আর একটি হাতে তুলে নেয় সে। মায়ের স্মরণ করে পুঁথিটি নিয়ে আবার বেরিয়ে আসে সে বাইরে। পুঁথি নিয়ে চুপিসারে রাজমহলে চলে যায় ঊর্মি। উত্তেজনা চেপে রাখা যাচ্ছে না। আর রাতের অপেক্ষা করা সম্ভব নয়। পুঁথি খুলে বসে ঊর্মি। এটি কালিকা পুরান, যেখানে একটি বিশেষ অধ্যায়কে চিহ্নিত করা হয়েছে। সেখানে লেখা আছে ....

দেবী নিজেই সব কিছু। তিনি নিজেই সর্বত্র বিরাজমান। সবকিছু মহামায়ার মায়া মাত্র। তিনি নিজেই সকল প্রাণী রূপে স্বাধীন এবং নিজেই তাদের বিধানকর্তা। সৃষ্টির সময় তিনি আত্মা শক্তি তিনিই নিরাকার সদাশিব হয়ে বিরাজ করেন জগতে, সাকার রূপে বিষ্ণু আর সৃষ্টির রচয়িতা ব্রহ্মা। তিনি নিজেই সৃষ্টি, তাই তার নাম প্রকৃতি

বলিদানং ততঃ পশ্চাৎ কুর্য়াদ্দেব্যাঃ প্রমোদকম্।মোদকৈর্গ-জবক্ত্রং চ হবিষা তোয়্যেদ্রবিম্।।তৌর্যত্রিকৈশ্চ নিয়মৈঃ শংকরং

তোষয়েদ্রবিম্ ।চণ্ডিকো বলিদানেন তোষয়েৎ সাধকঃ সদা।। পক্ষিণঃ কচ্ছপা গ্রাহাশ্চাগলাশ্চ বরাহকাঃ ।মহিষো গোধিকাশীষা তথা নববিধা মৃগাঃ। ।চামরঃ কৃষ্ণসারশ্চ শশঃ পংচাননস্তথা মৎস্যাঃ। স্বগাত্ররুধি-রাষ্টধা বলয়া মতাঃ।।

দশম বা একাদশ শতাব্দীতে রচিত ভাগবত পুরাণে, শ্রীকৃষ্ণ মানুষকে বলছেন বর্তমান যুগে কলিযুগে পশুবলি না করতে। ব্রহ্মবৈবর্ত পুরাণে ও কলি-বর্জ্য বা কলিযুগে পশুবলি নিষিদ্ধ করা হয়েছে। আদি পুরাণ, বৃহণ-নারদীয় পুরাণে, আদিত্য পুরাণে ও কলিযুগে পশুবলি নিষিদ্ধ করা হয়েছে।

কালিকা পুরাণে নরবলির কথা উল্লেখ থাকলেও তা গৃহী বা সাধারণ মানুষের জন্য পাপ। আর তন্ত্র সাধনাতেও নরবলিকে উৎকৃষ্টরূপে দেখা হয়নি। যদিও এটা দেবীকে আহ্বান জানানোর একটা খারাপ ও ভয়ংকর মাধ্যম। নরবলি দানে দেবী রুষ্ট হয়েছেন বা অনেক খারাপ পরিণতি হয়েছে এমন অনেক নজির আছে।অ-নেকটা পড়ে ফেলে ঊর্মি। পদে পদে এই পাণ্ডুলিপি প্রমাণ করে দিচ্ছে এতদিন ধরে যা হয়ে আসছে তা ভুল। রাজন পাপের ভাগী হচ্ছেন এই বলি দান করে। আরো কিছুটা জানতে হবে তারপর ঊর্মি সব খুলে বলবে রাজনকে। রাজনের ভুল ভাঙাটা এখন খুব দরকার। কিন্তু সন্ধ্যা হয়ে আসছে, আকাশ ধূসর রং ধারণ করেছে। রাজন চলে আসতে পারেন যখন তখন। পাণ্ডুলিপিগুলো লুকিয়ে রাখে ঊর্মি। তারপর দাসীদের হাঁক দেয় শৃংগার করার জন্য। রাজন আসার আগেই তার জন্য সজ্জিত হতে হবে ঊর্মিকে।

একটি দাসী এসে ঊর্মির কেশ শৃংগার শুরু করে। গুলগুলের সুগন্ধি ধোঁয়ায় কেশ সুগন্ধিত করতে করতেই রাজন এসে হাজির

হয়েছেন। দাসী মাথা নিচু করে বাইরে চলে যায়। রাজন ইন্দ্রাশিস এসে দাঁড়ান ঊর্মির পাশে।

ঊর্মি রাজনকে বলে, আপনি এখন! রাজকার্য শেষ হয়ে গেল?

রাজন : রাজ কাজ শেষ হবার নয়। মনটা ভালো নেই তাই তোমার সঙ্গে সন্ধ্যাটুকু কাটাতে চলে এলাম। তবে মনে হয় ভুল সময়ে চলে এসে তোমায় বিরক্ত করলাম দেবী।

ঊর্মি আসন থেকে উঠে দাঁড়িয়ে রাজনকে মাথা নিচু করে বলে, স্বামীন আপনার থেকে প্রিয় এ জগতে কী আছে এই অভাগীর। আপনি এসেছেন এ তো আমার ভাগ্য। আমি আপনার জন্যই শৃংগার করছিলাম। রাজন ঊর্মির মাথায় হাত রেখে বলে, তুমি যেন দেবী দ্রাক্ষানীর প্রতিচ্ছবি। এত সুন্দর যার রূপ ... তাকে অন্তত শৃঙ্গার করতে লাগে না। তুমি এলোকেশী থেকেও সুন্দর ও দৈবরূপা।

ঊর্মি রাজনের দিকে মুগ্ধ চোখে চেয়ে দেখে। রাজন যেন মোহময় চেহারার অধিকারী। যেন স্বয়ং কামদেব। ঋষি মুনির মত তার দীঘল দুই চোখে চিকচিক করছে ঊর্মির জন্য প্রেম। কালো কোঁকড়ানো চুল, পুরু গোঁফ আর হাসলে মুক্তার মত দন্তরাজি।

ঊর্মির মুখ থেকে ফসকে বেরিয়ে আসে .... রাজন আপনি কি করে এত সুন্দর! আপনি দেবরাজ ইন্দ্রর আশীর্বাদ নয় যেন স্বয়ং দেবরাজ ইন্দ্রের অংশ।

রাজন হাসিতে ফেটে পড়েন ঊর্মির কথা শুনে। তিনি ঊর্মিকে গবাক্ষের সামনে এগিয়ে নিয়ে যান। ওখানে গিয়ে নিজে আসন গ্রহণ করেন ও ঊর্মিকে সস্নেহে নিজের জঙ্ঘায় উপবিষ্ট করেন। ঊর্মিকে রাজন বলেন .... আমি সাধারণ নর মাত্র ঊর্মি। আমাকে আমার মাতা এই নাম দান করে গেছেন। দেবরাজ ইন্দ্রের সঙ্গে আমাকে তুলনা করে আমাকে কুণ্ঠিত করো না দেবী।

তুমি তো গুরুর কাছে শিক্ষা গ্রহণ করছ। তো জানতে পারলে মানব দেহের গঠনের তাৎপর্য কি?

ঊর্মি : না রাজন এখনো জানা বাকি আছে। তবে আপনি আমার স্বামীন তাই আপনি পরম গুরু। আপনি নাহয় আমাকে শিখিয়ে দিন।

রাজন বলেন, ঠিক আছে তা দেব। তবে গুরুর কিন্তু গুরুদক্ষিণা লাগবে।

ঊর্মি জানে রাজচক্রবর্তির গুরুদক্ষিণা কি হতে পারে। সে লজ্জায় আরক্ত হয়ে যায়।

রাজন বলেন, মানুষের দেহ গঠনে যা যা আছে তা মোট চব্বিশ প্রকার -

পঞ্চ জ্ঞানেন্দ্রিয় - চোখ, নাক, কান, মুখ আর ত্বক

পঞ্চ কর্মেন্দ্রিয় - হস্ত, পদ, বাক, পায়ু, উপস্থ

পঞ্চ তত্ত্ব/পঞ্চ ভূত - জল(তরল পদার্থ), বায়ু(বায়বীয় পদার্থ), পৃথ্বী(কঠিন পদার্থ), আকাশ(স্থান), অগ্নি(শক্তি)

পঞ্চ তন্মাত্র - রূপ, রস, গন্ধ, স্পর্শ, বাক

তিন গুণ - সত্ত্ব, রজঃ, তমঃ

আর সবকিছুর উপর আত্মা।

ধর্ম তোমাকে উপায় বলবে, পথ দেখাবে। কিন্তু কখনো কিছু করতে বাধ্য করবে না।

এই তো রাজন ঊর্মির সঙ্গে মন খুলে কথা বলছেন। এটাই সুযোগ, রাজনকে একটু একটু করে ইঙ্গিত দেওয়ার। ঊর্মি রাজনকে বলল, আপনি যে তবে রাজধর্মর নাম করে বছর বছর আপন মহিষীদের প্রাণ নিয়ে নিজেকেই ক্ষতবিক্ষত করছেন? অথচ শাস্ত্র ত আপনার করাগত। রাজন আমি সামান্য নারী, আপনার চরণের দাসী মাত্র। তবুও এক অর্ধাঙ্গিনী হিসেবে বলি রাজধর্ম সর্বদা ন্যায়ধর্ম হয়না। রাজধর্ম: রাজত্ব, রাজসিংহান এবং রাজনের নিরাপত্তা সুনিশ্চিত করা তৎপরে প্রজার কল্যাণসাধন।

রাজন ইন্দ্রাশিস বললেন, প্রিয়ে ন্যায়ধর্ম অবলম্বন করতে গেলে যে রাজসিংহাসন সর্বদা সুরক্ষিত রাখা সম্ভব হয় না।

আর তুমি এই প্রসঙ্গে কি বোঝাতে চাও প্রিয়ে?

ঊর্মি রাজনের বুকে মাথা রেখে বলল, রাজন অপরাধ নেবেন না। রাজা যদি সম্যক বুঝতে পারেন কোন নির্দিষ্ট ব্যক্তি দ্বারা তার অনিষ্ঠ সাধন হচ্ছে বা সম্ভব, সেই ব্যক্তি আয়ুধ তুলে নেবার আগেই রাজন তাকে হত্যা করবেন। এটাও কিন্তু রাজধর্ম। রাজন আপনি কেবলমাত্র কোন অঞ্চলের রাজা নন। আপনি রাজচক্রবর্তি সম্রাট, আর আপনি সাধারণগ্রাহ্য নিয়মনীতির ঊর্ধ্বে বিরাজ করেন।

ইন্দ্রাশিস অনুধাবন করতে পারেন রাজমহিষীর স্পষ্ট ইঙ্গিত কার দিকে। কিন্তু কেন তিনি ভাবছেন যে কুলপুরোহিত একদন্ত রাজনের ক্ষতিসাধন করতে চাইছেন! রাজন চিন্তান্বিত হয়ে পদচারণা করতে লাগলেন। দিন ক্রমে ফুরিয়ে আসবে। হাতে মাত্র দশটা মাস আছে। অথচ আগামীদিনে যুদ্ধে যাবেন রাজন, কবে ফেরা হবে তার ঠিকানা নেই। সন্ধ্যা শেষ হয়ে রাত্রি নামছে, বাইরে পাখিদের কলতান থেমে আসছে। কিন্তু ঊর্মিমালার প্রেমের যে জলোচ্ছাস রাজনের অভ্যন্তরে জেগে গেছে তাতে ঊর্মিকে রক্ষা না করতে পারলে এই দুশ্চিন্তা থেকে মুক্তি নেই ।

রাজনের কাছাকাছি আসায় একটা মদিরতা আছে সেটা রন্ধ্রে রন্ধ্রে অনুভব করতে পারে ঊর্মি। এ যেন শক্তির সঙ্গে শক্তির মিলন। এতটা ভালো লাগা আগে কোনদিন অনুভব করতে পারেনি ঊর্মি। রাজনের ক্ষত্রিয় মেজাজ, দৈব রূপ, উদগ্র কামনা ঊর্মির প্রতি, সব মিলিয়ে ঊর্মি মোহিত। রাজনকে ছেড়ে অন্য কিছুই ভাবতে ইচ্ছা

হয়না তার। কিন্তু এই সুখ যদি আগামীকাল বজায় রাখতে হয় তাহলে এখন ঊর্মিকে বুঝতে হবে দেবী দ্রাক্ষানীর আসল পুজো পদ্ধতি। পুজোয় নরমেধ চালু করার কারণ, সঙ্গে কুলপুরোহিত একদন্তর মনোভাব। আপাতদৃষ্টিতে একজন সুযোগ্য অভিভাবক মনে হয় যাকে, সেই একদন্তর ইতিহাস কী।

ঊর্মি অনেকবার ভেবেছে যা তথ্য সে জেনেছে অনায়াসে রাজনকে তা জানায়। তিনি হয়ত ওই গুপ্ত কক্ষে হানা দিয়ে পুঁথি উদ্ধার করে দেবীর বলি নিষেধকে মেনে নেবেন। তারপর আবার অন্তর্মনকে বলে, রাজমহিষী এ ভুল করে না। এই সাম্রাজ্যের অছি রাজনের হাতে থাকলেও, ওঁর সমস্ত আস্থা আছে কুলপুরোহিত একদন্তর উপরে। তাছাড়া, পুঁথি সব উদ্ধার করে রাজন তো সেগুলি পড়বেন না। পড়বেন কুলপুরোহিত একদন্তই। এই সব কিছুর হদিশ পেলে তিনি আবার রাজাকে বিপথে চালনা করবেন। রাজন হত্যালীলা কোনদিন চেয়েও শেষ করতে পারবেন না।

রাজন সব পরামর্শ একদন্তর সঙ্গেই করেন। প্রত্যেক সন্ধ্যা কাটান একদন্তর মন্ত্রণালয়ে। ফেরেন নেশায় চুর হয়ে। পিতাসম একদন্ত কেন রাজনকে এই নেশা জাতীয় দ্রব্য পরিবেশন করেন?

প্রথম দিনেই রাজন স্বীকার করেছিলেন যে আগে তিনি নগরবধূ ইন্দুবালার কাছে যেতেন। তাছাড়াও দাসীদের সঙ্গে ও শারীরিক ভাবে ঘনিষ্ঠ হতেন। কিন্তু এবার তিনি নিজেই অযাচিতভাবে ঊর্মিকে কথা দিয়েছেন যে তিনি এক নারীতেই গমন করবেন। এই প্রতিজ্ঞা ঊর্মি চায়নি, রাজন করেছেন। আর এই প্রতিজ্ঞার কারণ রাজনের ঊর্মির প্রতি মুগ্ধতা। ঊর্মি নিজেও মন দিয়ে ফেলেছে তার প্রাণ পুরুষকে। এখন দেবী চাইলে তিনি রক্ষা করতে পারেন সব কিছু।

ঊর্মি একটি করে পুঁথি নিয়ে আসে, সেটি অধ্যয়ন করে পুনরায় রেখে আসে যথাস্থানে। মন্দিরে মাঝে মাঝেই দেখা হয় সেই খুকির সঙ্গে। খুকিকে সদরের কাছে দাঁড় করিয়ে ঊর্মি কখনো কখনো

ভিতরে যায় পুঁথি সংগ্রহ করতে। খুকি খেয়াল রাখে ভিতরে কেউ আসছে কি না।

ঊর্মি সেজের আলোয় পুঁথি খুলে বসে। পুঁথিতে দেবনাগরি ভাষায় মন্ত্র লিপিবদ্ধ করা হয়েছে।

"অহং সামেমাহনসং বিভর্ম্যহং ত্বষ্টারমুত পূষণং ভগম্।
অহং দধামি দ্রাবিণং হবিষ্মতে সুপ্রব্যে যজমানায় সুন্বতে।।
অহং রাষ্ট্রী সংগমনী বসুনাং চিকিতুষী প্রথমা যজ্ঞিয়ানা।
তাং মা দেৰা ব্যদধুঃ পুরুত্রা ভূৰিস্থাত্রাং ভূর্যাৰেশয়ন্তীম্।।
ময়া সা অন্নমত্তি যা বিপশ্যতি যঃ প্রাণিতি য ঈং শৃণাত্যুক্তম্।
অমন্তবা মাং ত উপক্ষিয়ন্তি শ্রুষি শ্রুত শ্রদ্ধিবং তে বদামি।
অহমেব স্বয়মিদং বদামি জুষ্টং দেবেভিরুত মানুষেভিঃ।
যং যং কাময়ে তং তমুগ্রং কৃনোমি তং ৰহ্মাণং তমৃষিং তং সুমেধাম্।।
অহং রুদ্রায় ধনুরাতনোমি ব্রহ্মদ্বিষে শরবে হন্তবাউ।
অহং জনায় সমদং কৃণোম্যহং দ্যাবাপৃথিবী আবিবেশ।।
অহং সুবে পিতরমস্য মূর্ধন্ মম যানিরপ্স্বতঃ সমুদ্রে ততা বিতিষ্ঠে
ভুনানু বিশ্বোতামূং দ্যাং বর্ষ্মাণোপস্পৃশামি।।
অহমেব বাত ইব প্রবাম্যারভমাণা ভুবনানি বিশ্বা।।
পরা দিবা পর এনা পৃথিব্যৈতাবতী মহিনা সংৰভূব।।"

এর অর্থ .... দেবী বলছেন- আমি একাদশ রুদ্র, অষ্ট বসু, দ্বাদশ আদিত্য এবং বিশ্বদেবতারূপে বিচরণ করি। আমি মিত্র ও বরুণ উভয়কে ধারণ করি। আমি ইন্দ্র ও অগ্নি এবং অশ্বিনীকুমারদ্বয়কে ধারণ করি।

আমিই দেবশত্রহন্তা সামেদেবকে, ত্বষ্টা-নামক দেবতাকে এবং পূষা ও ভগ নামক সূর্যদ্বয়কে ধারণ করি। উত্তম হবিঃযুক্ত, উপযুক্ত হবিঃ দ্বারা দেবগণের তৃপ্তিসাধনকারী এবং বিধিপূর্বক সামেরসপ্রস্তুতকারী যজমানের জন্য যন্ত্রফলরূপ ধনাদি আমিই বিধান করি।

আমিই সমগ্র জগতের ঈশ্বরী, উপাসকগণের ধনদাত্রী, পরব্রহ্মকে আত্মা হইতে অভিন্নরূপে সাক্ষাৎকারিণী। অতএব যজ্ঞাগণের মধ্যে আমিই সর্বশ্রেষ্ঠা। আমি প্রপঞ্চরূপে বহুভাবে। অবস্থিতা ও সর্বভূতে জীবরূপে প্রবিষ্টা। আমাকেই সর্বদেশে সুরনরাদি যজমানগণ বিবিধভাবে আরাধনা করে।

আমারই শক্তিতে সকলে আহার ও দর্শন করে, মাসপ্রশ্বাসাদি নির্বাহ করে এবং উক্ত বিষয় শ্রবণ করে। যাহারা আমাকে অন্তর্যামি-নীরূপে জানে না, তাহারাই জন্মমরণাদি ক্লেশ প্রাপ্ত হয় বা সংসারে হীন হয়। হে কীর্তিমান সখা, আমি তামোকে শ্রদ্ধান্সভ্য ব্রহ্মতত্ত্ব বলিতেছি, শ্রবণ কর।

দেবগণ ও মনুষ্যগণের প্রার্থিত ব্রহ্মত্ত্ব আমি স্বয়ং উপদেশ করিতেছি। আমি ঈদৃশ ব্রহ্মস্বরূপিণী। আমি যাহাকে যাহাকে ইচ্ছা করি তাহাকে তাহাকেই সর্বশ্রেষ্ঠ করি। আমি কাহাকে ব্রহ্মা করি, কাহাকে ঋষি করি এবং কাহাকেও বা অতি ব্রহ্মমেধাবান্ করি।।

ব্রাহ্মণবিদ্বেষী হিংস্র-প্রকৃতি ত্রিপুরাসুর-বধার্থ রুদ্রের ধনুকে আমিই জ্যা সংযুক্ত করি। ভক্তজনের কল্যাণার্থ আমিই যুদ্ধ করি এবং স্বর্গে ও পৃথিবীতে অন্তর্যামিনীরূপে আমিই প্রবেশ করিয়াছি।।

আমিই সর্বাধার পরমাত্মার উপরে দুলাকেকে প্রসব করিয়াছি। বুদ্ধিবৃত্তির মধ্যস্থ যে ব্রহ্মচৈতন্য উহাই আমার অধিষ্ঠান। আমিই সুরাদি সমস্ত লাকে সর্বভূতে ব্রহ্মরূপে বিবিধভাবে বিরাজিতা। আমিই মায়াময় দেহ দ্বারা সমগ্র দুলাকে পরিব্যাপ্ত আছি।।

আমিই ভূরাদি সমস্ত লাকে সর্বভূত সৃষ্টি করিয়া বায়ুর মতা স্বচ্ছন্দে উহাদের অন্তরে বাহিরে সর্বত্র বিচরণ করি।যদিও স্বরূপতঃ আমি এই আকাশের অতীত ও পৃথিবীর অতীত অসঙ্গ-ব্রহ্মস্বরূ-পিণী, তথাপি স্বীয় মহিমায় এই সমগ্র জগদ-রূপ ধারণ করিয়াছি।

ঊর্মি পড়তে পড়তে কপালে তীব্র যন্ত্রণা অনুভব করে। ঊর্মি দেখে পুঁথির উপরে টপটপ করে গড়িয়ে পড়ছে লোহিত ধারা। ঊর্মির শিরদাঁড়া

বেয়ে নেমে আসে শীতল ধারা। ওর ত্রিনয়ন আজ সর্বাঙ্গ ভাবে ফুটে উঠেছে কপাল ফুঁড়ে। এতদিন যা সঙ্কেত দিত তা আজ প্রকাশ্যে। ঊর্মি ভাবে এবার কী হবে? তবে কি দেবী দ্রাক্ষানীর পুঁথি এভাবে চুরি করে এনে অধ্যয়ন করার ফল ভোগ করতে ফুঁড়ে উঠল ত্রিনয়ন!

ঊর্মি খুব ভয় পেয়ে পুঁথি গুটিয়ে লুকিয়ে রেখে দেয়। শয্যায় রাজন নিদ্রিত। তিনি ঘুম ভেঙ্গে ঊর্মির এই অদ্ভুত লক্ষণ দেখলে কি করবেন এটা ভেবেই ভয় পায় ঊর্মি। মাথায় ভীষণ যন্ত্রনা আর রক্ত মাখা কপাল নিয়ে বসে আছে ঊর্মি। কি হবে এবার?

দেবী দ্রাক্ষানী কি পথ দেখাবেন ঊর্মিকে?

যুদ্ধ নিমন্ত্রণ স্বীকার করে নিয়েছেন রাজন। একদন্তর সঙ্গে পরামর্শ করে রাজন ভোর ভোর যাত্রা করলেন যুদ্ধের উদ্দেশ্য। রাজচক্রবর্তি রাজন ইন্দ্রাশিসকে যুদ্ধের জন্য আমন্ত্রণ জানিয়েছেন অন্য রাজ্যের প্রভাবশালী রাজা জন্মেজয় রাঠোর। তিনি বিরোধ করেছেন রাজনের নরবলির ও রাজনকে এক কাপুরুষ হিসাবে নির্বাচিত করে রাজ-চক্রবর্তি উপাধি ত্যাগ করতে বলেছেন। দূত এসে পত্র দেওয়ার পর রাজন সরাসরি যুদ্ধ স্বীকার করেন ও জন্মেজয়কে যুদ্ধের জন্য কালভৈরবের রণাঙ্গনে আমন্ত্রণ দেন।

কুলপুরোহিত একদন্ত নিষধ করেন রাজনকে। তিনি রাজচক্র-বর্তি দ্রাক্ষারাজ ইন্দ্রাশিস। কেন সামান্য এক ছোট্ট রাজ্যের রাজার প্ররোচনায় তিনি যুদ্ধে লিপ্ত হবেন? তার থেকে ভালো জন্মেজয় রাঠোরকে বন্দি করে আনা হোক। আর যে দেবী দ্রাক্ষানীর নরবলি নিয়ে তিনি প্রশ্ন তুলেছেন, তার চরণেই নিবেদন করা হোক রাজা জন্মেজয়কে।

ইন্দ্রাশিস অস্বীকার করেন কুলপুরোহিত একদন্তর মন্ত্রণা। তিনি কাপুরুষ! এবার যুদ্ধের রণাঙ্গনে প্রমান হবে কে কাপুরুষ।

ঊর্মি আগের রাতে কেঁদে কেঁদে একসা হয়েছে।

রাজন ঊর্মিকে স্নেহের চুম্বন দিয়ে বুঝিয়েছেন, বলি বন্ধ করতে আমি আগেও চেয়েছি। এখনও চাই। তার জন্য আমি কিছু একটা করব। তবে সামান্য এক ভূপতির সাহস কী করে হয় আমাকে কাপুরুষ বলে সম্ভাষণ করার?

এ যুদ্ধ হবেই দেবী, তুমি বরং আমার জন্য কোন সুখবর নিয়ে অপেক্ষা করো। আমি যুদ্ধে জয় লাভ করে ফিরেই যেন খবর পাই, সে আসছে।

ঊর্মি লজ্জায় আরক্ত হয়ে যায়। সে মুখে বলে, সবই দেবীর ইচ্ছায়।

রাজনকে বরণ করে ঊর্মিমালা। একদন্ত দেবীর চরণে মহিষ বলি দেন রাজনের জয়ের জন্য। তারপর বলি পিঠের রক্ত এনে রাজনকে তিলক করে দেন।

কালভৈরব যুদ্ধ ময়দানে সামনাসামনি দুই রাজা। একজন শাক্ত রাজন রাজচক্রবর্তি ইন্দ্রাশিস। অপরজন রাঠোর বংশোদ্ভূত ভূপতি জন্মেজয়।

যুদ্ধ শুরুর আগে জন্মেজয় রাজন ইন্দ্রাশিসকে বলেন, হে রাজ-চক্রবর্তি আপনি অশ্বমেধ যজ্ঞ করে মহা ভূপতি হয়েছেন কিন্তু জাতিতে আপনি ক্ষত্রিয়। আর আমি রাজপুত ব্রাহ্মণ ভূপতি। শাস্ত্র জ্ঞান আমার আপনার থেকে অনেক বেশি। আপনি যে দেবী দ্রাক্ষা-নীর উদ্দেশ্য নিজের রাজমহিষীদের বলি দেন সেই দেবী দ্রাক্ষানী হলেন

দেবী দুর্গা বা জগদম্বা। আর দুর্গা কালী কোনো ভিন্ন কেউ নয়, দেবী শক্তিরই দুই রূপ। মা হয়ে তিনি কেন রক্ত চাইবেন?

অহং রুদ্রেভির্বসুভিশ্চরাম্যহমাদিত্যৈরুত বিশ্বদেবৈঃ।

অহং মিত্রাবরুণাভো বিভর্ম্যহমিন্দ্রাগ্নী অমাশ্বিনোভা।।

দেবী ভাগবতে বলা হয়েছে....

মাংসাশনং য়ে কুর্বন্তি তৈঃ কার্যং পশুহিংসনম্ ।মহিযাজনরাহাণাং বলিদান বিশিষ্যতে।।

অর্থাৎ, যারা মাংসাশী, তারা দেবীর পূজায় পশু বলি করতে পারবে, এবং এর জন্য - মহিষ, ছাগল, বুনো শুয়োর উত্তম। কোন নারীর উল্লেখ এখানে নেই।

দেব্যগ্রে নিহতা য়ান্তি পশবঃ স্বর্গমব্যয়ম্ ।ন হিংসা পশুজা তত্র নিঘ্নতাং তৎকৃতেহনঘ।।

অহিংসা য়াশিকী প্রোক্তা সর্বশাস্ত্রবিনির্ণচে।

দেবতার্থ বিসৃষ্টানাং পশুনাং স্বর্গিধ্রুবা।।

এতে সুস্পষ্ট ভাবে নিহিত রয়েছে বলি প্রদত্ত কোন আহত, বিকলাঙ্গ, রোগযুক্ত, স্ত্রী বা শিশু হতে পারবে না। আর আপনি নারীকে বলি দিয়ে দেবীর মূর্তিকে কলুষিত করেছেন। আপনি আপনার পুরোহিতদের কথায় চালিত।

ইন্দ্রাশিস : রাজা জন্মেজয় আপনি প্রথমেই বলেছেন আপনি জন্মগত ব্রাহ্মণ আর আমি ক্ষত্রিয় ব্রাহ্মণ ও ক্ষত্রিয় নীতির মধ্যে পার্থক্য আছে। আমি দ্রাক্ষরাজ রাজচক্রবর্তি ইন্দ্রাশিস। আমাকে আপনি রাজনীতি শেখাবেন? আমার কুলদেবী যুগে যুগে বলি চেয়েছেন। আর সেই বলি কোন প্রজার নয়, রাজমহিষীর বলি। আমি কী করে কাপুরুষ প্রমাণিত হলাম আপনার কাছে জানিনা তবে আমি নিজেও ক্ষতবিক্ষত এই রীতির কারণে।

জন্মেজয় তাঁর রথ থেকে নেমে এলেন। রাজন ইন্দ্রাশিসের রথের কাছে নিরস্ত্র অবস্থায় এসে দাঁড়ালেন তিনি। রাজন ইন্দ্রাশিসও রথ থেকে নেমে এলেন। জন্মেজয়কে ইন্দ্রাশিস বললেন, যুদ্ধের ভেরী যখন বেজেছে তখন যুদ্ধ অনিবার্য। তুমি আমার পৌরুষে আঘাত করেছ রাজা। তবে আমি তোমার ন্যায় নীতিকে সমর্থন করি। আমি

ব্রহ্মহ হত্যার দায় নিতে চাইনা। তবুও যুদ্ধে কাউকে না কাউকে মরতেই হয়। যুদ্ধের বাণীই হলো ধর্মের জয় ও অধর্মের বিনাশ। তুমি বাস্তবেই ন্যায়ের পক্ষে আর আমি কর্তব্যর পক্ষে।

জন্মেজয় আচমকাই নিজের হাতের মুঠো খুলে একটি শ্বেত বস্ত্রর টুকরো তুলে ধরেন। রাজন ইন্দ্রাশিস অবাক হয়ে যান! এ কোন ধরনের আচরণ রাজা জন্মেজয়ের! যুদ্ধের জন্য নিজেই ডেকে এখন শুরুতেই সন্ধি করতে মরিয়া!

জন্মেজয় রাজন ইন্দ্রাশিসের মনের কথা বুঝে বলেন, আমি আপনাকে আজ ইচ্ছা করেই ডেকেছি, আপনার অহং এ আঘাত দিয়ে ডেকেছি। তার জন্য অনুজ ভ্রাতা মনে করে ক্ষমা করবেন। আমি আপনাকে কিছু বলতে চাই। কিছু দেখাতে চাই। আর যুদ্ধের সন্ধি স্বীকার করে আপনি আমাকে নিয়ে আপনার সাম্রাজ্যে নিয়ে চলুন অতিথি হিসেবে।

ইন্দ্রাশিস : আমি কিছুই বুঝছি না রাজা জন্মেজয়। আপনি কি যুদ্ধকে ছেলেখেলা ভেবেছেন? যদি আপনার উদ্দেশ্য আমাকে কিছু জানবার হত তো আপনি দূত পাঠিয়ে যুদ্ধ দাবি না করে সাক্ষাৎ দাবি করতেন। আপনি আসলে কি চান সেটাই আমার কাছে সুস্পষ্ট নয়।

জন্মেজয় : একদন্ত ... ওঁর থেকে বিরত থাকুন। আপনি আমাকে কথা দিন আমার সঙ্গে যা কিছু কথা আপনার হবে সেটা গোপন রাখবেন আপনি। আপাতত একদন্ত কিছুই জানবে না। তিনি জানবেন আমি যুদ্ধ প্রস্তাব পাঠিয়ে দিয়ে পরে আপনার প্রচুর সৈন্য ও পরাক্রম দেখে সন্ধি প্রস্তাব দিতে আগ্রহী হই। ও আপনি সন্ধি স্বীকার করে আমাকে অতিথি হিসেবে দ্রাক্ষা সাম্রাজ্যের অতিথি হিসেবে গ্রহণ করুন।

আপনাকে দেবী দ্রাক্ষানীর অষ্টধাতু মূর্তির শুদ্ধি করতে হবে আগামী চতুর্দশীর আগেই। দেবী রোহিনী নক্ষত্রজাতার রক্তে রঞ্জিত

হয়ে ওই মূর্তিতে আটকে গেছেন। আপনাকে এখন শিখতে হবে অষ্টসিদ্ধি। আর তার জন্য আপনাকে গোপনে আমি সাহায্য করব।

ইন্দ্রাশিস : কি বলছ তুমি জন্মেজয় সেটাই আমার কাছে এখন স্পষ্ট নয়।

আর অষ্টসিদ্ধ কি? আর দেবীর বিষয়ে এই তথ্য তোমাকে কে দিল যে দেবী রাজমহিষীদের রক্তে কলুষিত হয়েছেন?

জন্মেজয় : সব জানবেন রাজন। আগে আমাকে আপনার সাম্রা-জ্যের অতিথি করে নিয়ে চলুন।

ইন্দ্রাশিস দ্বন্ধে পড়ে গেলেও শেষমেষ জন্মেজয়ের কথা মানতে বাধ্য হন। দ্বিধ-দ্বন্দ্বের অবসান ঘটাতে জন্মেজয়কে নিয়ে এগিয়ে যান নিজের মহলের দিকে। এদিকে জন্মেজয় রাঠোরের সৈন্য ফিরে যায় তাদের নগরে।

জন্মেজয়কে নিয়ে যখন রাজন ইন্দ্রাশিস ফিরলেন তখন গোধূলির আলোয় প্রকৃতি রক্তবর্ণ ধারণ করেছে। রাজন যুদ্ধে সন্ধি দান করেছেন জন্মেজয়কে। কুলপুরোহিত একদন্তর কাছে বিষয়টা এখনো ততটা স্পষ্ট নয়। এমনিতেই রাজনের আচরণ দেবী কেসীর বলির পর থেকেই সন্দেহজনক ও অস্বাভাবিক উপরন্তু রাজনের রাজ অতিথি হয়ে ওঁর সঙ্গেই আসছেন রাঠোর রাজ জন্মেজয়। এই রাজপুরুষ ব্রাহ্মণ রাজা। এর আগমনের হেতু একদন্তকে জানতে হবে। এই শেষ বছরে একদন্ত জানেন দেবী দ্রাক্ষানীর অনেক দূত আসবে একদন্তকে বাধা দিতে। রাজন না হয়ে কুলপুরোহিত হয়েই একদন্ত এই দ্রাক্ষ সাম্রাজ্যে রয়ে গেছেন দীর্ঘ কয়েক যুগ। দুধের বদলে পিটুলিগোলা, জীবনের কাছে এইটুকু প্রত্যাশা তো নয় একদন্তর।

তিনি অমর হয়ে গোটা পৃথিবী শাসন করতে মরিয়া। আর তার জন্য অনেক রক্ত ঝরিয়েছেন তিনি বছরের পর বছর। রক্ত ঝরাতে কে বলেছে সর্বদা সম্মুখসমরে এসে আঘাত করতে হয়? একদন্ত একবার ও অস্ত্র ধারণ করেননি, কিন্তু দেবীর উর্যাকে নিষ্ক্রিয় করে রাখতে বছরের পর বছর রোহিনী নক্ষত্রজাতার বলি দিয়ে গেছেন তিনি রাজনের হাত দিয়ে।

রাজনের ফেরার সংবাদ পেয়ে পাগলিনির মত দেবী ঊর্মিমালা স্বামীর কাছে ছুটে এলেন।

রাজন ইন্দ্রাশিস দেখলেন ঊর্মির চোখে তীব্র আবেগ ও প্রেম। রাজন ঊর্মিকে বললেন, প্রিয়ে এত উদ্বেগ! আমি তো ফিরে এসেছি। সঙ্গে দেখো কাকে এনেছি ....

ঊর্মি দেখল রাজনের সঙ্গে ই দাঁড়িয়ে আছেন এক অনিন্দ্য সুন্দর পুরুষ। যার মধ্যে একটা অজানা দিব্যতা বিদ্যমান। জন্মেজয় আর ঊর্মিমালার পরিচয় করিয়ে দিলেন রাজন । ঊর্মিকে জানালেন, জন্মেজয় এখন ওঁদের অতিথি হয়েই কিছুদিন থাকবেন।

ঊর্মি নমস্কার জানিয়ে জন্মেজয়কে বিশ্রামের জন্য অনুরোধ করে। জন্মেজয়কে রাজমহলের রাজকক্ষে নিয়ে যায় দাসী। রাজন কুলপুরোহিত একদন্তর সঙ্গে আলোচনা সভায় চলে যান।

ঊর্মি বুঝে উঠতে পারেনা এই রাজপুরুষের উদ্দেশ্য কী। কেন সে যেচে যুদ্ধ দাবি করেও যুদ্ধের শুরুতেই সন্ধি প্রস্তাব রাখল?

এদিকে কয়েক দিন ধরেই দেবী দ্রাক্ষানীর পুঁথি পড়তে পড়তে ঊর্মির ত্রিনয়ন প্রকাশিত হচ্ছে। প্রচন্ড যন্ত্রণা তো আছেই সেইসঙ্গে এই অলৌকিক অস্তিত্বের জন্য একটা ভয় জড়িয়ে রেখেছে ঊর্মিকে। একাকী এই যুদ্ধে একটু শান্তির বাতাস হলো ওই খুকি। খুকির সঙ্গে দেবীর মন্দিরে বেশ সময় কেটে যায় ঊর্মির। মন্দিরে সন্ধ্যা প্রদীপ দেবার পর একটি পুঁথি নিয়ে ফিরতেই যাচ্ছে ঊর্মি এমন সময় একটি পুরুষ কণ্ঠ সে শুনতে পেল।

পিছন ফিরে ঊর্মি দেখল রাঠোররাজ জন্মেজয়।

জন্মেজয়ের পরনে শ্বেত রেশম ধুতি, আদুল গায়ে শোভা পাচ্ছে উপবীত। মুক্তোর অঙ্গভূষণ আর দৈব চেহারার জন্মেজয়কে বড্ড বেশি চেনা লাগে ঊর্মির। কোথায় যেন আগেও দেখেছে সে এই মুখ।

জন্মেজয় বলেন, মানুষের জৈব অস্তিত্বটি তিনটি উপাদানের সংমিশ্রণ, সেগুলি হল — প্রথমত, স্থূল শরীর। যা কিনা খাদ্যগ্রহণের মাধ্যমে গঠিত হয়। দ্বিতীয়ত, সামগ্রিক মনোজগত যা স্মৃতি হয়ে সঞ্চিত তথ্যের মাধ্যমে তৈরি হওয়া বিশেষ ধরনের অগণিত প্রবণতার সমাহার, তৃতীয়ত, প্রাণ শরীর যা স্থূল শরীর ও মনোজগতের মৌলিক ভিত্তি বা আধার। এই তিনটি উপাদান ব্যতীত যা কিছু আছে তা সবই ভৌত বা ইন্দ্রিয় চেতনার অতীত।

তন্ত্র হল সামগ্রিক যোগ সাধনার অঙ্গ।

ঊর্মি : আপনি কি বোঝাতে চান এই কথা গুলোর মাধ্যমে?

জন্মেজয় : আপনার কোচড়ে লুকায়িত পুঁথির সারমর্ম বলছি দেবী।

ঊর্মি : আপনি কেন এসেছেন এখানে? কী উদ্দেশ্য আপনার রাজন?

জন্মেজয় : রাজনকে অষ্টসিদ্ধি শিখতে হবে এবার। সময় এসে গেছে অধর্মের উপরে ধর্মের বিজয় পতাকা উত্তোলন করার। দেবীর জাগরণের সময় শিগ্রই আগত। আপনি আমার উপরে ভরসা রাখতে পারেন। আমি রাজা তো নামেই, আসলে আমি একজন ভৈরব।

ঊর্মির মনে পড়ে যায় ... এই রাজার একটি তৈল চিত্র সে দেখেছে দেবী কেসীর সামগ্রীর মধ্যেই। দেবী কেসীর রেখে যাওয়া সামগ্রী কৌতূহল বসত দেখতে দেখতে এই রাজপুরুষের একটি ছোট তৈল চিত্র দেখেছিল ঊর্মি।

ঊর্মি এবার সরাসরি প্রশ্ন করে জন্মেজয়কে ....

আপনি দেবী কেসীর কে হন? প্রতিশোধের নিবৃত্তির জন্য এসেছেন এই রাজমহলে?

দেবী কেসীর নাম শুনেই অশ্রুপূর্ণ হয়ে যায় জন্মেজয়ের দীঘল দুটি চোখ। ধরা গলায় জন্মেজয় বলেন, গান্ধার কন্যা দেবী কেসীর প্রেমিক ছিলাম আমি। পরে আমি বুঝতে পারি আমি একজন ভৈরব যার উদ্দেশ্য দেবী আদিপরাসর শক্তির কাছাকাছি থাকা। তার সেবায় নিয়োজিত হওয়া। আমি কেসীকে গ্রহণ করতে অস্বীকার করি। গান্ধাররাজ কেসীর বিবাহ স্থির করেন দ্রাক্ষারাজের সঙ্গে ।

আমি জানতাম কেসী সুখেই আছেন। পরে স্বপ্নে এসে কেসী আমায় ভর্ৎসনা করে। সে জানায় তার মৃত্যু হয়েছে। আমি কেসীর অতৃপ্ত আত্মার কাছেই জানতে পারি সব। তারপর আমি একটা সুযোগ খুঁজছিলাম কোনভাবে আদিপরাসর শক্তির এই পুণ্যপিঠ পর্যন্ত পৌঁছাবার।

আমি সেই সব সত্য জানি যার খোঁজ আপনি করছেন দেবী। তবে আমি চাই আপনি নিজেই অনুসন্ধান করে সবটা জানুন।

মা নিজে আপনাকে পথ দেখাবেন।

ঊর্মি অবাক হয়ে যায় জন্মেজয়ের কথা শুনে। জন্মেজয় বেরিয়ে যান মন্দির থেকে। ঊর্মি পুঁথি নিয়ে ফিরে যায় আপন কক্ষে।

রাজনের সঙ্গে জন্মেজয় সান্ধ্য মজলিসে বসেন। রাজন ইন্দ্রাশিস জানতে চান আট প্রকারের সিদ্ধি কি যা জন্মেজয় শেখাতে চান রাজনকে?

জন্মেজয় জানান- অষ্টসিদ্ধি হলো আট প্রকার- অণিমা, লঘিমা, গরিমা, প্রাপ্তি, প্রাকাম্য, মহিমা বা কামাবসায়িতা, ঈশিত্ব বা ঈশিতা, বশিত্ব বা বশিতা। সিদ্ধ যোগীরা ইচ্ছা করলে অণুর মতো ক্ষুদ্র আকার ধারণ করতে পারেন, কিংবা বায়বীয় অবস্থায় চলে যেতে পারেন। এই সিদ্ধিকে বলে অনিমা। ইচ্ছেমতো হালকা হয়ে জলের উপর হেঁটে যেতে বা শূন্যে ঘুরে বেড়াতে পারেন। একে বলে লঘিমা।

আর ভারী হওয়াকে বলে গরিমা। যে কোনও স্থান থেকে যা ইচ্ছা তাই পেতে পারেন। এই সিদ্ধি অর্জনকে বলে প্রাপ্তি। 'প্রাকাম্য' নামের সিদ্ধাইয়ের বলে যোগী চাইলে নিজের যে কোনও বাসনা পূরণ করতে পারেন। কেউ কেউ মর্জিমাফিক যে কোনও রূপ ধারণ করতে পারেন। এই ধরনের সিদ্ধি অর্জনকে বলে মহিমা বা কামাবসায়িতা। যোগী চাইলে কোনও স্থানে যা খুশি সৃষ্টি করতে পারেন, চাইলে কোনও কিছু ধ্বংস করাও তাঁর হাতের মুঠোয়। এই সিদ্ধির নাম ঈশিতা। জড় উপাদানকে ইচ্ছা অনুসারে নিয়ন্ত্রণ, সৃষ্টির প্রতিটি জীবকে নিজের বশীভূত করাকে বলে বশিতা। অষ্টসিদ্ধি অর্জন সহজ নয়। চাই প্রবল কৃচ্ছসাধন সঙ্গে উত্তুঙ্গ তপোবল। প্রথমে সদগুরুর আশ্রয়ে নিজেকে শুদ্ধ করতে হয়। দীক্ষাগ্রহণের পর গুরুর দেখানো পথে সাধনযাত্রা। নির্জন স্থান বেছে নিয়ে অভীষ্ট পূরণে কঠোর যোগাভ্যাস, তপস্যা।

জন্মেজয় রাজন ইন্দ্রাশিসকে নিয়ে মন্দিরের ভিতরে প্রবেশ করেন। একদন্তর যদিও রাজনকে জন্মেজয়কে এখানে রাখতে বা তাকে বেশি গুরুত্ব দিতে মানা করেন। রাজন কুলপুরোহিতকে বলেন জন্মেজয় এখন তাঁদের অতিথি। তিনই কেবল রাজাই নন; একজন ব্রাহ্মণও। তাঁর যদি রাজন ইন্দ্রাশিসকে নিয়ে দেবীর পুজোয় কিছু সময় ব্যতীত করতে ইচ্ছা হয় তাহলে রাজন কোন উপায়ে তাতে বাধ সাধেন?

একদন্তর ওজর খাটে না। তিনি নিজেও এখন ব্যস্ত শব সাধনার যোগ নিয়ে।

জন্মেজয় রাজনকে অষ্টসিদ্ধি কি বুঝিয়ে বলেন, রাজন এই পৃথিবীতে কিছু অসাধু যোগী আছেন, যাঁরা সিদ্ধাইয়ের নাম করে অসাধু কর্মে নিয়োজিত। হয়তো দৈবকৃপায় সিদ্ধির একটি অংশ লাভ করেছেন সেই

যোগী। তবু তার উদ্দেশ্য সাধু নয়। তাই দেখিয়েই দিনের পর দিন মানুষের কাছে সর্বেসর্বা হয়ে থাকতে চায় সেই অসৎ যোগী।

রাজন জন্মেজয়কে বলেন, কী বলতে চাও রাজা ঘুরিয়ে? তুমি আমার পিতাসম কুলপুরোহিত একদন্তর দিকে এই যে ইশারায় আঙ্গুল তুললে, এর জন্য তুমি দণ্ডিত হতে পারো সেটা জান?

জন্মেজয় স্মিত হেসে বললেন, রাজন আমি তো আপনাকে বোঝাতে এসেছি দেবীর পুজো ও আচার কী। আমি বোঝাতে চাই যে আমরা সর্বদা যেটা শুনে আসছি বা মেনে আসছি সেটাই ধ্রুব সত্য নয়। একদ-ন্তকে কি আপনি ততটাই ভরসা করেন যতটা আপনি দেখান?

রাজন বলেন সন্ধ্যা হয়ে গেছে চলো এখন মহলে ফেরা যাক।

জন্মেজয় আর রাজন মহলে ফিরে আসেন। রাজন ইন্দ্রাশিসের দুটো চোখ এখন একজনকে দেখার জন্য মরিয়া, সে ঊর্মিমালা। অথচ জন্মেজয় ওঁকে এত সহজে ছাড়বেন না।

ইন্দ্রাশিস সুরাপান করতে করতে বলেন, জন্মেজয় তুমি কি আমাকে কুলপুরোহিত একদন্তর বিরুদ্ধে প্ররোচিত করতে চাইছ?

জন্মেজয় : না রাজন। আপনাকে জেষ্ঠ্য ভ্রাতা বলে সম্বোধন করেছি যখন তখন জানবেন আর যাই হোক আপনার কোন প্রকার ক্ষতি সাধন আমার উদ্দেশ্য নয়। আমি সব আপনাকে খুলে বলতে পারব না এখন। কেবল মাত্র অনুরোধ আপনি কাউকেই চোখ বন্ধ করে বিশ্বাস করবেন না।

আপনি আমার কাছে কিছুদিন পাঠ নিন এই সিদ্ধির। সব শিখে গেলে আপনাআপনি সবটাই স্পষ্ট হয়ে যাবে আপনার কাছে।

রাজন নিজেও চান এই নরবলির হিংস্র রীতির থেকে বিরত থাকতে। এখন উপায় যদি এই জন্মেজয় দিতে সক্ষম হয় তবে রাজনকে ভরসা করতেই হবে জন্মেজয়ের উপরে।

জন্মেজয় বলেন, আপনাকে আমি নিজের চোখে আজ রাতেই দেখিয়ে দেব আপনার কুলপুরোহিত একদন্ত শব সাধনা করেন।

অথচ রাজ কুলপুরোহিতের ক্ষেত্রে এই সাধনা নিষিদ্ধ। আপনাকে এই দ্বিধা থেকে নিষ্কৃতি না দিলে আপনি বুঝতে পারবেন না বিষয়টা।

রাজন ইন্দ্রাশিস বিশদে বুঝতে আগ্রহী হয়ে ওঠেন।

জন্মেজয় শুরু করেন ... প্রথমেই বলি, শব কি? প্রাচীন ভারতীয় দর্শনমতে, ক্ষিতি, অপঃ, তেজ, মরুৎ ও ব্যোম, এই পঞ্চভূতের সমন্বয়ে দেহ নির্মিত। যখন এই পঞ্চভূত বিশ্লিষ্ট হয়, তখন জীবের পঞ্চত্বপ্রাপ্তি ঘটে। আর এই পঞ্চত্বপ্রাপ্ত দেহকেই শব বলা হয়।

এখন প্রশ্ন হলো, শবসাধনার অধিকারী কারা? ভূতডামর তন্ত্রে বলা হয়েছে, "পুরশ্চরণসম্পন্নো বীরসিদ্ধিং সমাচরেৎ, পুত্রদারাধন-স্নেহ লোভমোহবিবর্জিত"। অর্থাৎ পুরশ্চরণ সম্পন্ন যে সাধক স্ত্রী পুত্রের স্নেহে আসক্ত নন ও ধন সম্পদের মোহ যার নেই, তিনিই এই সাধনার অধিকারী।

আর এক্ষেত্রে কুলপুরোহিত একদন্ত কিন্তু সংসারী নন।

রাজন ইন্দ্রাশিস : জন্মেজয় পুরশ্চরণ কি? জন্মেজয় : মহা-নীলতন্ত্রের ছাব্বিশ পটলে এ সম্মন্ধে বলা হয়েছে, "পূর্যতে চরণং তস্য জপ হোমাদিতপর্ণৈঃ" অর্থাৎ যাতে জপ হোম ও তর্পণ দ্বারা ইষ্টের চরণবন্দনা করা হয়। আবার যামলতন্ত্রমতে, মন্ত্রের সিদ্ধির জন্য প্রথমেই যে ক্রিয়া করতে হয়, তাকে পুরশ্চরণ বলা হয়। এই পুরশ্চরণের পাঁচটি অঙ্গ আছে। জপ হোম তর্পণ অভিষেক ও ব্রাহ্মনভোজন। আর বীরপুরশ্চরণের সাতটি অঙ্গ, এর সঙ্গে যুক্ত হয় শক্তিপূজো ও কুমারীপূজো। পুরশ্চরণ ছাড়া মন্ত্র সিদ্ধ হয়না। আর তান্ত্রিক সাধনার ক্ষেত্রে বীর কথাটির অর্থ হলো বীরভাবাশ্রীত সাধক। কৌলমার্গরহস্য গ্রন্থে বলা হয়েছে, "যে মানব অদ্বৈতজ্ঞান-রূপ অমৃতের কনিকামাত্রের সন্ধান পেয়ে, বীরের মতো অবিদ্যা রজ্জু ছেদন করেন ও অমৃতহ্রদের সন্ধানে ধাবিত হন, তাকেই বীর বলা হয়"। তাছাড়াও বীরভাবের সাধনার মধ্যে ভৈরবীসাধনা, প্রেতসিদ্ধি, চিতাসাধনা, এগুলো পড়ে এবং অতি সাহসী ও বলবান ব্যক্তি ছাড়া

তাতে সফল হওয়া সম্ভব নয়। এজন্য এসব সাধনায় প্রবৃত্ত সাধককে বীরাচারী সাধক বলা হয়। রুদ্রযামল তন্ত্রে বলা হয়েছে, "বীরভাবে মন্ত্রসিদ্ধিঃ দ্বৈতাচারলক্ষনম্" অর্থাৎ বীরাচারী সাধক অদ্বৈতভাবের সাধক। পরশুরামকল্পসূত্রের একটি তন্ত্রমার্গে বলা রয়েছে যে, যিনি প্রতিযোগী, তিনিই বীরাচারী। যিনি ইদং পদার্থকে অহং পদার্থে বিলীন করতে পেরেছেন, এবং যার মন সর্বদা আনন্দে নিমগ্ন, তিনিই বীর। এই সুত্রের তাৎপর্য প্রসঙ্গে আবার কৌলমার্গরহস্যে বলা হয়েছে, অহং অর্থাৎ আত্মা এবং ইদং শব্দের অর্থ অহং এর প্রতিযোগী, অর্থাৎ আমি বাদে সমগ্র জগৎ ও জাগতিক বস্তু। যে সাধক সাধনার দ্বারা অদ্বৈতভাব প্রাপ্ত হয়ে সমগ্র জগৎ ও জাগতিক বস্তুকে অহং বা আত্ম বলে মনে করতে পারেন, তার কাছে অহং বা আমি ভিন্ন আর কোনো পদার্থের অস্তিত্ব থাকেনা। ইদং বা জগৎ তখন অহং-এ বিলীন হয়ে যায়।

নির্বাণতন্ত্রে বলা হয়েছে, বীরসাধক সর্বদা তপঃপরায়ণ, তার লম্বিত কেশজাল অসম্বৃত্ত, গলায় রুদ্রাক্ষমালা থাকবে ও তিনি কৌপীনধারী হবেন। তিনি অঙ্গে ভস্ম ও রক্তচন্দন মাখবেন। তিনি হবেন ক্ষমাশীল।

ইন্দ্রাশিস : হ্যাঁ এটা ঠিক যে রাজপুরোহিত হয়েও শ্বেত বস্ত্রর পরিবর্তে একদন্ত লাল কৌপীনধারী। তবে আমরা এটাই জানি যে দেবী দ্রাক্ষানী শক্তিরূপা তাই তিনি কৌপীন পড়েন। তুমি কী করে অনুমান করলে যে উনি শব সাধনা করেন? আর করলে কেনই বা করেন? এতে সমস্যাই বা কোথায়?

শবসাধনার ক্ষেত্রে এই সাধককে অত্যন্ত দৃঢ়সঙ্কল্প হয়ে ব্রতী হতে হয়। তাই বীরাচারী সাধক ছাড়া এই সাধনা সম্ভব নয়। কামাখ্যাতন্ত্রে বলা হয়েছে, বীরাচারী সাধক নির্ভীক, অভয়দানকারী, বলবান, যোদ্ধা, মহাযোগী, মহাবুদ্ধিসম্পন্ন, মহা সাহসী ও মহোৎসাহী হবেন। এমন বীরাচারী সাধকের সাধনমাত্রেই শীঘ্র ফলদায়ক। যোগিনীহৃদয়

ও কৌলাবলী নির্ণয় গ্রন্থে বলা হয়েছে, বীরাচার সাধনা অতি গুহ্য সাধনা। এই সাধনার পূজো, মন্ত্র, যন্ত্র সব সম্মন্ধেই গূঢ় সঙ্কেত রয়েছে। এবং একমাত্র সদগুরুর মুখেই এই সঙ্কেতের অর্থ জানা যায়। এজন্য নিরুক্ততন্ত্রে বলা হয়েছে, ক্রমসঙ্কেত, পূজোসঙ্কেত, মন্ত্রসঙ্কেত ও যন্ত্রের লিখন গুরু পরম্পরায় জানতে হবে। যিনি সঙ্কেতজ্ঞ নন তার পূজো নিস্ফল তো বটেই, বরং পদে পদে বিপদ তথা প্রাণনাশ হতে পারে। সেই কারণবশত শবসাধকের পালনীয় নানান বিধিনিষেধ তন্ত্রে নির্দিষ্ট আছে।

যতদূর সম্ভব উনি অমরত্বর প্রাপ্তির জন্য এই সাধনার পথ বেছে নিয়েছেন আর দিনের পর দিন এ রাজপরিবারের কুলবধূদের তিনি দেবীর নামে শিকার করে যাচ্ছেন।

কুলপুরোহিত একদন্ত এত বছর ধরে বেঁচে আছেন কি ভাবে? তিনি যতদূর সম্ভব দেবী দ্রাক্ষানীর উপাসক নন, তিনি কোন নিম্ন তন্ত্রের উপাসক। দেবীর উপাসনার ভণিতা করে তিনি বছর বছর বেছে বেছে কোন রোহিনী নক্ষত্র জাতাকে রাজপরিবারের কুলবধূ করে আনেন আর তার বলি দিয়ে দেবীকে কলুষিত করেন। দেবী আদিপরাসর শক্তি, তিনি আরম্ভ আবার তিনি অন্ত। এই দেবী মূর্তি দেখেই আমি বুঝেছিলাম যে মূর্তি জাগ্রত অবস্থায় নেই। মূর্তিকে সুপ্ত করে রাখা হয়েছে। আর এই সুপ্ত অবস্থায় রাখার জন্যই কুলবধূদের হত্যা করা হয়েছে।

জন্মেজয় দীর্ঘক্ষণ ধরে কথাগুলি বলে হাঁপিয়ে উঠেছে। সে নিরব হয় কিছুক্ষণের জন্য। রাজন ইন্দ্রাশিসও দ্বিধায়। আজ রাতে জন্মেজয় ওঁকে নিয়ে যাবেন লুরনি নদীর ঝর্ণার কাছের ওই পাথুরে গুহায়। রাতের অন্ধকারে সেখানে কী হয় তা প্রত্যক্ষ করবেন তাঁরা।

রাজন জানতে চান কুলপুরোহিত ওখানেই সাধনা করেন সে বিষয়ে জন্মেজয় সম্প;ঊর্ণ নিশ্চিত কী হেতু?

জন্মেজয় : ভাবচূড়ামনি গ্রন্থে বলা হয়েছে, শুন্যাগারে, নির্জন নদীতীরে, পর্বতে অথবা বিল্বমূল বা বেলগাছের নিচে সাধনা করতে হয়। বিশেষ করে কৃষ্ণপক্ষের ও শুক্লপক্ষের অষ্টমী ও চতুর্দশী যদি মঙ্গলবারে পড়ে, তাহলে সেই রাত্রিতে সাধনা করলে দ্রুত সিদ্ধিলাভ হয়। আর একদন্ত সেই উত্তম স্থান নির্বাচন করতে গিয়ে অবশ্যই উক্ত স্থানকেই বেছে নেবেন।

কথা শেষ করে রাত্রি দুই প্রহরে আবার দেখা হবে এই কথা দিয়ে রাজন চলে যান ঊর্মিমালার কাছে। রাত্রি বেলায় নেশাতুর রাজন রাজ-মহিষীর কক্ষে যেতে গিয়ে বারবার পদক্ষেপ ভুল করতে লাগলেন।

ঊর্মি রাজনের অভিপ্রায় শুনে স্তম্ভিত হয়ে যায়। রাজন একি বলছেন! রাত্রি বেলায় কোন প্রহরী ছাড়া রাজন কি করে জন্মেজয়কে ভরসা করে ওঁর সঙ্গে একা যেতে চাইছেন? জন্মেজয়ের অভিপ্রায় শুভ তো নাও হতে পারে। ঊর্মি জানে একদন্ত এই নরবলির হোতা। আর খুব শীঘ্রই ঊর্মি তার কারণ বুঝে যাবে। এখন জন্মেজয় কে সেটা জেনেও কী করে রাজনকে ঊর্মি ওঁর সঙ্গে একা যেতে দেয় রাজনকে? অথচ সরাসরি বাধাও দেওয়া যায় না। একবার ঊর্মি ভাবে রাজনকে জন্মেজয় দেবী কেসীর প্রেমিক ছিলেন একথা বলে দেবে তারপর নিজেকে সম্বরণ করে। ঊর্মি এটা ভেবে যে রাজন এ কথা শুনে কি আচরণ করবেন সেটাও ভাবার বিষয়। ঊর্মি রাজনকে বলে, আমি আপনার সঙ্গে যাব। আমি এই সাম্রাজ্যের রানী। একই সঙ্গে এই রাজ্যেই বেড়ে ওঠা কন্যা। এখানকার সব কিছু আমি চিনি। আমাকেও আপনি নিয়ে চলুন সঙ্গে।

রাজন উচ্চস্বরে হেসে উঠলেন। ঊর্মির চিবুক ধরে তিনি স্নেহমাখা দৃষ্টিতে অনেকটা সময় তাকিয়ে থেকে কোমল স্বরে বলেন, দেবী তোমার চিন্তার হেতু আমার অজানা নয়। তবু বলি,

আমি রাজচক্রবর্তি রাজন। আমাকে ছলনার আশ্রয় নিয়ে হত্যা করা সহজসাধ্য তো নয়। তুমি ভরসা রাখতে পারো তোমার স্বামীনের প্রতি। জন্মেজয়ের চোখে আমি ভরসা দেখেছি। তুমি রাজমহিষী, তুমি এই যাম প্রহরে মহলের বাইরে পা রাখতে পারো না।

রাজন আজ নিদ্রাতুর হলেও বসে রইলেন দুই প্রহর আসার অপেক্ষায়। ঊর্মিও রাজন জেগে থাকায় পুঁথি নিয়ে বসতে পরলো না। তবে সে ঘুমের ছলনায় চোখ বন্ধ করে পড়ে রইল।

দ্বিতীয় প্রহরে রাজন দেবী ঊর্মির কপোলে চুম্বন দিয়ে বেরিয়ে গেলেন কক্ষ ত্যাগ করে।

জন্মেজয় অপেক্ষমান ছিল বাইরেই। ওঁরা দুজন নিস্তব্ধ মহলকে পিছনে ফেলে এগিয়ে গেল লুরনি নদীর ঝর্ণার দিকে। কেউ দেখতে পেল না মন্দিরের ভিতর থেকে বেরিয়ে এসে মহলের ভিতরে ঢুকে গেল সেই শিশু কন্যাটি।

রাজন ও জন্মেজয় আসেন লুরনির ঝর্ণার কাছে বর্জিত, প্রাচীন সেই মহাশ্মশানে।রাজন অবাক হয়ে যান সেখানে কুলপুরোহিত একদন্তকে সততই বিরাজমান দেখে। মনে যে একটা ক্ষীণ আশা ছিল যে পিতাসম একদন্ত কখনোই ও সাম্রাজ্যের জন্য ক্ষতিকারক হতে পারেন না। ধুনির সামনে বসে আছেন একদন্ত। তার দুই চোখ মুদিত। বিশাল বট বৃক্ষের অন্তরালে থেকে জন্মেজয় রাজনকে বলল, এই সাধনার প্রারম্ভেই স্হান ও কাল নির্বাচন করা আবশ্যিক বলা হয়েছে। শ্যামারহস্য ও কৌলাবলীনির্ণয় গ্রন্থেও এই একই কথা বলা হয়েছে তবে সেখানে বলা হয়েছে যে মহাশ্মশানই শ্রেষ্ঠ স্থান। কারণ কালী শ্মশানে বিরাজ করেন এবং শিবাবলি দেওয়ার প্রশস্ত স্থান। শিবাবলি বিষয়ে পরে আসছি। আবার তন্ত্রসারে বলা হয়েছে, গাঢ় অঞ্জন বা কাজলের ন্যায় কৃষ্ণবর্ণ যে কালী সর্বদা শ্মশানে বাস করেন, তিনিই শ্মশানকালী। এই দেবীর পূজো শ্মশানেই করতে হয়। আর কূলচূড়ামনিতে উল্লেখ আছে যে সাধক সন্ধ্যাকালে শ্মশানে গিয়ে

একটি বিশেষ মন্ত্র পাঠ করে 'কালী কালী' বলে ডেকে মাংসসমেত নৈবেদ্য ভোগ দিলে শিবা বা শ্বেত শেয়ালরূপী উমা তার পরিবারের সঙ্গে পশুরূপ ধারণ করে সেখানে এসে ভোগ গ্রহণ করেন।এটিই প্রথম শর্ত শবসাধনার। এইটি সঠিক হলে বাকি সাধনাও নির্বিঘ্নে হয়। হিরণ্যকেশী গুহ্যসূত্রের মন্ত্রে আছে, শিবা বা শৃগালিকে উদ্দেশ্য করে মন্ত্র পড়ে তার পুজো করাই বিধান। এই শিবাপুজোই তন্ত্রশাস্ত্রে শিবারূপ কল্পনার এবং বিভিন্ন তান্ত্রিক ক্রিয়ার শিবাবলির মূল।

রাজন সহ্য করতে পারেননি পিতাসম একদন্তকে কুলপুত্তলির উপরে বসে সাধনারত অবস্থায় দেখে। জন্মেজয়কে রাজন বলেন, চলো ভ্রাতা ... আমি বুঝেছি সবই। আমি এটাও বুঝেছি তুমি কোন সাধারণ মানুষ নও। তুমি ফিরে চলো মহলে, আমি সব বিষয়ে জ্ঞাত হব তোমার নিকট। তারপর সাম্রাজ্যের নিয়ম উল্লঙ্ঘন করে এই সাধনা করার জন্য একদন্তর উপযুক্ত শাস্তি নির্ধারণ করব। জন্মেজয় জানান এখনই একদন্তকে থামালে চলবে না। তার সমস্ত কালো শক্তি দিয়ে তবে সে সাম্রাজ্যের ক্ষতি করবে। আগে দেবী জাগ্রত হবেন তবেই একদন্তকে সরাসরি শাস্তি দেওয়া সম্ভব হবে।

এদিকে রাজন চলে যাবার পরেই কোথা থেকে ঊর্মির কাছে খুকি এসে হাজির হলো। খুকিকে দেখে ঊর্মি বলল, বাছা এত রাতে কোথা থেকে এলে?

খুকি তার সারল্যমাখা মুখে আধো আধো বুলিতে বলল, আমাল ঘর থেকে লে ....

ঊর্মি দাসীদের জিজ্ঞাসা করব করব করেও ভুলে যায় যে খুকি কার কন্যা। খুকি নিশ্চই এত রাতে ঘুমন্ত মায়ের পাশ ছেড়ে উঠে

চলে এসেছে ঊর্মির কাছে। ঊর্মি খুকিকে কিছু সময় কোলে বসিয়ে আসর করলো। তারপর খুকি নিজেই উঠে পড়ল ঊর্মির কোল থেকে। তারপর কোমড়ে হাত দুটি রেখে পাকা গিন্নির মত বলল, এবার যাই রে মা।

ঊর্মির উত্তরের অপেক্ষা না করেই সে ছোট ছোট পায়ে ছুট দিল।

খুকি যাবার কিছুক্ষনের মধ্যেই রাজন ফিরে এলেন। ওঁর চোখে মুখে বিশ্বাস ভাঙার যন্ত্রণা দেখলো ঊর্মি। রাজন ক্লান্ত হয়ে ঘুমিয়ে পড়লেন। একটাও কথা বললেন না তিনি। জন্মেজয় ও নিজের কক্ষে এসে ধ্যান শুরু করল। তাকে এবার এই মারণ খেলা শেষ করতেই হবে। একদন্ত দেবীকে মূর্তিতে আবদ্ধ করেছে কিন্তু সে ভুলে গেছে প্রত্যেক শক্তির উৎসের সঙ্গে থাকে ভৈরব। আর জন্মেজয় হলো সেই কালভৈরব।

রাজন কিন্তু একদন্তর সঙ্গে স্বাভাবিক আচরণই করছেন। রাজন জন্মেজয়কে জানিয়েছেন তিনি সম্পূর্ণরূপে এই ঘটনা জ্ঞাত হওয়ার পর দেবীর জাগরণের জন্য মহাপূজা করবেন।

রাজন জন্মেজয়কে মন্ত্রণা গৃহে ডেকে পাঠান। তিনি যে ভীষণ ভাবে চিন্তিত এটি ওঁর দীপ্ত মুখ সৌষ্ঠবের কুঞ্চিত রেখা থেকেই স্পষ্ট।

রাজন জন্মেজয়কে জানতে চান একদন্ত কুশ পুত্তলিকার উপরে বসে শব সাধনা কেন করছিলেন? আর ওই শব সাধনার কারণই বা কি?

জন্মেজয় গম্ভীর হয়ে যায় কিছুক্ষণ। তারপর বলে, অর্ধ তথ্য বিনাশ ডেকে নিয়ে আসে। তাই সবটা জানা প্রয়োজন রাজন।

একদন্ত কাল সাধনা করছিলেন দেখেছেন স্বচক্ষে। এবার বলি শবসাধনার শব কেমন হবে?

শবসাধনার ক্ষেত্রে কয়েকরকম শব সাধনার জন্য শাস্ত্রমতে প্রশস্ত। তেমন আবার কয়েকরকম শব নিষিদ্ধ। সেগুলি কি রকম? পুরশ্চর্যার্ণব গ্রন্থে বলা হয়েছে, লাঠির আঘাতে, শূলবিদ্ধ হয়ে,

খড়্গাঘাতে, জলে ডুবে, রজ্জুবদ্ধ হয়ে বা গলায় দড়ি দিয়ে, সর্প-দংশনে এবং সন্মুখসমরে মৃত শব এই শবসাধনার জন্য প্রশস্ত। কিন্তু স্বেচ্ছামৃত বা আত্মঘাতী, বৃদ্ধা, স্ত্রীলোক, দ্বিজ, অনাহারে মৃত, কুষ্ঠরোগে মৃত, দুই বছর বয়সের আগে মৃত শিশু ও সাত রাতের আগে মৃত, এই আট প্রকার শব শবসাধনার ক্ষেত্রে বর্জনীয়। যদিও কৃষ্ণানন্দ আগমবাগীশ বলেছেন, উপযুক্ত শবের অভাবে কুশনির্মিত বা যবতন্ডুল নির্মিত শব ব্যাবহার করা যায়। সেই কারণেই একদন্ত কুশ নির্মিত শব ব্যবহার করেছেন।

কৌলাবলীনির্ণয় মতে এই সাধনার জন্য প্রয়োজনীয় দ্রব্য হলো, মাছ, মাংসযুক্ত অন্ন, ছাগ, পিষ্টক বা পিঠে, পায়েসান্ন, সুরা, মাষকলাই মিশ্রিত অন্ন, তিল, কুশ, শ্বেত সরষে, দীপ, ধূপ, এলাচ, লবঙ্গ, খয়ের, আদা, পান, পট্টসূত্র, মৃগচর্ম, কম্বল, যজ্ঞকাঠ, পঞ্চগব্য ও স্বকল্পক্ত পূজাদ্রব্য। সবসাধনার জন্য সাধককে ভালোমতো আমিষ খাবার খেয়েই সাধনায় বসতে হয়। এবং সাধনা শুরুর প্রারম্ভেই তন্ত্রমতে কিছু ক্রিয়া অনুষ্ঠান করতে হয়। যেমন যাগভূমি প্রোক্ষণ, গুরু, গনেশ, বটুক, যোগিনী, মাতৃকা এঁদের পূজো। এবার সাধন-স্থানে উপস্থিত দেবতা, রাক্ষস, পিশাচ, উপদেবদেবী, যক্ষ, গন্ধর্ব, ডাকিনী, হাকিনী, শাঁখিনী এঁদের উদ্দেশ্যে পুষ্পদান, শ্মশানাধিপতি ভৈরব, কালভৈরব ও মহাকালের কাছে বলিদান, অঘোরমন্ত্র বা সুদর্শনমন্ত্রতে দেহরক্ষা, ও দেহবন্ধণ করে দূর্গাবীজ উচ্চারণ করে দশদিকে শ্বেতসরষে ছিটিয়ে সাধনা শুরু করতে হয়।

এবার শুরু হবে আসল কাজ। সাধক শবকে শাস্ত্রমতে সুগন্ধি জলে স্নান করিয়ে ধূপ জ্বেলে, অগরু চন্দন মাখিয়ে পুজো করবেন। এবার তাঁর মুখে এলাচ, লবঙ্গ, কর্পূর, খদির বা খয়ের, ও পান দিয়ে শবকে অধোমুখে বা উপুর করে তার পিঠে চন্দন মাখিয়ে দিতে হবে। এবার বাহু থেকে কটি বা কোমর পর্যন্ত চতুর্ভূজ যন্ত্র কল্পনা করে ও তার মধ্যে চতুর্দ্বারে অষ্টদল পদ্ম কল্পনা করে তার উপর

কম্বলাবৃত মৃগচর্ম আসন স্হাপন করতে হবে। এবার ডাকিনী ও যোগিনীদের সামিষবলি প্রদান করতে হয়। এবার সাধক শবকে স্পর্শ করে প্রণাম করবেন একটি বিশেষ মন্ত্রে। শবকে স্পর্শের আগে সাধক একটি বিশেষ বীজমন্ত্রে বারো আঙুল মাপের যজ্ঞকাঠ চারদিকে স্হাপন করে সমস্ত লোকপাল, দিকপাল, সবাধিস্হান, চতুঃষষ্ঠিশবকে প্রদক্ষিনও করবেন ও আরও একটি মন্ত্র পড়ে শবের উপর পুষ্পাঞ্জলি দেবেন। এবার তন্ত্রমতে আসনের পূজো করে মূল বীজমন্ত্র জপ করতে করতে অশ্বারোহণ করার ভঙ্গীতে শবের উপরে বসবেন ও নিজের পায়ের নিচে কুশ স্হাপন করবেন। সাধক এবার শবের ঝুঁটিতে পীঠপূজা করে ষোড়শোপচারে দেবীর পূজো করবেন এবার। এখন কিন্তু শব আর সাধারণ মৃতদেহ নন। তার মধ্যে প্রাণ তথা দেবতার আবেশ ঘটেছে। নীলতন্ত্রে বলা হয়েছে, ততঃ শবাস্যে বিধিবৎ দেবতাপ্যয়নং চরেৎ। এখন শব পঞ্চভৌতিক সত্বার শুদ্ধরুপ। নিষ্পাপ কামনাবাসনাহীন। এইজন্যই নির্গুন ব্রহ্মস্বরুপিনী মহাবিদ্যাকে শবদেহে আহ্বান ও উদ্বুদ্ধ করা যায়। শবদেহকে আশ্রয় করেই নির্গুণা শক্তি সগুণা হন। দেবী ভাগবতে এই নির্গুণা শক্তিকে সংসার বিরাগী সাধকদের পূজ্য বলা হয়েছে। তিনি জ্যোতির্ময়ী পরব্রহ্মসনাতনী।

আদিকাল থেকেই মানুষ বিশ্বাস করে এসেছে দেহ বিনষ্ট হলেও আত্মা অবিনশ্বর। মৃতের আত্মার প্রতি এই শ্রদ্ধা ও সম্মানই ধর্মের মূল। সাধক তার তপঃশক্তির প্রভাবে এই আত্মাকে দেবত্বে ও পরে ব্রহ্মত্বে নিয়ে যেতে পারেন। অথর্ববেদে এই শক্তিকেই ব্রহ্ম বলা হয়েছে। এটি তপঃশক্তি। ব্রহ্মবিদ্যাবলে ঋষিরা রোগীকে আরোগ্য এমনকি মৃতকে জীবনদানও করতে পারতেন। আর জীবমুক্তির জন্য প্রয়োজন দেহের। রসেশ্বর দর্শনে এই মুক্তিলাভের জন্য স্হির দেহের প্রয়োজনীয়তার কথা স্বীকৃত হয়েছে। দেহ স্হির না হলে শক্তির স্ফুরন হয়না। এছাড়া শিবের কর্তৃত্ব যখন শক্তির উপর নির্ভরশীল

তখন শিব মুক্তি দিতে পারেন না। মুক্তি দেন শক্তি। তাই শবসাধনায় শক্তির উপাসনা করা হয়। যদিও গন্ধর্বততন্ত্র বলেছে যে যিনি শক্তি তিনিই শিব। এদের মধ্যে ভেদ নেই। তবে শবসাধনার চরম কথাটি বলা হয়েছে বামকেশ্বর তন্ত্র গ্রন্থটির ব্যাখ্যায়। এই ব্যাখ্যাটি হলো, যে কোনো বস্তুমাত্রেরই স্ব স্ব বা নিজস্ব প্রয়োজন সাধনের উপযুক্ত মর্মার্থ ও উদ্দেশ্য রয়েছে। এই সামর্থ্যটিই হলো শক্তি। এই শক্তিই হলো আদ্যাশক্তির বিভূতি। আর এই শক্তির আধার হলেন শিব, যিনি প্রত্যেক বস্তুতে প্রকাশরূপে অবস্হান করছেন। প্রত্যেক বস্তুর ধর্ম বা গুণ, বিমর্ষ শক্তির এবং বস্তুর স্বরূপ প্রকাশরূপ শিবের বিভূতি। বিমর্ষ বা সুপ্তভাব প্রকাশেরই ধর্ম। শিবশক্তি স্বরূপত অভিন্ন। প্রকাশ ও বিমর্ষ বা সুপ্তভাবকে যেখানে পৃথক বা আলাদা ভাবা হয়, সেখানেও এদের উভয়ের অভিন্নভাব সম্মন্ধ স্বীকার করা হয়। এই সুপ্ত বা বিমর্ষ শক্তিই চিৎশক্তি বা পরাশক্ত। এই চিৎশক্তিকে জাগানোই হলো শবসাধনার মূল উদ্দেশ্য। আর এক্ষেত্রে রাজন আপনার কুলপুরোহিত সম্পূর্ণ অসৎ উদ্দেশ্য নিয়ে শব সাধনা করছেন।

ঊর্মি গুরুদেবকে বলে, গুরুদেব আপনি আমার শিক্ষক আমি আপনার কাছে শাস্ত্র শিক্ষা লাভ করে আপ্লুত। একটা নিবেদন আছে আপনার কাছে গুরুবর।

গুরুদেব বললেন, বৎস তুমি রাজমহিষী হলেও আমার শিষ্যা তাই আপনি সম্বোধন করে ছোট করতে চাইনি। তুমি বাস্তবেই অন্য মহিষীদের থেকে ভিন্ন। মা দ্রাক্ষানী রাজন ইন্দ্রাশিসের জন্য যোগ্য মহিষী বেছে নিয়েছেন। আমার জ্যোতিষীবিদ্যা বলছে তুমি দীর্ঘায়ু। তাই আগামী কৌশিকী অমাবস্যা যে কী দিন দেখাবে সেটাই আমার ভাবনার বিষয়।

এই দেখ তুমি কী যেন বলছিলে আর আমি বকবক করেই যাচ্ছি তখন থেকে। আসলে বয়সের ভারে আমি স্মৃতি হারিয়ে ফেলি। বলো মা তুমি কী বলছিলে? কী জানতে চাও?

ঊর্মি : গুরুদেব ভৈরব কে? দেবী দ্রাক্ষানীর সঙ্গে তাঁর কী যোগাযোগ?

গুরুদেব মস্তক নিচু করে কিছুক্ষণ নিজেকে প্রস্তুত করলেন। ওঁর পক্ক শ্মশ্রুতে হাত বোলাতে বোলাতে হঠাৎ করেই আবার কাঁপা হাতে দেবীর উদ্দেশ্যে প্রণাম জানিয়ে বললেন, শিব ও ভৈরব অঙ্গাঙ্গিভাবে জড়িত রাজমহিষী। শিবের ভৈরব রূপের কাহিনিটি এ রকম- সৃষ্টিকর্তা ব্রহ্মার আদিতে পঞ্চমুখ ছিলেন। শিব নিজেও পঞ্চানন। ব্রহ্মা শিবের থেকে অধিক গুরুত্ব দাবি করেন এবং অসম্ভব অহঙ্কার প্রকাশ করতে থাকেন। ক্রুদ্ধ শিব ব্রহ্মার পঞ্চম মস্তকটি কর্তন করেন। এতে শিবের উপরে ব্রহ্মহত্যার পাপ অর্পণ হয়। ব্রহ্মা-কপাল হাতে নিয়ে শিবকে একটি দীর্ঘ সময় ভ্রাম্যমাণ অবস্থায় কাটাতে হয়। এই ভ্রাম্যমাণ শিবরূপই 'ভৈরব'। মহাজগতের বিশেষ স্থানগুলি ভৈরব রক্ষা করেন। ভৈরবের মোট সংখ্য চৌষট্টি। তাদের আটটি শ্রেণীতে ভাগ করা হয়। প্রতিটি শ্রেণীর আবার একজন করে প্রধান ভৈরব রয়েছেন। প্রধান আট ভৈরবকে 'অষ্টাঙ্গ ভৈরব' বলা হয়। এই আটজন মহাবিশ্বের আটটি দিকের অধিপতি। এই আট জন আবার নিয়ন্ত্রিত হন মহা স্বর্ণ কালভৈরবের দ্বারা। তিনি সাধারণভাবে কালভৈরব নামেই পরিচিত।

ঊর্মির মনে পড়ে যায় জন্মেজয় জানিয়েছিল সে কালভৈরব। সে সতী দ্রাক্ষ কন্যা দ্রাক্ষানীর ভৈরব।

গুরুদেব বলেন, কালভৈরব স্বয়ং বরাহরূপী ষড়রিপুকে নিয়ন্ত্রণ করেন বলে তন্ত্রে বিশ্বাস করা হয়। আবার এদের মধ্যে আছেন ভিক্ষাটন। তিনি হলেন শিবের ভয়ংকর রূপ ভৈরবের একটি শান্ত মূর্তি। ভৈরবের দু'টি ভয়ংকর রূপের উল্লেখ পাওয়া যায়। একটি

রূপে তিনি ব্রহ্মার শিরশ্ছেদ করেছিলেন এবং অপর রূপে তিনি বিষ্ণুর দ্বাররক্ষক বিশ্বকসেনকে হত্যা করেন। ভিক্ষাটন রূপটি হল ভৈরবের এই দুই ভয়ংকর রূপের মধ্যবর্তী পর্যায়। ব্রহ্মার পঞ্চম মস্তক ছেদনের পাপস্খালন করতে ভৈরব ভিক্ষাটন রূপ ধারণ করেছিলেন। তারপর নগ্ন কপালীবা কাপালিকের বেশ ধারণপূর্বক তিনি ব্রহ্মাণ্ড পরিভ্রমণ শুরু করেন এবং ব্রহ্মার করোটিকে ভিক্ষাপাত্র হিসাবে ব্যবহার করে ভিক্ষাবৃত্তি অবলম্বন করেন। শেষে পবিত্র বারাণসী নগরীতে উপনীত হয়ে তিনি কৃত পাপের প্রায়শ্চিত্ত করে ভিক্ষাটন রূপ পরিত্যাগ করেন।

ঊর্মি কথন শেষে গুরুদেবের পায়ে মাথা ঠেকিয়ে প্রণাম করে ও বলে, গুরুবর আপনি আমাকে আজ যে তথ্য দিলেন তা সত্যি গুরুত্বপূর্ণ। আমি ধন্য হলাম।

গুরুদেবের সেবা দিয়ে ঊর্মি চলে এলো মন্দিরে। রাজন ভিতরে ভিতরে ক্রোধে অগ্নিশর্মা। একদন্তর উপরে তিনি ভীষণ ভাবে বিরক্ত কেবলমাত্র একাজ সে কেন করেছে এটা জানার জন্যই রাজন এখনো চুপ করে আছেন। দেবীকে জাগ্রত করতে গেলে পুঁথিতেই উপায় বের করতে হবে আর সে কাজ ঊর্মি করবে। রাজনকে পুঁথির বিষয়ে এখনো কিছুই জানাতে পারেনি ঊর্মি।

মন্দিরে ঢুকেই ঊর্মি দেখলো একদন্ত আরতি করছেন দেবীর। ওঁর মুখ সৌষ্ঠবে কিন্তু ভক্তির ছোঁয়ার ভীষণ অভাব বোধ করল ঊর্মি। একদন্ত আরতি শেষে রাজমহিষী ঊর্মির কাছে পঞ্চপ্রদীপ এনে দিলেন। ঊর্মি আশীষ গ্রহণ করার পর কুলপুরোহিত একদন্ত বললেন, আরাত্রিকা মানে জানেন দেবী? আপনি নিয়ম উল্লঙ্ঘন করে শাস্ত্র শিক্ষা যখন নিচ্ছেন বুড়ো পন্ডিতের কাছে তখন নিশ্চই জানবেন আরাত্রিকা কেন করা হয়?

ঊর্মি : আরাত্রিকা অর্থাৎ আরতি। দেবীর সামনে জল শঙ্খ, চামর, প্রদীপ, বস্ত্র ও পুষ্প দিয়ে আরতি করা হয়। যখন আরতি করা হয়

পাঁচ সলতে দেওয়া প্রদীপ দিয়ে, যে থালায় এই প্রদীপ রাখা হয় সেটা চক্রাকারে বিগ্রহের সামনে ঘোরানো হয়ে থাকে। এই জোর গতিতে চক্রাকারে ঘোরানোর ফলে, এর থেকে কিছু "সত্য"তরঙ্গের বিচ্ছুরণ ঘটে প্রদীপের শিখা থেকে। ধীরে ধীরে এই সত্য তরঙ্গ-গুলো ক্রমশ রাজস তরঙ্গে পরিণত হয়। আরতির অনুষ্ঠান কেবল মাত্রভাব ও ভক্তির মাধ্যমে সুসম্পন্ন হয়। যারা শাস্ত্রীয় পূজার বিধি ও মন্ত্র জানেন না তারা ভক্তি ভাবের সঙ্গে একমাত্র আরতির মধ্য দিয়ে সকল পূজার ফল লাভ করতে পারেন। তাই ভাব ও ভক্তি পূর্ণ আরতির অনুষ্ঠান হলো সকল পূজার সার।শাস্ত্রীয় পূজা যদি বিধিহীন ও মন্ত্রহীন হয়, তবে ভক্তি পূর্ণ আরতির মধ্য দিয়ে তা সম্পূর্ণতা লাভ করে।

এ প্রসঙ্গে দেবাদিদেব শিব, দেবী পার্বতীকে বলেছেন-"মন্ত্র-হীনং ক্রিয়াহীনং যৎকৃতং পূজনং হরেঃ।সর্ব্বং সম্পূর্ণতামেতি কৃতে নীরাজনে শিবে ॥

অর্থঃ হে দেবী পার্বতী, শ্রীভগবানের পূজা যদি মন্ত্রহীন ও ক্রিয়াহীন হয়, তবে নীরাজন বা আরতির মাধ্যমে তা সম্পূর্ণতা লাভ করে।

একদন্ত ভেবে ছিলেন ক অক্ষর যার কাছে গোমাংস সেই নিরক্ষর চাষীর মেয়ে কীভাবে করে শাস্ত্র জ্ঞান লাভ করবে? কদিনের শখ এমনি মিটে যাবে যখন কুলপুরোহিতের প্রশ্নের সে সঠিক উত্তর দিতে অপরাগ হবে। কিন্তু একি! ঊর্মিমালা তো শাস্ত্র জ্ঞানে পরিপূর্ণ হয়ে উঠছে? তার কাছাকাছি এলেই একদন্ত এক দিব্য জ্যোতি অনুভব করছেন।

অসন্তোষ প্রকাশ করা যায় না রাজমহিষীর সম্মুখে তাই একদন্ত মুখে জোর করে হাসি এনে বললেন, সাধু সাধু দেবী। আমি তুষ্ট হলাম।

একদন্ত আর দাঁড়ালেন না। দ্রুতবেগে বেরিয়ে গেলেন গর্ভগৃহ থেকে। ঊর্মি মায়ের মূর্তির দিকে তাকিয়ে আছে অবিচল। মনে মনে মাকে বলে ঊর্মি, মা অর্ধসত্য যে আরো বেশি ভয়ানক! আসল সত্যের সম্পূর্ণ না জেনে যে কোনভাবেই এগোতে পারছি না। ভাবনায় ছেদ পড়লো যখন আঁচলে টান পড়ল ঊর্মির। পিছন ফিরে ঊর্মি দেখলো খুকি তার আঁচল ধরে টানছে।

খুকি ঊর্মিকে আঁচল ধরে টানল। ঊর্মি পিছন ফিরে খুকিকে দেখল। আজ খুকির পরণে লাল চেলি শাড়ি, স্বর্ণের গহনা। এই শাড়ি তো ঊর্মি দেবী দ্রাক্ষানীর জন্য তৈরি করিয়ে ছিল! তবে এ শাড়ি একদন্তর কঠোর তত্বাবধানের বাইরে এক দাসীর কন্যার কাছে কীভাবে গেল? একদন্ত দেখলে এই খুকির মাকে যে শূলে চড়িয়ে ছাড়বে! ঊর্মি তাড়াতাড়ি খুকিকে কোলে তুলে নিয়ে চাপা গলায় বলল, খুকি এ শাড়ি কোথা পেলে?

খুকি খিলখিল করে হেসে দুটো কচি কচি হাত মুখে চাপা দিয়ে মুখ গুঁজে দিল ঊর্মির বুকে। ঊর্মির নাকে এলো চন্দন ও কর্পূর মিশ্রিত এক অপূর্ব সুন্দর গন্ধ .... ঘিয়ের প্রদীপে আলোকিত মন্দিরের গর্ভগৃহ যেন ধুম্রজালে ভরে গেছে ...

গা ছমছম করে উঠলো ঊর্মির। খুকিকে ঊর্মি এবার একটু গম্ভীর গলায় বলল, কী হলো খুকি! উত্তর দিচ্ছ না যে বড়? মুখ তুলে তাকাও রাণীমার দিকে ...

খুকি তাকাল রানী ঊর্মির দিকে ... কিন্তু একি দেখছে ঊর্মি! খুকির কপালে ত্রিনয়ন ... মাথায় লাল সিঁদুর ... কোলে যেন ধরছে না খুকি। পাথরের মত ভারী হয়ে গেছে সে। ধীরে ধীরে খুকি হওয়ায়

মিলিয়ে একটা আলোর পুঞ্জ হয়ে মিশে গেল দেবী দ্রাক্ষানীর মধ্যে। ঊর্মির বুকে একটা বড় ধাক্কা লাগল যেন। সে চেতনা হারিয়ে দেবীর মন্দিরেই পড়ে গেল।

ঊর্মিকে অচেতন অবস্থায় কুলপুরোহিত একদন্ত আবিষ্কার করেন মন্দিরের দোর বন্ধ করতে এসে। তিনি পরিচারক দ্বারা ঊর্মিকে রাজকক্ষে পৌঁছে দেন। রাজন ইন্দ্রাশিস মহিষীর অসুস্থ-তার খবর পেয়ে ছুটে আসেন। দেখেন ধুম জ্বরে ভুল বকছে ঊর্মি। শরীর অত্যধিক তপ্ত। রাজবৈদ্য এলেন, ঊর্মির নাড়ি পরীক্ষা করে দেখলেন। তিনি সারারাত জেগে ঊর্মির জন্য লেপন তৈরি করে ঊর্মিকে উপাচার করলেন। কিন্তু জ্বর নামার কোন লক্ষণ নেই।

সকালে একদন্ত এলেন রাজনের সঙ্গে দেখা করতে। তিনি ঊর্মিকে শেষ সুস্থ অবস্থায় মন্দিরে দেখেছিলেন আর তিনিই আবিষ্কার করেছিলেন ঊর্মিকে অচেতন অবস্থায়। রাজন ঊর্মিকে এভাবে দেখে ভয় পেয়ে গেছেন। একদন্ত বললেন, আপনি যে অনাচারে মেতে উঠেছেন তারই ফসল রাজমহিষীর এই অসুস্থতা। জন্মেজয়কে আপনি এখানে এনে থেকে তার সঙ্গে আপনি মেতে উঠেছেন। রাজ কার্য বা দেবীর আরাধনা কোনটিতেই আপনি এখন তেমনভাবে সক্রিয় ভূমিকা পালন করেন না। দেবীর বলীপ্রদত্ত নারীকে শিক্ষা গ্রহণের অনুমতি দিয়েছেন আপনি। মহিষী যখন তখন মন্দিরের গর্ভগৃহে যাওয়া আসা করেন। এখন যদি দেবীর প্রকোপে রাজমহিষীর জীবন চলে যায় আগামী কৌশিকী অমাবস্যাতে কাকে চড়াবেন হাড়িকাঠে?

জন্মেজয় একজন শৈব। তার কাছে শক্তির আরাধনা কোন গুরুত্ব রাখে না। সে তো আপনাকে বিপথে চালনা করতেই এসেছে। এখন দেবী যদি রাজমহিষীর বলি না পান তাহলে কি করবেন আপনি? সাম্রাজ্যের ধ্বংসের জন্য তৈরি থাকতে হবে আপনাকে।

রাজন এখন সবটাই জানেন একদন্তর বিষয়ে তবুও ওঁর ভাবনায় যেন একটা এলোমেলো ঢেউ খেলে গেছে ঊর্মিমালার অসুস্থতার

কারণে। আর একদন্তর কথার মধ্যে বারংবার ঊর্মিকে আগামীদিনে বলিদানের প্রসঙ্গ উত্থাপনে রাজন ক্ষুব্ধ হয়ে উঠছেন। ধৈর্যচ্যুতি ঘটছে তাঁর। এমন সময় রাজবৈদ্য এসে খবর দিলেন রানী এখন অনেকটা ভালো আছেন। সুখবরও আছে সঙ্গে ।

রাজনকে অবাক করে রাজবৈদ্য বললেন, রানিমার সন্তানসম্ভবা হবার একটা সঙ্কেত দেখছি। যদিও এখনই রাজ ঘোষণা করে দেওয়া ঠিক হবে না। কয়েকটা দিন অপেক্ষা করুন, আমি আপনাকে নিশ্চিত করব দেবীর কৃপায়।

রাজন রাজবৈদ্যর কথায় খুশিতে ফেটে পড়লেন। তিনি সঙ্গে সঙ্গে নিজের পান্না খচিত অঙ্গুরী দান করলেন বৈদ্যকে।

একদন্তর কপালে ফুটে উঠল কুঞ্চিত রেখা। ঊর্মিমালা সন্তানসম্ভবা!

রাজন দেখলেন একদন্তর কপালের ভাঁজ। রাজন একদন্তকে জিজ্ঞাসা করলেন, আপনি খুশি হননি আগামী দিনের বংসজ আসার খবরে?

একদন্ত বললেন, খুশি হবার কোন কারণ আছে কি রাজন? আপনার প্রথম অনাগত সন্তান যে বলি যাবে জন্মের আগেই!

রাজন : কি বলছেন আপনি? শুভ কথা বলুন।

একদন্ত : নয় মাসের গর্ভে তো সন্তান সম্পূর্ণ হয়ে জন্ম নেবে। তবে তার মাস দুই আগেই কৌশিকী অমাবস্যা পড়ে যাবে। সুতরাং রাজন পূর্ণ গর্ভেই রাজমহিষীকে বলি যেতে হবে দেবী দ্রাক্ষানীর চরণে। আপনার সন্তান এসেও আসতে পারবে না। তবে ভাবার কিছুই নেই, আপনি পুরুষ। আপনার যখন তখন সন্তান জন্ম নেবে। এতবছর নাহলেও এবার যখন সন্তান আসার খবর পেলেন তখন আগামীদিনেও পাবেন। যদিও রানী হয়ত অন্য কেউ হবে।

রাজনের রাগে ফেটে পড়ার আগেই ওখানে হাজির হলো জন্মেজয়। সে একদন্তকে বলল, অপরাধ নেবেন না কুলপুরোহিত মশাই। আমি রাজা হলেও ব্রাহ্মণ। বেদে পড়েছি যে ভগবান কিছু

খায় না, কিছু নেয়ও না। তিনি দেখেন তাঁর জন্য কে কী করছে। যে যেমন করে তাঁর সেবা করবেন তাকে ভগবান তেমন করেই রাখবেন। বৃহদারণ্যক উপনিষদ হতে এই উক্তির সন্ধান পাই -

ন দেব আস্নন্তি ন পিবন্তি দৃশ্যৈব তৃপ্যন্তি....

এর অর্থ হলো, দেবতা কিছু খায় না, নাইবা কিছু পান করেন। দেখেই তৃপ্ত হন।এখন প্রশ্ন আসে কী প্রকার খাদ্য এবং উপহার দেওয়া উচিৎ?

য়দ অন্নম্ পুরুষো ভবতি তদ অন্নং তস্য দেবতা

যা মনুষ্য খেতে ভালোবাসে, তাই সে দেবতার জন্য উৎসর্গ করে। বলুন আপনি বিবাহিত নাহলেও মানুষ হিসেবে নিজের স্ত্রীকে খেতে পারবেন রন্ধন করে? পারবেন না তাই তো? তাহলে দেবী দ্রাক্ষানীও আগ্রহী নন রাজমহিষী ঊর্মিমালার বলি গ্রহণ করতে।

মানুষের খাদ্যাভ্যাস দেখে ঋষিগণ তিন ভাগে ভাগ করেছেন যথা সাত্ত্বিক, রাজসিক ও তামসিক।

রাজমহিষী এক নারী ও দ্বিতীয়ত গর্ভবতী । এতএব, শাস্ত্রমতে কোনভাবেই তাঁর বলিদান সম্ভব নয়।

ঊর্মি চোখ খুলে সামনে পায় রাজনকে। ক্লান্ত বিধ্বস্ত দুটো চোখ, রাজন ঊর্মির শিয়রে বসে আছেন কখন থেকে কেই বা জানে? ঊর্মিকে চোখ খুলতে দেখেই দাসীদের হাঁক দিলেন রাজন। দাসীরা রাজবৈদ্যকে খবর দিতে গেল। ঊর্মি কখন থেকে যে এভাবে পড়ে আছে সে জানে না। তবে শরীর ভীষন দুর্বল লাগছে। রাজন জিজ্ঞাসা করলেন, কেমন আছো প্রিয়ে? কাল তোমাকে অচেতন উদ্ধার করা হয় কুলদেবীর মন্দির থেকে। তার পর থেকে জ্বরে তুমি সংজ্ঞা

হারিয়ে পড়ে আছো। তুমি জানো না প্রিয়ে আমি কতটা চিন্তান্বিত ছিলাম তোমার এই অবস্থায়। আমি পাগল হয়ে যাচ্ছি। কেন এত অযত্ন নিজের রানী?

ঊর্মি দেখল রাজনের চোখ ছলছল করছে। ঊর্মি উঠে বসার চেষ্টা করল। তবে ভীষণ দুর্বল লাগছে। রাজন ঊর্মিকে বসতে সাহায্য করলেন। ঊর্মি কাল যা দেখেছে সেটা কি রাজনকে বলা যায়? ঊর্মি যা যা গোপন সত্য জেনেছে আজ পর্যন্ত সেগুলো কি রাজন ইন্দ্রাশিসকে বলা যায়? তবে খুকি! ঊর্মি যা দেখেছে তা ওর ভ্রম না সত্য সেটা নিয়ে সে নিজেই দ্বিধায়। রাজন ঊর্মিকে বলল, প্রিয়ে তুমি চিন্তা করবে না। আমি এখনো নিশ্চিত নই দেবী দ্রাক্ষানীর পূজার পদ্ধতি সম্বন্ধে। একদন্তর প্রকৃত চরিত্রের আভাস আমি পেয়েছি তবুও আমি ভুল ঠিক এখনো বিচার করে উঠতে পারিনি। তবে আমি রাজচক্রবর্তি রাজন ইন্দ্রাশিস তোমাকে একজন স্বামীন হয়ে কথা দিলাম, আজ থেকে তোমার আর আমাদের অনাগত সন্তানের রক্ষার সম্পূর্ণ দায় আমার। এই হাতে আর স্বর্ণ নির্মিত বগি উঠবে না রাজমহিষীর বলির উদ্দেশ্য। এবার এই ক্ষত্রিয় হাত উঠবে কেবল ন্যায় বিচার ও শত্রু দমনের উদ্দেশ্য ।

ঊর্মি বুঝে উঠতে পারে না রাজনের কথা। অনাগত সন্তান! হ্যাঁ, সে কথাই তো বললেন রাজন! ঊর্মির চোখে জিজ্ঞাসা দেখে রাজন স্মিত হেসে বললেন, ঠিকই শুনেছ রাজমহিষী দেবী উর্মিমালা। তুমি রাজমাতা হতে চলেছ। তুমি সন্তানসম্ভবা ঊর্মি। আমার পরম সৌভাগ্য, দেবী দ্রাক্ষানীর কৃপায় আমার পিতা হওয়ার আকাঙ্খাপূর্তি হতে চলেছে। আমি তোমার এই উপকার কোন দিন ভুলব না প্রিয়ে। আমি চিরকাল এক পত্নী গ্রহণ করে তোমার স্বামীন হয়েই বাঁচব। তোমার আমার সন্তান হবে আগামী দ্রাক্ষারাজ। আর হ্যাঁ আমি তোমার জন্য অভূতপূর্ব কিছু ব্যবস্থা করেছি, যা তোমাকে অনাবিল আনন্দ দেবে।

ঊর্মি রাজনের বুকে মাথা রেখে বলে, আমি আপনার স্নেহধন্যা, আর কী চাই। আমার কোন মহার্ঘ্য উপহারে রুচি নেই।

রাজন : আমি জানতাম তুমি এটাই বলবে ঊর্মি। তুমি সত্য ভীষন সাদামাটা ভালো মানুষ। আমি তোমার জন্য সেই ব্যবস্থা করেছি যে তোমার আকাঙ্খিত কিন্তু কল্পনার বাইরে।

ঊর্মি : কি স্বামীন?

রাজনের করতালির শব্দে জন্মেজয় ভিতরে ঢুকে আসে সঙ্গে ঊর্মির মা মুগ্ধা।

মাকে যে এ জন্মে আর দেখতে পাবে সেটাই ভাবেনি ঊর্মি। এতগুলো দিন পর দেবীর কৃপায় এত সুন্দর একটা দিন। মাকে এতদিন পর দেখলো ঊর্মি। মা মেয়ে একে অপরকে জড়িয়ে অঝোরে কেঁদে গেল কিছুক্ষণ । মন হালকা করে ঊর্মি মাকে জিজ্ঞাসা করল ওর পিতা উদ্ভবের কথা। মুগ্ধা জানাল রাজন উদ্ভবকে চাষের জন্য জমি দিয়েছে। এখন আর ওদের ভাগচাষীর জীবন বাঁচতে হয়না। রাজনকে ধন্যবাদ জানায় ঊর্মি এত বড় একটা উপকারের জন্য। আর এটাও জানায় যে তার এই অভূতপূর্ব উপহার ভীষণ পছন্দ হয়েছে। রাজন মা মেয়েকে কিছুক্ষণ একা কথা বলার জন্য কক্ষে একা রেখে বেরিয়ে আসে জন্মেজয়ের সঙ্গে। জন্মেজয় রাজনকে জানায় সে কিছু গুপ্ত সৈন্যকে একদন্তর গতিবিধির উপরে নজর রাখার জন্য নির্দেশ দিয়েছে।

এখন রাজনকে আরো সতর্ক থাকতে হবে কারণ সন্তান আসার খবরে একদন্ত একদম খুশি হননি সেটা স্পষ্ট। যেভাবেই হোক রাজনকে দেবীকে জাগ্রত করতে হবে আগামী কৌশিকী অমা-বস্যার আগে। আর রাজমহিষীর খেয়াল রাখতে বিশ্বস্ত কাউকে নিয়োগ করতে হবে। রাজন বলেন মায়ের থেকে বেশি খেয়াল কেউ রাখতে পারে না তার সন্তানের। আর এই সময় উর্মিমালাকে

তার মা মুগ্ধাই দেখভাল করতে পারে। জন্মেজয় ও রাজনের যুক্তি মেনে নেয়।

এদিকে মুগ্ধা অবাক হয়ে যায় ঊর্মির সন্তানসম্ভবা হওয়ার খবর পেয়ে। তবে মুগ্ধা খুশি হবে না দুঃখ করবে সেটা ভেবে পায়না। কারণ মেয়ের জীবনের মেয়াদ যে কমে আসছে দিনে দিনে। আর যতটুকু সময় বাকি তাতে কি ঊর্মির গর্ভাবস্থা শেষ হবে!

ঊর্মি বোঝে মায়ের মনের দোলাচল। সে মুগ্ধাকে আশ্বস্ত করে যে দেবী দ্রাক্ষানী তাকে রক্ষা করবেন। তিনি কিছুই হতে দেবেন না ঊর্মির। মুগ্ধা কিছুই বোঝে না মেয়ের কথা তবে সে রাজনের দুই চোখে ঊর্মির প্রতি প্রেম দেখেছে। ঊর্মি মাকে খুলে বলতে পারেনা সবটা তবে সে বুঝে গেছে যে এতদিন ধরে খুকির রূপে মা আদিপরাসর শক্তি নিজে এসে ঊর্মিকে পথ দেখিয়েছেন। তিনি ঊর্মিকে গুপ্ত কক্ষ, প্রাচীন পুঁথি, লুরনীর গোপন স্রোত ও তাতে জমায়েত নর কঙ্কালের ঢের ... এই সব দেখিয়েছেন। মা দ্রাক্ষানী কখনোই চাইবেন না ঊর্মির মৃত্যু। তিনি নিজে আশীর্বাদ করেছেন ঊর্মিকে। এখন ঊর্মির গর্ভে দ্রাক্ষা রাজবংশজ। তাকে ঊর্মি বুক দিয়ে আগলে রাখবে। কোন ব্যভিচারী, দুষ্ট পারবে না ঊর্মির ক্ষতি সাধন করে তার সন্তানকে হত্যা করতে। সে যেই হোক তাকে এক মায়ের সামনাসামনি হতে হবে।

মুগ্ধা দেখে অন্যমনস্ক ঊর্মির কপালে ফুটে উঠেছে সেই ত্রিনয়ন।

একদন্ত এবার কিছুতেই হিসাব মেলাতে পারছেন না। কী করে সম্ভব এটা! কী করে রাজন একদন্তর হাতের বাইরে চলে গেলেন? কী করে এবার রাজমহিষী গর্ভধারণ করলেন? তবে কী আদিপরাসর শক্তি ধীরে ধীরে জাগ্রত হচ্ছেন বিনাশের প্রস্তুতি কী তবে তুঙ্গে?

জন্মেজয় ও রাজন ইন্দ্রাশিসকে মন্ত্রণা গৃহে প্রবেশ করতে দেখলেন একদন্ত। না এ লক্ষণ ভালো ঠেকছে না। একদন্ত ক্রুর হাসলেন, এর নিদান তিনি ভেবে রেখেছেন। রাজন হয়ত আপাতত একদন্তকে খুব একটা ভরসা করছেন না তবে উনি ভরসা করতে বাধ্য হবেন। এক রাজা, যে অশ্বমেধ যজ্ঞ সফল করে রাজচক্রবর্তি তার ভিতরে পৌরুষের অহম থাকতেই হবে। আর সেই অহমে আঘাত হানবে এবার একদন্ত। রাজন জন্মেজয়কে তারপর কিভাবে বিশ্বাস করে সেটাই দেখবে একদন্ত।

রাজনকে জন্মেজয় বলে, আপনি পিতা হতে যাচ্ছেন তার জন্য আপনাকে অভিনন্দন। তবে সুখের আগমনের আগে স্বাভাবিক ভাবেই দুঃখ, অশনি সংকেত ইত্যাদি এসেই থাকে। আপনাকে এবার সেই সবের হাত থেকে বাঁচতে হলে শিখতে হবে কিছু জটিল শাস্ত্র। যা কিনা আমি আগেই আপনাকে বুঝিয়েছি, অষ্টসিদ্ধি আপনাকে করাগত করে দেবীকে জাগ্রত করতে হবে। দেবী জাগলেই আসুরিক শক্তির সংহার হবে। তাই রাজমহিষী উর্মিমালাকে আপাতত নিশ্চিন্তে তার মাতার হাতে তুলে দিয়ে আপনি দিনে রাজকার্য সম্পন্ন করবেন ও রাতে সিদ্ধি নিয়ে বসবেন। পরম সৌভাগ্য আপনার যে আদি-পরাসর শক্তির একটি দিব্যরূপ আপনার সাম্রাজ্য কুলদেবী হয়ে বিরাজিতা। আপনাকে এবার সেই দিব্যরূপকে জাগিয়ে তুলতে হবে।

ইন্দ্রাশিস : আমি পারব জন্মেজয়? তুমি একাজ করতে পারবে না? তুমি ও রাজা, তুমি ব্রহ্মহজ্ঞানী। তুমি আমার সাম্রাজ্যের জন্য দেবীকে জাগ্রত করো।

জন্মেজয় স্মিত হেসে বলল, রাজন আপনি এই সাম্রাজ্যের, অর্থাৎ পিতা সমান। আপনি না পারলে কেউ পারবে না। আপনাকেই এ কাজ করতে হবে। আজ রাতে আপনি আর আমি বলব সাধনায়। তৈরি থাকবেন রাজন। আপনার জন্ম কুষ্টিতে যে একটি সন্তান যোগ

লেখা আছে, সে এখন উর্মিমালা দেবীর গর্ভে। তাকে বাঁচাতে হবে আপনাকে।

জন্মেজয় বেরিয়ে যায় মন্ত্রণাগৃহ থেকে। আগামী দিনে কী ঘটতে চলেছে তা ভেবে শিহরিত হন রাজন।

এমন সময় সেখানে উপস্থিত হন কুলপুরোহিত একদন্ত।

রাজন আপনি ভুল পথে হাঁটছেন। দেবীর কোপে এ সাম্রাজ্য ধ্বংস হয়ে যাবে। দ্রাক্ষানী শান্ত দেবী নন। তিনি নররক্তে তুষ্ট হন। আপনি যা ভাবছেন বা আপনাকে রাজা জন্মেজয় যা আপনাকে ভাবতে বাধ্য করছেন সেটা অসত্য। নিজের বীজ তিনি রোপন করেছেন আর সেটি আপনার বলে চালিয়ে দিতে চান। আসলে প্রতিশোধস্পৃহা ওঁকে দিয়ে এ অধর্ম করাচ্ছে।

রাজন ইন্দ্রাশিসের কানে এসে ধাক্কা খেয়ে গেল দুটো শব্দ, প্রথম বীজ বপন ও দ্বিতীয় প্রতিশোধ।

একদন্ত বুঝে গেছেন তিনি মোক্ষম স্থানে আঘাত করতে সক্ষম। তাই ঠিক এই মুহূর্তে রহস্য বাড়াতে তিনি নিজের উত্তরীয়টি কাঁধে তুলে দ্রুত গতিতে বেরিয়ে যাবার চেষ্টা করলেন মন্ত্রণাগৃহ থেকে। রাজন গম্ভীর গলায় বললেন, কী বলতে চাইছেন স্পষ্ট করে বলে তার পর অন্তর্ধান করবেন।

একদন্ত দাঁড়িয়ে গেলেন। হাত জোড় করে বললেন, রাজনের আদেশ শিরধার্য।

করতালি দিয়ে দাসীকে ডাকলেন একদন্ত। চোখের ইশারায় বুঝিয়ে দিলেন এখন কী প্রয়োজন। দাসী নিমেষে হাজির হলো উৎকৃষ্ট সুরা পাত্র নিয়ে। একদন্ত তা নিজের হাতে নিয়ে দাসীকে বিদায় করলেন। রাজন গম্ভীর হয়ে বসে অপেক্ষা করছেন একদন্তর কাছে দুটি শব্দের অর্থ জানার জন্য। একদন্ত রাজনের অন্যমনস্কতার সুযোগে নিজের হাতের আংটির গোপন ঢাকনা খুলে সুরাপাত্রে ঢেলে দিলেন চিতা

ভস্ম। তাতে মন্ত্রপূত শক্তি নিবদ্ধ করা আছে, যা মানুষের চেতনা শক্তিকে লোপ পাইয়ে দিতে সময় নেয় না।

রাজনের দিকে এগিয়ে দিলেন একদন্ত ওই ভস্ম মিশ্রিত সুরা। রাজন সুরা পাত্র হাতে তুলে নিয়ে বললেন, আমি আপনাকে সুরা বা আমোদ দান করার কথা বলিনি একদন্ত।

একদন্ত : রাজন আপনার জন্ম রাজমহিষীর গর্ভে হলেও আপনাকে মানুষ করেছে এই দুটো বৃদ্ধ হাত। আজীবন আপনাকে রক্ষা করতে চেয়েছে এই সামান্য কুলপুরোহিত। আমি আপনার নাড়িনক্ষত্র জানি। আপনার সন্তানযোগ একটু বয়সকালে। মানছি এ কথা আমি আপনাকে বলিনি। তবে কোন রাজকুমারী আপনার সন্তানকে ধরিত্রীর বুকে আনবেন। তাও তাতে এখনো বছর কয়েক সময় বাকি। তাহলে সামান্য চাষী কন্যার গর্ভে এখন আপনার সন্তান কী করে এলো? এতদিন যে ভবিষ্যতবাণী মিথ্যা হয়নি আজ কী করে হলো? তাও ওই জন্মেজয় রাঠোর আসার পর পরই! দেবী দ্রাক্ষানী জানেন আর জানেন রাজমহিষী ।

রাজন সুরার সবটাই এক চুমুকে পান করে সজোরে ওই পাত্রটি ছুঁড়ে মারলেন। তারপর বজ্র গম্ভীর কণ্ঠে একদন্তকে বললেন, আপনি যা বলছেন তার জন্য আপনাকে শূলে চড়াতে পারি আপনি তা সম্বন্ধে অবগত?

একদন্ত : প্রমান করতে পারি আমি। এ সন্তান আপনার সন্তান নয়। এ সন্তান প্রতিশোধের ফল।

রাজন : কিসের প্রতিশোধ!

একদন্ত : দেবী কেসীর প্রতিশোধ রাজন।

রাজন : দেবী কেসী! কেসীর সঙ্গে জন্মেজয় রাঠোরকে কেন এক করছেন? খুলে বলুন ....

রাজনের কথা গুলো জড়িয়ে যায় শেষ দিকে। জিভটা ভারী হয়ে গেছে যেন। মাথাটা যেন যন্ত্রণাতে ফেটে যাবে।

একদন্ত : দেবী কেসীর প্রেমিক পুরুষ ছিলেন জন্মেজয়। কোন কারণে তিনি গান্ধার কন্যাকে অস্বীকার করেন। পড়ে আবার প্রেমিকার এই নিষ্ঠুর

মৃত্যুর খবর পেয়ে সেটা মেনে নিতে পারেনি জন্মেজয়। তাই আপনাকে যুদ্ধে আবাহন করেন, আবার যুদ্ধের শুরুতেই সন্ধি প্রস্তাব দিয়ে এ সাম্রাজ্যের রাজ অতিথি হয়ে আসেন প্রতিশোধের জন্য। জন্মেজয় রাজমহিষীর সঙ্গে সম্পর্কে লিপ্ত হন দেবীর মন্দিরে। মন্দিরের ভিতরে যে গুপ্ত কক্ষর কথা আপনি জানতেন না সেটিতে গিয়ে তাঁরা যৌন সঙ্গমে লিপ্ত হতেন। যার ফল আজ মহিষী গর্ভবতী।

রাজন : কেসী! জন্মেজয়! গুপ্ত কক্ষ!

একদন্ত : চলুন আমি দেখিয়ে দিতে পারি বহু যুগ ধরে বন্ধ থাকা গুপ্ত কক্ষটি। অভিশপ্ত হওয়ায় যেটিকে বন্ধ করে দেওয়া হয়েছিল আপনার পিতামহের আমলে।

পুরুষকে তার পৌরুষে আঘাত দিলেই সে তিলমিলিয়ে ওঠে। ঠিক বেঠিকের হিসাব রক্ষণ করার চেষ্টা সে তখন করে না। রাজন ইন্দ্রাশিস যে এতগুলো বছর অপেক্ষা করে গেছেন কেবলমাত্র একটি সন্তানের জন্য। সেই সন্তান যখন আসার খবর এলো, ঠিক তখনই একদন্ত মোক্ষম স্থানে আঘাত হানলেন। রাজনকে যুক্তিতর্কের আড়ালে ধন্ধে ফেলে দিলেন যে জন্মেজয় আসার পরই কেন রাজমহিষীর কাছে সুখবর পাওয়া গেল। তাছাড়া জন্মেজয় এত কাছের মানুষ হয়ে, অনেক কথা রাজনকে বললেও একথা তো কই একবার ও বললেন না যে তিনি পূর্ব রাজমহিষী দেবী কেসীর প্রেমিক?

রাজনের কাছে সবটা যেন কেমন এলোমেলো হয়ে যাচ্ছে। কেন জন্মেজয় জানালো না তার আর কেসীর আলাপের কথা? সত্যই রাজন দেখেছেন ঊর্মিকে মন্দিরে বসে থাকতে ঘন্টার পর ঘন্টা। মাঝেমাঝে জন্মেজয়কেও তিনি বেরিয়ে আসতে দেখেছেন মন্দির থেকে। তাহলে কে ঠিক? ইন্দ্রাশিসকে কোলে পিঠে মানুষ করা কুলপুরোহিত একদন্ত না ভ্রাতা বলে জড়িয়ে ধরা জন্মেজয় রাঠোর?

একদন্তর মেশানো তন্ত্রসিদ্ধ চিতার ছাই রাজনের সুরায় মিশে তার মস্তিষ্কের মধ্যে ধোঁয়াশা সৃষ্টি করছে। এদিকে একদন্ত রাজনের কানে বিষ ঢালছেন। একদন্ত মৃদু হেসে বললেন, চলুন আপনাকে দেখিয়ে আনি সেই গোপন কক্ষ যার প্রত্যেকটি দেওয়াল সাক্ষী দেবী ঊর্মিমালার অপবিত্রতার। যেখানে জন্মেজয় ও ঊর্মিমালার পরকীয়ার বীজ অঙ্কুরিত হয়েছে। আর সেই বীজের ফলকে রাজমহিষী আপনার বলে চালাতে চাইছেন। উনি জানেন পিতা হবার তীব্র আকাঙ্ক্ষা আপনার। তাই আপনি কাকের বসায় যে কোকিল ডিম পেরেছে সেটা বুঝতে পারবেন না।

রাজন একদন্তর সঙ্গে গেলেন মন্দিরের গর্ভগৃহে। প্রহরীদের জানানো হলো এখন যেন মন্দিরের আশেপাশে কাউকে আসতে না দেওয়া হয়। রাজনকে একদন্ত দেখালেন মন্দিরের পাথরের দেওয়ালে খোদিত নটরাজ ও ত্রিশূল। রাজন বললেন, এতো এখানে বরাবরই আছে? এটা কেন দেখাচ্ছেন? গর্ভগৃহে তো একটি কক্ষ আর সেখানেই আমরা আপাতত দাঁড়িয়ে আছি। দেবী দ্রাক্ষানীর আসনের কাছে।

একদন্ত এগিয়ে এলেন। ত্রিশূলে চাপ দিতেই ঘরঘর করে শব্দ করে খুলে গেল মন্দিরের গুপ্ত কক্ষ। রাজনের সামনে একদন্ত সন্দেহের একটা বীজ শক্ত ভাবে গেঁথে দিল এভাবেই। সিঁড়ি বেয়ে রাজন নামতেই চাইছিলেন। একদন্ত বাধা দিলেন রাজনকে। একদন্ত জানালেন দেবীর এই গুপ্ত কক্ষ অভিশপ্ত রাজপরিবারে জন্য। তাই

রাজন ওই গুপ্ত কক্ষে প্রবেশ করতে পারবেন না। একদন্ত জানেন ভিতরে আছে পুঁথির স্তুপ। সেগুলি না সরিয়ে রাজনকে ভিতরে নিয়ে গেলে একদন্তর জন্য সেটা খুব একটা সুখকর হবে না। অষ্টসিদ্ধির এক সিদ্ধি প্রয়োগ করে একদন্ত মায়াজাল বিস্তার করে রাজনকে দেখালেন জন্মেজয় ও ঊর্মিমালার ঘনিষ্ঠতা। যা সম্পূর্ণ মিথ্যা, ও কল্পিত। আসলে রাজনের মাথায় সন্দেহের যে ঘুন পোকা জন্ম নিয়েছে কয়েক মুহূর্ত আগে তাকেই একদন্ত সিদ্ধির বলে রাজনের সামনে দাঁড় করিয়ে দিয়েছে। রাজন চোখ বন্ধ করে নেন ঊর্মিমালাকে জন্মেজয়ের বক্ষে দেখে।

একদন্ত বলেন, অনেক সাধনার ফলে আমি সেই শক্তি অর্জন করেছি যা দিয়ে আমি অতীত দেখতে পারি চাইলে কাউকে অতীতের কোন এক মুহূর্ত দেখাতেও পারি।

রাজন একদন্তকে জিজ্ঞাসা করেন, আপনি কি করে জানলেন জন্মেজয় আর দেবী কেসীর বিষয়ে?

একদন্ত : আমি দূত পাঠিয়ে খবর নিয়েছি গান্ধারে। দেবী কেসীর পিতার মৃত্যুর পর এখন গান্ধার নরেশ হলেন আপনার পূর্ব শ্যালক অক্ষুশ্রয়। তিনি আমাকে পত্র পাঠিয়ে এ বিষয়ে নিশ্চিত করেছেন যে আমার ভাবনাই সঠিক।

রাজনের হাতে অক্ষুশ্রয়ের পত্রটি তুলে দেয় একদন্ত। সেখানে স্পষ্টত বলা হয়েছে যে রাজা জন্মেজয় ভালোবাসতেন দেবী কেসীকে। গান্ধাররাজ চেয়ে ছিলেন কন্যার বিবাহ দিতে জন্মেজয়ের সঙ্গে কিন্তু কোন অজানা কারণে জন্মেজয় পিছিয়ে আসেন। এদিকে গান্ধার কন্যার প্রেমের বিষয়টি আসে পাশের রাজ্যে জানাজানি হয়ে যাওয়ায় গান্ধার রাজ দ্রাক্ষ সাম্রাজ্যের ক্রুর নিয়মের কথা জেনেও মেয়েকে রাজন ইন্দ্রাশিসের সঙ্গে বিয়ে দিয়ে কন্যাদায় থেকে মুক্ত হন।

রাজন রাগে মন্দিরের ভিতরেই প্রদীপের আগুনে জ্বালিয়ে দেন একদন্তর দেওয়া পত্রটি।

রাজন বেরিয়ে যেতে অগ্রসর হলে একদন্ত বলেন, পিতার মত কুলপুরোহিতকে অবিশ্বাস করে অন্য রাজ্যের রাজাকে বিশ্বাস করছেন রাজন?

রাজন : আমি জন্মেজয়কে এখনই হত্যা করব। সঙ্গে ঊর্মিমালাকে তার সন্তানসহ হত্যা করব।

একদন্ত পথ আগলে দাঁড়ান। ঊর্মির হত্যায় কী করে চলবে একদন্তর। ঊর্মি যে তাঁর শিকার।

একদন্ত বললেন, এ ভুল করবেন না রাজন। অতিথি রাজাকে হত্যা করলে আপনি নিজেও কলঙ্কিত হবেন ও সাম্রাজ্যেকেও বিপদের মুখে ঠেলে দেবেন। আপনাকে মৌখিক যুদ্ধে হারিয়ে দিতে হবে ওই জন্মেজয়কে। ওকে রাজ্য থেকে তাড়িয়ে দিন। আর দেবী ঊর্মিমালাকে যদি আপনি এখন মেরে ফেলেন তাহলে আপনার বংশের এত বছর ধরে চলা নিয়মের কি হবে? ঊর্মিমালাকে হত্যার জন্যই আনা হয়েছে। সে মরবে ভয়ংকর মৃত্যু তবে তার জন্য তিথি পর্যন্ত অপেক্ষা করুন। তার শাস্তি পূর্ণগর্ভে জন্মেজয়ের সন্তানকে নিয়েই তাকে বলি যেতে হবে দেবী দ্রাক্ষানীর চরণে। এতে ভিন রাজ্যে বসে রাজা জন্মেজয় ও শাস্তি পাবে। আপনি সেটাই করুন যেটা আমি আপনাকে করতে বলছি।

রাজন মন্দিরের দেওয়ালে নিজের হাত দিয়ে প্রবল আঘাত করলেন। ওঁর হাত বেয়ে নেমে এলো রুধীধারা। একদন্ত রাজনকে রক্তাক্ত দেখে খুশি হলেন কিন্তু মুখে আহারে আহারে করে উনি রাজনকে শান্তনা দিতে লাগলেন। একদন্ত ভীষণ ভাবে এখন নিশ্চিন্তে যে রাজনের উপরে যে মারণ উৎচাটন করেছে সে, সেটা কাজ করেছে। এবার তিনি একদন্তর হাতের পুতুল। কিছুতেই জন্মেজয়কে আর রাজন বিশ্বাস করবেন না। রাজন রক্তাক্ত হাত নিয়েই এগিয়ে গেলেন জন্মেজয়ের সঙ্গে দেখা করতে। পথে ফোঁটা ফোঁটা রক্ত ঝরে পড়ল। জন্মেজয় ধ্যানে বসেছিল। তাঁকে দেখামাত্র

রাজনের মুখে ফুটে উঠল ক্রোধের ফুলিঙ্গ। একদন্ত মন্দিরের ভিতরে দাঁড়িয়েই রইলেন বাকি তামাশার অপেক্ষায়। পাপী একদন্ত লক্ষ্য করেননি দেবীর মূর্তির ধাতব চোখ বেয়ে নেমে আসছে অশ্রু ধারা। যখনই আদিপরাসর শক্তি কেঁদেছেন তখনই তাঁর ভৈরব আর আদিদেব তান্ডব করেছেন। সেই তান্ডব ভীষণ। তাকে সহ্য করার ক্ষমতা কারো নেই।।

কেমন লাগছে এই কাহিনী? মতামত জানাতে ভুলবেন না। আপনাদের ভালো লাগার জন্যই গল্প লেখা। আপনারা পড়ে কী অনুভব করছেন জানতে উদগ্রীব হয়ে থাকি। মন্তব্যের অপেক্ষায় রইলাম।

রিমা গোস্বামী

রাজন জন্মেজয়ের অতিথি কক্ষে প্রবেশ করলেন ক্রোধের সঙ্গে। জন্মেজয় ধ্যান মুদ্রায় নৈঋত দিকে মুখ করে বসে আছে যোগসাধনায়। রাজন ইন্দ্রাশিস দেখলেন জন্মেজয় কেবলমাত্র একটি রেশম ধুতি বাদে কিছুই পরে নেই। অসম্ভব রাগ হচ্ছে এখন ইন্দ্রাশিসের নিজের উপরে। কেন তিনি বিশ্বাস করে জন্মেজয়কে নিয়ে এলেন এখানে? উর্মিমালা! সে কী করে এই ব্যভিচারে লিপ্ত হল? পূর্বে তাঁর কোন রাজমহিষী একাজ করেননি। তবুও রাজন এত প্রেম কাউকে কোনদিন দেননি। বিশ্বাসের এতটা অমর্যাদা! একদন্তকে কখনোই রাজন বিশ্বাস করতেন না যদি কেসীর আর জন্মেজয়ের প্রেম সম্পর্ক রাজনের কাছে জন্মেজয় গোপন না করতেন, যদি উর্মিমালা রাজনকে একবার গুপ্ত কক্ষের কথা জানাতেন। পরিশেষে একদন্তর অষ্টসিদ্ধ বলে দেখানো জন্মেজয় ও উর্মিমালার অন্তরঙ্গ দৃশ্য! এগুলো

দেখার পর কোন অবকাশ নেই একদন্তকে অবিশ্বাস করে ঊর্মি বা জন্মেজয়কে বিশ্বাস করার। রাজন এদের জন্য দেবী দ্রাক্ষানীর এত বছরের নিয়মের বিরুদ্ধে যেতে মরিয়া হয়ে ছিলেন! হয়ত দেবী রুষ্ঠ হয়ে আজ রাজনকে এভাবে দিন দেখালেন। রাজমহিষী আজ গর্ভবতী কিন্তু এ সন্তান রাজনের নয়!

ঊর্মিকে প্রথম রাতেই রাজন সতর্ক করে ছিলেন যে ঊর্মি যেন বহুগামী হবার চিন্তাও মাথায় না আনে।রাজন নিজে কোন নারী সঙ্গ করেননি ঊর্মির সঙ্গে বিবাহের পর। রাজন মনেপ্রাণে একজনকেই চেয়েছেন- সে ঊর্মি।

জন্মেজয় ... নীচ ...!

রাজন ইন্দ্রাশিস চিৎকার করে উঠলেন। জন্মেজয় চোখ খুলে রাজনের দিকে তাকালেন। সে চোখে আজ স্নিগ্ধতার অভাব, সে চোখে আজ কাল ভৈরবের ছায়া বিরাজমান। রাজন রাগত চোখে জন্মেজয়কে বললেন, পাষন্ড! আমার অতিথি হয়ে আমাকেই বরবাদ করতে চাস! আমার অন্তঃপুরে কুদৃষ্টি দিস! আমার রাজমহিষীর সঙ্গে ঘনিষ্ঠ হলি তুই শেষে নীচ!

জন্মেজয় উঠে দাঁড়াল। তার মুখের অভিব্যক্তি বোঝা বড়ই দায়।

জন্মেজয়কে চুপ করে অভিব্যক্তিহীন তাকিয়ে থাকতে দেখে রাজন বললেন, আমি চাইলে এই মুহূর্তে তোকে মৃত্যুর হাতে সপে দিতে পারি কিন্তু তুই রাজ অতিথি হিসেবে এখানে এসেছিস তাই তোকে আমি হত্যা করব না। কিন্তু এখন এই মুহূর্ত থেকে তুই আমার শত্রু। তোকে আমি আমার সাম্রাজ্য থেকে বিতাড়িত করছি।

আর ঊর্মিমালার শাস্তি তাকে তোর পাপ সহ বলি যেতে হবে দেবী দ্রাক্ষানীর চরণে। আমার কুলদেবীর পায়ে তোর বীর্য উৎপন্ন ভ্রূণও বলি যাবে।

জন্মেজয় জলদ গম্ভীর কণ্ঠে বলল, বেশ আমি আজ এই মুহূর্তে রাজচক্রবর্তি আপনার সঙ্গ ত্যাগ করলাম। আপনি যা উত্তম বিবেচনা

করেন, তাই করুন। আপনাকে আমি বাস্তব চিত্র আগেও দেখিয়েছি, আপনার কাছে যদি অতিরঞ্জিত মিথ্যা বেশি মধুর হয় তো তাই সই। তবে দেবী কী চান তিনি নিজেই জানেন। আপনি বা আপনার কুল-পুরোহিত তা কখনোই নির্ধারণ করতে পারেন না। উর্মিমালা কোন রক্ত মাংসের সাধারণ নারী না। তার মধ্যে আছে শক্তির উৎস। সে দুই নয়নের অধিকারিণী নয়, সে ত্রিনয়না। আমি জন্মেজয় রাঠোর, ভৈরব আপনার কুলদেবী দ্রাক্ষ কন্যা সতীর। আমিও দেখতে চাই কে জেতে শেষ পর্যন্ত। আপনার ভুল সিদ্ধান্ত, অন্ধবিশ্বাস না ঊর্মির উর্যা ... দেবী দ্রাক্ষানীর মহিমা।

আমি জন্ম নিয়েছি মনুষ্য যোনিতে। কিন্তু আমি একজন ভৈরব” অর্থাৎ ঐ দেবীর স্বামী, যারা প্রত্যেকেই শিবের বিভিন্ন অবতার। “দেহ খণ্ড বা অলঙ্কার” অর্থাৎ সতী দেবীর শরীরের বিভিন্ন অংশ বা অলঙ্কার যা শ্রী বিষ্ণুর সুদর্শন চক্র দ্বারা ছেদনের পর সেই “স্থানে” পতিত হয়েছিল এবং মন্দির প্রতিষ্ঠিত হয়েছিল। আমি প্রথম জীবনে নিজের শক্তি সমন্ধে জানতাম না। আর পাঁচটা স্বাভাবিক মানবের মতোই ছিল আমার চাওয়া পাওয়া। গান্ধার কন্যার সঙ্গে পরিণয় সূত্রে আবদ্ধ হতে চেয়েছিলাম আমি। তারপর আমি নিজের স্বরূপ বুঝতে পারি। এই দ্রাক্ষা সাম্রাজ্যে আমাকে চৌম্বকীয় শক্তিতে টানতে থাকে। কারণ এখানেই অবস্থিত আমার আগমনের হেতু, সতী। যিনি পরিচিত দেবী দ্রাক্ষানী নামে। আমি সরে আসি কেসীর থেকে। ঊর্মিমালা বা কেসী কেন পৃথিবীর কোন নারীর প্রতি আমার কোন আকর্ষণ নেই। আমি কালভৈরব। আমার শুরু ও শেষ একজনই ... ত্রিপুরেশ্বরী দেবী দ্রাক্ষানী। আমি কেবলমাত্র রাঠোর রাজ জন্মেজয় নই। আমি কালভৈরব-কাল বা সময়ের শাসক।

রাজনকে কোন কথা বলার সুযোগ না দিয়ে হনহন করে বেরিয়ে যান জন্মেজয়। তিনি সেই মুহূর্তে রাজ্য ত্যাগ করে চলে যান।

রাজনের ভিতরে ঢুকে আছে একরাশ অবিশ্বাস আর একদন্তর মারণ উৎচাটন।

রাজন তাঁর নারী সেনাকে রাজমহিষী উর্মিমালাকে নিয়ে গিয়ে কারাগারে বন্দি করে দিতে।

উর্মির গুরুর কানে সে খবর যেতেই তিনি তড়িঘড়ি আসেন রাজনের সঙ্গে সাক্ষাৎ করতে। গুরুদেব বলেন, বিনাশকালে বিপরীত বুদ্ধি রাজন। একি করলেন আপনি? কালভৈরবকে তাড়িয়ে দিলেন? দেখুন রাজমহলের বাইরে যে কালো কুক্কুরটি অবস্থান করত সেও জন্মেজয় রূপী কাল ভৈরবের সঙ্গে রওনা দিয়েছে।

ইন্দ্রাশিস ক্রোধ ও অপমানে এখন জর্জরিত। তিনি গুরুদেবের কোন কথাই শুনতে রাজি হননা।

এদিকে মুগ্ধা মেয়েকে নিয়ে বেশ ছিলেন অন্তঃপুরে। আচমকা একদল নারী সৈন্য এসে হাজির হলো। তারা জানাল রাজ আদেশ রাজমহিষী উর্মিমালাকে কারাগারে বন্দি করে রাখা হবে। আগামী কয়েক মাস পর কৌশিকী অমাবস্যাতেই বলির জন্য রাজমহিষীকে কারাগার থেকে মুক্ত করা হবে।

মুগ্ধা কেঁদে ওঠে, কী থেকে কী এমন হলো যে রাজন এভাবে তাঁর সন্তানসম্ভবা মহিষীর উপরে ক্ষিপ্ত হলেন? উর্মি রক্ষীদের জিজ্ঞাসা করল রাজন কোথায়?

রক্ষীরা তাকে জানাল রাজন উর্মির মুখ দেখতে চাননা। তিনি এখন নগরবধূর সঙ্গে ব্যস্ত আছেন। উন্নত মদিরা ও রূপসী নারী নিয়ে ব্যস্ত হয়ে যান রাজন। এদিকে একদন্তর কূট রাজনীতি সফল হয়ে যায়।

ঊর্মির গাল বেয়ে নেমে আসে নোনা জল। রাজন তার মুখ দেখতে চাননা! এত বৈরিতা কেন হলো সেটাও জানার অধিকার নেই ঊর্মির! জন্মেজয়, তাঁকেও নাকি রাজন তাড়িয়ে দিয়েছেন। একদন্ত কিছু করেছেন সেটা নিয়ে কোন দ্বিধা নেই। এদিন আসতে পারে সেটা ঊর্মির মনেও এসেছিল। তাই গুরুদেবকে সে জানিয়েছে নিজের ত্রিনয়নের কথা। গুপ্ত কক্ষে ওই পুঁথির কথা বা দেবী দ্রাক্ষানীর খুকি সেজে ঊর্মিকে পথ দেখাবার কথা। আবার দেবীর মূর্তির ভিতরে খুকির দিব্য জ্যোতি হয়ে বিলীন হয়ে যাওয়া।

গুরুদেব হাত জোড় করে দেবীর উদ্দেশ্য প্রণাম জানিয়ে বলেছিলেন, আপনাকে দেখেই জেনেছি আমি আদিপরাসর শক্তি আপনার সহায়। আপনি চৌষট্টি যোগিনীর এক যোগিনী রাজমহিষী। এই সাম্রাজ্যের ক্রুর নিয়মের অন্ত হবে আপনার আর রাজন ইন্দ্রাশি-সের বিবাহ দিয়েই। আমি কাউকে কিছু বলব না যতক্ষণ না আপনি আমাকে অনুমতি দেবেন। তবে আপনার গুরু তাই আমি পিতাসম। আমি আপনাকে আশীর্বাদ করছি এ লড়াই অধর্মর উপরে ধর্মের বিজয়ের লড়াই হবে। কালরাত্রি হয়ে যখন দেবী নিজে আবির্ভূতা হবেন তখন ভেকধারী দুর্জনদের অন্ত হবেই।

গুরুদেব নিশ্চই একটা বিহীত করবেন ঊর্মির বিশ্বাস। ওর মা মুগ্ধাকে রাজনের আদেশে পৌঁছে দেয়া হয়েছে তার কুটিরে। মুগ্ধার বুকফাটা কান্না দেখে ঊর্মির বাবা উদ্ভব বলে, মুই কৈছিলু কিনান, রাজার মন আর ক্ষেপার মনে ফারাক নেইকো ... উ হতভাগী মরণের লয়েই জন্মেছে, মরণ হবে। আগে তুই আর মুই যা সুখ দিখলাম বেটির সবই কুহক .... মায়া মায়া ...

মুগ্ধা ভাবতে পারেনা রাজনের এভাবে কি করে মন পাল্টে গেল! অথচ কেন রাজন ক্ষুদ্ধ সেটা একদন্ত, রাজন বা জন্মেজয় ছাড়া কেউই জানে না।

জন্মেজয় নিজের রাজ্যে ফেরেনা। সে দ্রাক্ষা সাম্রাজ্যের বাইরে দন্ডক অরণ্যের গহীনে ঘোর তপে বসে। তার ভিতরের মনুষ্য স্বত্বা একদম শেষ হয়ে গেছে। প্রচন্ড ক্রোধের নিবারণের জন্য জন্মেজয় যোগ মুদ্রায় চলে যায়। ঊর্মিকে মুক্ত না করতে পারলে জন্মেজয় তার দ্রাক্ষানীকে ওই মূর্তির অন্তর থেকে জাগিয়ে তুলতে পারবে না। অথচ এই কৌশিকীঅমাবস্যার পর একদন্ত যদি ঊর্মিকে হত্যা করে দেবীর সামনে। চিরতরে ওই সতী শিলা নিষ্ক্রিয় হয়ে যাবে। আর একদন্ত হবে অমর।

গুরুদেব রাজনকে অনুরোধ করেন যেন কিয়োৎকাল হলেও রাজন গুরুদেবের কথা শোনেন। রাজন বাধ্য হয়ে অনুমতি দেন গুরুদেবকে।

গুরুদেব বলেন আপনি জানেন রাজচক্রবর্তি জন্মেজয় কালভৈরব। আর কালভৈরব শিবের এক উগ্র রুপ। কালভৈরবকে পাপীদের দন্ডদাতা রূপে দেখানো হয়। তার এক হাতে শুল, এক হাতে দন্ড, হাতে মুন্ড থাকে ও এক হাত আশীর্বাদ মুদ্রায় থাকে। কালভৈরবের বাহন কালো কুকুর। কালভৈরবকে মূলত অঘোরিদের দেবতা বলে মনে করা হয়।

রাজন : আমার কাছে দেবী দ্রাক্ষানী আছেন। আমি কাউকে ভয় পাইনা। জন্মেজয়কে আমি নিজের ভ্রাতা হিসেবে গ্রহণ করেছিলাম। অথচ সে এক ঠক।

গুরুদেব বলেন, ও কথা মুখেও আনবেন না। তবে শুনুন কাল-ভৈরবের জন্ম কাহিনি, 'শিব পুরান ও লিঙ্গ পুরান' মতে 'ব্রহ্মা' যখন জগতের প্রথম নারী 'শতরূপাকে' সৃষ্টি করলেন তখন ব্রহ্মা নিজেই তার রূপে মুগ্ধ হয়ে তার দিকে এগিয়ে যান। শতরূপা সেটা বুঝতে পেরে ব্রহ্মলোক থেকে পৃথিবীতে পালিয়ে যান এবং ব্রহ্মার হাত থেকে লুকানোর জন্য শতরূপা বিভিন্ন প্রাণীর রূপ নিতে থাকেন, তখন ব্রহ্মাও সেই সেই রূপে তার পিছু নেয়। তখন শিব

ব্রহ্মার এই ভাবে দেখে 'শতরূপাকে' 'ব্রহ্মার' হাত থেকে রক্ষা করার জন্য নিজের নখ থেকে কালভৈরবকে সৃষ্টি করেন এবং 'কালভৈরব' ব্রহ্মার পঞ্চম-মস্তক ছিন্ন করেন। ব্রহ্মার চার মাথা চার বেদের জ্ঞান সম্পন্ন কিন্তু এই পঞ্চম-মস্তক কামাবৃত্ত ছিলো। যে মুহূর্তে কামের দমন হয় তখনই জ্ঞানের প্রকাশ ঘটে। সেই কারণে ব্রহ্মার পঞ্চম-মস্তক ছিন্ন হওয়া মাত্রই ব্রহ্মা নিজের ভুল বুঝতে পেরে ক্ষমাপ্রার্থী হন।

বামন পুরাণে অন্য একটি গল্প আছে। বামন পুরাণ মতে 'ভগবান বিষ্ণুর' নাভি থেকে ব্রহ্মার উৎপত্তি হয় এবং ভ্রূযুগলের মধ্য থেকে শিবের উৎপত্তি হয়। এর পর ভগবান বিষ্ণু অহংকার সৃষ্টি করেন। তার ফলে ব্রহ্মা ও শিব দুজনেই অহংকারের প্রভাবে এসে নিজেদের শ্রেষ্ঠ বলে দাবি করেন এবং এর ফলে দুজনের মধ্যে প্রবল তর্কযুদ্ধ শুরু হয়। এই তর্কযুদ্ধে শিব পরাজিত হন ফলে শিব কালভৈরব রূপে নিজের নখ দ্বারা ব্রহ্মার পঞ্চম-মস্তক ছিন্ন করেন। এতে যন্ত্র-ণায় কাতর ব্রহ্মা অত্যন্ত ক্ষুব্ধ হন এবং ক্ষুব্ধ হয়ে তিনি সূর্যের সমান দিপ্তমান এক শ্বেতবর্ণ তেজস্বী পুরুষ সৃষ্টি করেন। সেই তেজস্বী দৈবপুরুষ চতুর্ভুজ মূর্তি ধারণ করেছিলেন এবং তাঁর চার হাতে ছিল ধনুক, বান, তরবারি এবং ঢাল । সে শিবকে উদ্যেশ্য করে বলে "ওরে অধর্মি তুই এই মুহূর্তে কৈলাশ থেকে দুরে হয়ে যা।" ব্রহ্মার পঞ্চম-মস্তক ছিন্ন করার কারনে শিবের ওপর ব্রহ্মহত্যার পাপ লাগে এবং ব্রহ্মা তাকে অভিশাপ দেন যে ব্রহ্মার এই ছিন্ন মস্তক শিবের হাতেই লেগে থাকবে। শিব এতে দুঃখ পেয়ে কৈলাস ত্যাগ করে চলে যান এবং ভিক্ষুক বেশে বিচরণ করতে থাকেন, আর সেই ব্রহ্মানির্মিত তেজস্বী দৈবপুরুষ কৈলাশ অধিকার করে এইভাবে একদিন তিনি বদ্রিকাশ্রমে(বদ্রিনাথ ধাম) গিয়ে ভিক্ষাপ্রার্থনা করেন। তার প্রার্থনায় নারায়ণ ভিক্ষা দেবার জন্য বাইরে আসে। নারায়ণ বলেন "যদি আপনি ভিক্ষা চান তবে প্রথমে আপনার ত্রিশূল দ্বারা

আমার আঙুলে প্রহার করুন।” নারায়ণের নির্দেশে শিব তার আঙুলে প্রহার করলে সেখান থেকে রক্তের তিনটি ধারা প্রকট হয়। তার দুটি ধারা থেকে ‘মন্দাকিনী ও শিপ্রা’ নামে দুই নদীর উৎপত্তি হয় এবং তৃতীয় ধারা মহাদেবের হাতের উপর পরে। এতে শিবের হাত থেকে ব্রহ্মার মস্তক আলাদা হয়ে যায় এবং ব্রহ্ম হত্যার পাপও ধুয়ে যায়। সেই জলধারা থেকে অগ্নির সমান তেজস্বী এক শ্যাম-বর্ণ এবং চতুর্ভুজ এক দৈবপুরুষের জন্ম হয়। সে তার চার হাতে ধনুক, বান, তরবারি ও শক্তিঅস্ত্র ধারন করেছিল। নারায়ণ তাকে আদেশ করলেন “ব্রহ্মা দ্বারা নির্মিত পুরুষকে বধ করো।” নারায়ণের আদেশে সে কৈলাশ যাত্রা করে এবং ব্রহ্মা নির্মিত দৈবপুরুষের সঙ্গে প্রবল যুদ্ধের পর দুজনে দুজনকে বধ করে। এরপর ব্রহ্মা ও শিব নিজেদের ভুল বুঝতে পারেন এবং দুজনেই দুজনের কাছে ক্ষমাপ্রার্থনা করেন।কালভৈরবের মূর্তিতে তাঁর হাতে যে মুন্ড থাকে তা ব্রহ্মারই মুন্ড বলে মনে করা হয়। যে একান্ন সতীপীঠ আছে তার প্রত্যেকটিতে শিবের একটি করে ভৈরব পাহারা দেয়। তেমনই, জন্মেজয় হলেন দেবী দ্রাক্ষানীর কালভৈরব।

ঊর্মি কারাগারের অন্ধকূপে বসে আছে তাও কয়েক মাস হলো। তার জঠরে বেড়ে ওঠা ভ্রূণ জানান দিচ্ছে, দিন পেরিয়ে যাচ্ছে একটি একটি করে। না হলে এই কারাগারে কী বা দিন কিই বা রাত। এখানে দিনরাতের হিসাব মেলা ভার। ঊর্মিকে একবারও দেখতে আসেনি রাজন। সেই রাজন যে সব নিয়ম, সব রাজকা-র্যের ঊর্ধ্বে গিয়ে কেবল ঊর্মিকে নিয়ে ভাবতেন। এখন ঊর্মি জানে রাজনের রাগটা কোথায়। গুরুদেব আসেন মাঝে মাঝে। ওঁকে আটকাবার সাহস কারও নেই। ওঁর মুখে বেদ বাস করে। ওঁর

অভিশাপ ফলদায়ী। কন্যাসম ঊর্মিমালাকে শ্রদ্ধা করেন গুরুদেব আবার মেয়ের মতো ভালোবাসেন। উনি জানিয়েছেন রাজন কোন ভুল ধারণা নিয়ে একাজ করছেন। আর একাজ করে তিনি নিজেও সুখী নন। কোথায় রাজন ইন্দ্রাশিসের সেই দীপ্তি? কোথায় সেই স্বর্ণের ন্যায় গাত্রবর্ণ, মুখে তেজদীপ্ত আভা। রাজন যেন বুড়িয়ে যাচ্ছেন দিনে দিনে, এক অকালবার্ধক্য গ্রাস করে নিচ্ছে ওঁকে। ঊর্মিকে ভুলতে পারেননি তিনি, আগত সন্তান ওঁর না সেটা মেনে নিতে পারেন না।

গুরুদেবকে ঊর্মি বলে তিনি যেন রাজনকে বোঝান। গুরুদেব ধীর গলায় বলেন বশ করে রেখেছে তোমার স্বামীকে সে। জন্মেজয়ের আসল পরিচয় পেয়েও নাহলে রাজন এ আচরণ করতেন কি! উনি মৃতা রাজমহিষী কেসীর সঙ্গে জন্মেজয়কে এক করতে পারছেন কেবল। ঊর্মির সঙ্গে অবৈধ সম্পর্ক নিয়ে ভাবতে পারছেন জন্মেজয়কে। কিন্তু আসলে জন্মেজয় কে জেনেও তিনি ছুটে যেতে পারছেন না তার কাছে ক্ষমা প্রার্থনা করতে।

এদিকে একদন্তর পাশার দানে আবার পরিস্থিতি আগের মতো। একদন্ত রাজন ইন্দ্রাশিসের সবথেকে বড় সুখবরকেই এমন ভাবে নিজের নোংরা রাজনীতি দিয়ে ঘেঁটে দিলেন, কার কি ক্ষতি হলো একদন্ত জানেন না কিন্তু ওর পথ নিষ্কণ্টক হলো। দেবীর দিব্য উর্যাকে অন্ধকার দিয়ে ঢাকার প্রচেষ্টায় আবার একবার সফলতা লাভ করলো একদন্ত। আর রাজন ইন্দ্রাশিস, তাঁর সমস্ত হিসাবই যেন ওলটপালট হয়ে গেল। রাজনকে একদন্ত বুঝিয়ে ফেলেছে ঊর্মি রাজকন্যা না, সে চাষীর মেয়ে। নিচু ঘরের মেয়ে ঊর্মি। এরা স্বভাবতই তেজী, কর্মঠ ও সাহসী। সঙ্গে তীক্ষ্ণ বুদ্ধির দ্রবণ। কিন্তু সে এভাবে রাজনকে ঠকাল কখন সেটাই ভাবতে পারেননা রাজন। আর ভাবার অবকাশ ও নেই কারণ ঊর্মিকে কারাগারে পাঠানো ইস্তক রাজন দ্রবীভূত হয়ে আছেন সুরা ও নারী সঙ্গে। একদন্ত সময় সময় রাজনের সুরাতে

মিশিয়ে দিচ্ছেন মারণ উচাটনযুক্ত ভস্ম। গুরুদেব অনেক বুঝিয়েও পারেননি রাজনকে আসল সত্য বোঝাতে। গুরুদেব শুধুমাত্র দেখা করেছেন ঊর্মির সঙ্গে কারাগারে। ঊর্মিকে এই অবস্থায় দেখে পিতাসম গুরুদেব চোখের জল ফেলেছেন। আর দেবী দ্রাক্ষানীর উদ্দেশ্যে প্রার্থনা করেছেন, মা এবার তুমি জাগো। জেগে ওঠো তুমি, আর না মা। এবার পাপের বিনাশ হোক তোমার হাতে।

কঠিন পরিস্থিতি। রাজন যে আগত সন্তানের পিতা নয় এটা জনসমক্ষে ঢাক পিটিয়ে বলা লোকলজ্জার বিষয়। রাজ্যের সাধারণ মানুষ সেই রাজাকে কেন মানবে যে নিজের মহিষীর আব্রু রক্ষা করতে অক্ষম!

একদন্ত নিদান দিল, রাজন যেমনটা চলছে চলুক। ঊর্মিমালা কারাগারে থাক বন্দি। তারপর কৌশিকী অমাবস্যা এলে দেবীর চরণে পূর্ণগর্ভে যখন রাজমহিষী বলি যাবে তখন নারকীয় উল্লাসে ফেটে পড়া জনগণ একবারও ভাববে না বলি যাওয়া মহিষীর সঙ্গে যে অনাগত শিশুটিরও মৃত্যু হল সে আসলে কার সন্তান। তখন ওই দুশ্চরিত্রা ঊর্মির স্কন্ধকাটা দেহটা নিয়ে চারালদের উল্লাস দেখবে জনতা। অন্তরালে ও কেউ রাজন ইন্দ্রাশিসের পিতৃত্ব নিয়ে প্রশ্ন তুলতে পারবে না। সকলে জানবে দেবীর ভক্তিতে প্রথম সন্তানকেও ত্যাগ স্বীকার করে নিয়েছে রাজন। এমনকি কালও তার অবগুণ্ঠন সরিয়ে কোনদিন সত্যকে আলোকগোচর করতে পারবে না। সুতরাং যা একদন্ত ও রাজন চাইবেন তাই সত্য হিসাবে প্রতিষ্ঠা পাবে।

ইন্দ্রাশিস চোখ বন্ধ করে মনে মনে স্মরণ করেন সেই মুহূর্তগুলি যখন ঊর্মিমালার মধ্যেই রাজন খুঁজে পেয়ে ছিলেন অনাবিল প্রেম ও সুখ।

একদন্ত বলেন, মহারাজ অপরাধ নেবেন না। ওই কালসর্পিনীর কথা ভেবে দুঃখ পাবেন না। রাজন যদি সম্যক বুঝতে পারেন কোন ব্যক্তি দ্বারা তাঁর বা তাঁর রাজ্যের অনিষ্ঠ সাধন সম্ভব তাহলে সেই

ব্যক্তি আয়ুধ তুলে নেবার আগেই রাজা তাকে হত্যা করবেন এটাই রাজধর্ম। আর জন্মেজয় দণ্ডকবনে আপাতত ধ্যানে বসে আছে। তার উদ্দেশ্য আপনার ক্ষতি সাধন। এবার তাকে হত্যার নির্দেশ দিলেই সব সমস্যার শেষ হয়।

সুরা পান করে নেশাতুর রাজন বলেন, তবে যে আপনি বলেছিলেন জন্মেজয় ঊর্মি ও তার সন্তানের মৃত্যুর খবর পেয়ে ছটফট করে মরুক। এখনই ওকে হত্যা করলে সেই সুযোগ মিলবে কী করে?

একদন্ত জানেন কালভৈরব যদি এসে হাজির হয় তবে সব শেষ করতে মুহূর্ত নেবে না। তাই জন্মেজয় রূপী কালভৈরবকে হত্যা করার সাহস করতেই হয় একদন্তকে। যদিও তাতে সফলতা কতটা আসবে সেই বিষয়ে সন্দেহ আছে একদন্তর।

একদন্ত প্রথমে ভেবেছিল জন্মেজয়কে হত্যা করার দিকে যাবেন না। ওকে তাড়িয়ে দিয়েই পথ নিষ্কন্টক হবে তারপর জন্মেজয়ের বাস্তব রূপ ও দণ্ডক বনে কঠোর তপের খবর পেয়ে আর একদন্ত ভরসা পাচ্ছেন না। সময় এগিয়ে আসছে। কৌশিকী অমাবস্যা আসতে হাতে গুনে দুটি মাস বাকি। এর মধ্যে এই যে একদন্তর জন্য নিশ্চিত শান্ত পরিস্থিতি সেটা একদন্তর কাছে সুখকর মনে হয়নি। কেন যেন মনে হচ্ছে এক প্রবল ঝঞ্ঝা আসার আগের শান্তি এই সময়টা।

এদিকে রাজনের মন অধিকার করে ফেলেছে কালভৈরব জন্মেজয়। রাজন বাহ্যিক ভাবে একদন্তর কবলে থাকলেও তার ইন্দ্রিয় দখল করে রেখেছে জন্মেজয়। রাজন ঘুমন্ত অবস্থায় থাকলে তার আত্মাকে দণ্ডক বনে টেনে আনেন জন্মেজয়। রাজন ইন্দ্রাশি-সের রিপু এখন অষ্টসিদ্ধ হয়ে গেছে। সেই সিদ্ধির এমন ক্ষমতা যে রাজনের পার্থিব শরীরও বুঝতে পারে না বাস্তবে কোন ঘটনা ঘটে চলেছে দিনে দিনে।

নিশি প্রহরে রাজ শয্যায় শায়িত রাজন অস্ফুটে উচ্চারণ করেন ...দেবরাজসেব্যমানপাবনাংঘ্রিপঙ্কজংব্যালযজ্ঞসূত্রমিন্দুশেখরং কৃপাকরম্ .নারদাদিযোগিবৃন্দবন্দিতং দিগংবরংকাশিকাপুরাধিনাথকাল-ভৈরবং ভজে ... মন্ত্রের অর্থ হলো আমি কাল ভৈরবের প্রশংসা গীত করি, যিনি কাশীর নিয়ন্ত্রণকর্তা। যিনি ইন্দ্র দ্বারা নিবেদিত পদ্মকমল দ্বারা শোভিত। যাঁর সর্প নির্মিত যজ্ঞমালা আছে, যাঁর মস্তকে চন্দ্রের স্থান, যিনি ক্ষমার বিধায়ক। যাঁর মহিমা নারদ ও অন্যান্য স্বর্গীয় গায়েন দ্বারা গীত এবং যাঁর বস্ত্র দিক নির্দেশনা মূলক। ভানুকোটিভাস্বরং ভবাব্ধিতারকং পরংনীলকণ্ঠমীপ্সিতার্থদাযকং ত্রিলোচনম্ কালকালমং-বুজাক্ষমক্ষশূলমক্ষরংকাশিকাপুরাধিনাথকালভৈরবং ভজে ...

অর্থাৎ, আমি কাল ভৈরবের প্রশংসা গীত করি, যিনি কাশীর নিয়ন্ত্রণ কর্তা। যিনি লক্ষ সূর্যের ন্যায় প্রভাময়, যিনি জন্মান্তরের বন্ধময় সমুদ্র থেকে মুক্তিদান করেন, যিনি সর্বশ্রেষ্ঠ, যিনি নীলকণ্ঠ, যিনি আমাদের অভিপ্রায় অনুযায়ী দান/বর দেন। যিনি ত্রিনয়ন ধারী। যিনি অন্তিমকাল(মহাকাল), যার নেত্র পদ্মের ন্যায়, যিনি অবিনশ্বর ত্রিশূল ধারী, এবং যিনি অমর।

শূলটংকপাশদণ্ডপাণিমাদিকারণংশ্যামকাযমাদিদেবমক্ষরং নিরামযম্ .ভীমবিক্রমং প্রভুং বিচিত্রতাণ্ডবপ্রিযংকাশিকাপুরাধিনাথ-কালভৈরবং ভজে ... এর অর্থ আমি কাল ভৈরবের প্রশংসা গীত করি, যিনি কাশীর নিয়ন্ত্রণ কর্তা। যিনি বল্লম,পাশ, গদা ও দণ্ড ধারী। যিনি সকল প্রারম্ভের কারন। যার ভস্মময় শরীর। যিনি প্রথম দেবতা। যিনি অবিনাশী, যিনি সকল রোগ ব্যাধির ঊর্ধ্বে, যিনি অত্যন্ত ক্ষমতাশালী, যিনি বিধাতা, যার অসাধারণ তাণ্ডব নিত্য অত্যন্ত প্রিয়।

ভুক্তিমুক্তিদাযকং প্রশস্তচারুবিগ্রহংভক্তবৎসলং স্থিতং সমস্তলো-কবিগ্রহম্ বিনিক্বণন্মনোজ্ঞহেমকিঙ্কিণীলসৎকটিংকাশিকাপুরাধিনাথ-কালভৈরবং ভজে ...

অনুবাদঃ আমি কাল ভৈরবের প্রশংসা গীত করি, যিনি কাশীর নিয়ন্ত্রণ কর্তা। যিনি কামনা ও মুক্তি দাতা, যার দৃষ্টিনন্দন স্বরূপ রয়েছে। যিনি তার ভক্তের নিকট আদরণীয়, যিনি স্থিতিশীল, যিনি বিভিন্ন রূপে প্রকাশমান পৃথিবীতে,যার সুন্দর স্বর্ণ উজ্জ্বল কটিতে সুশ্রাব্য ছোট ঘন্টা রয়েছে। ধর্মসেতুপালকং ত্বধর্মমার্গনাশনংকর্মপা-শমোচকং সুশর্মধাযকং বিভুম্ .স্বর্ণবর্ণশেষপাশশোভিতাংগমণ্ডলংকা-শিকাপুরাধিনাথকালভৈরবং ভজে ...

এতে বোঝায় আমি কাল ভৈরবের প্রশংসা গীত করি, যিনি কাশীর নিয়ন্ত্রণ কর্তা, যিনি নায়ের প্রতিপালক, যিনি অন্যায়ের বিনাশকারী। যিনি আমাদের পূর্ব জন্মের পাপের বন্ধন থেকে মুক্তি দেন, যিনি ব্রীড়া দান করেন, যিনি উজ্জ্বল দীপ্তিশীল, যার সমস্ত শরীর স্বর্ণ উজ্জ্বল রঙের সর্পের দ্বারা শোভিত। রত্নপাদুকাপ্রভাভি-রামপাদযুগ্মকংনিত্যমদ্বিতীযমিষ্টদৈবতং নিরংজনম্ মৃত্যুদর্পনাশনং করালদংষ্ট্রমোক্ষণংকাশিকাপুরাধিনাথকালভৈরবং ভজে ... অর্থাৎ আমি কাল ভৈরবের প্রশংসা গীত করি, যিনি কাশীর নিয়ন্ত্রণ কর্তা, যার পায়ের পাদুকা স্বর্ণ নির্মিত যা অত্যুজ্জ্বল দীপ্তির অধিকারী, তিনিই শাশ্বত, তিনিই অদ্বিতীয়, তিনি সকল কামনার ঊর্ধ্বে থেকে আমাদের ইচ্ছা অনুযায়ী বরদান দেন, তিনি মৃত্যুভয় চূর্ণকারী, যার দন্তকপাটিকা আমাদের আত্মার মুক্তির বিধান করে। অট্ট-হাসভিন্নপদ্মজাণ্ডকোশসংততিংদৃষ্টিপাত্তনষ্টপাপজালমুগ্রশাসনম্ অষ্টসিদ্ধিদাযকং কপালমালিকাধরংকাশিকাপুরাধিনাথকালভৈরবং ভজে ... অর্থ হচ্ছে আমি কাল ভৈরবের প্রশংসা গীত করি, যিনি কাশীর নিয়ন্ত্রণ কর্তা, যার অট্টহাসিই যথেষ্ট সকল প্রাদুর্ভাব ধ্বংস করতে যা পদ্মাসনে অধিস্থ ব্রহ্মা দ্বারা সৃষ্ট। যার করুণাময় দর্শন যথেষ্ট সকল পাপ মোচন করতে, যিনি ক্ষমতাশীল শাসক, তিনি অষ্টশক্তির দাতা, যিনি মুণ্ডুমালা পরিধান করেন। ভূতসং-ঘনাযকং বিশালকীর্তিদাযকংকাশিবাসলোকপুণ্যপাপশোধকং বিভুম্

নীতিমার্গকোবিদং পুরাতনং জগৎপতিংকাশিকাপুরাধিনাথকালভৈ-রবং ভজে ...

অর্থাৎ আমি কাল ভৈরবের প্রশংসা গীত করি, যিনি কাশীর নিয়-ন্ত্রণ কর্তা, যিনি সকল অপদেবতা ও আত্মার গোষ্ঠীপতি/অধিনায়ক। তিনি প্রকাণ্ডঅপরিমেয় জয়ের বর্ষণকারী। তিনি কাশীতে সকলের পাপ মোচন করে সকল শুভকর্মের ফল দান করেন, তিনি ঐশ্বর্যপূর্ণ, তিনিই সত্য পথের পথ নির্দেশক, তিনিই আদি এবং তিনিই এই বিশ্বব্রহ্মাণ্ডের নিয়ন্ত্রণ কর্তা।

এভাবেই সিদ্ধি সম্পন্ন করে রাজন ইন্দ্রাশিস নিজের অজান্তেই।

জন্মেজয় ধীরে ধীরে নীল বর্ণ ধারণ করছেন। এদিকে দেবী দ্রাক্ষানীর মূর্তিতে সূক্ষ্ম সূক্ষ্ম চির ধরছে।তা কেউই খেয়াল করে না।

কার্যসিদ্ধি যখন সোজা পথে হয়না তখন তা ঘুর পথে করতেই হয়। অধর্মের উপর ধর্মের বিজয় নিশ্চিত সর্বদাই। জন্মেজয় যোগবলে যে কার্য সম্পন্ন করে ফেলেছে সেটা একদন্তর মতো নীচ শ্রেণীর সাধকের পক্ষে সেটা ধারণা করা সম্ভব নয়। রাজন ইন্দ্রাশিসের রিপুর উপরে যদি একদন্তর নিম্ন শ্রেণীর বশীকরনের প্রভাব থাকে তো রাজনের আত্মা এখন শক্তির উর্যায় পূর্ণ।

রাজন সর্বদা একটা ঘোরের মধ্যে থাকেন। কোন কিছুই ওঁর ভালো লাগে না। কেবলই ঊর্মিকে দেখতে ইচ্ছা হয়। মন বোঝায় মস্তিষ্ককে যে ঊর্মিমালা অন্য কারো হতে পারেনা। সে কেবলই তার ইন্দ্রাশিসের।

আবার মস্তিষ্ক বলে, নানা রাজন ওই মেয়ে মায়াবিনী, কুহকিনী ... ওই মেয়ে চরিত্রহীনা।

মন ও মস্তিষ্কের দ্বন্ধে ক্ষতবিক্ষত হয়ে যান রাজন।

কুটিল একদন্ত কিয়োৎকাল যদিও শ্বাস নিতে ভুলে যায় কিন্তু রাজনকে ওই তন্ত্রে্যয় বলে বলীয়ান ভস্ম দিতে ভোলে না। রাজন সন্ধ্যায় নগর বধূ নেত্রীকার সঙ্গে বসে আছেন। বাতায়ন দিয়ে ফুরফুরে হওয়া আসছে। রাজনের পদ সেবায় নিয়োজিত দাসীকে কক্ষ ত্যাগ করতে ইশারা করল নেত্রীকা। অন্ধকার নেমে এসেছে, ঘিয়ের প্রদীপের আলোয় অনিন্দ্য সুন্দর রাজনের বুকে মাথা রেখে নেত্রীকা বলল, কি হয়েছে দেব? আপনি আজকাল অনেক পাল্টে গেছেন। আমাকে নিয়ে সন্ধ্যা কাটান অথচ কাছে আসতে চাননা। আপনার মধ্যে যেন কিছু একটা পরিবর্তন হয়েছে যা এই নিকৃষ্ট নারী দেখেও দেখতে পারে না।

রাজন বলেন, নেত্রীকা তুমি নারী। নারী মানেই সৃষ্টির আধার। সে কখনো নিকৃষ্ট হতে পারে না। আমার অন্তরের সকল কাম শেষ হয়ে গেছে। আমার সব বাসনা এখন কারাগারে বন্দি।

নেত্রীকা কোমল গলায় বলে, তবে কেন রাজমহিষীকে কারাগারে দিলেন রাজন?

রাজনের মদিরার নেশায় চুর হয়ে আছেন, ওঁর দুই চোখ জবা ফুলের মত রক্তবর্ণ । রাজন তাকালেন নেত্রীকার দিকে। সেই দৃষ্টিতে যন্ত্রনা, হতাশা ছাড়া আর কিছুই নেই। রাজনের বুক ফেটে গেলেও মুখ ফুটবে না। তিনি কিছুতেই বলতে পারেন না এই নগর বধূকে যে কেন রাজমহিষী কারাগারে। কেন রাজন এভাবে জীবৎমৃত। কেবল দীর্ঘস্বাস ছাড়া আর কোন উত্তর মেলে না রাজনের তরফ থেকে। নেত্রীকাকে আদেশ দিয়েছেন একদন্ত রাজনকে উপযুক্ত শৃংগার দ্বারা মোহিত করতে। রাজন যাতে ব্যস্ত থাকেন নেত্রীকার শরীরী লাস্যে। নেত্রীকা জানে আদেশ জারি যখন হয়েছে তা পালন না হলে মৃত্যু অবধারিত। নেত্রীকা রাজনের ঘাড়ে গলায় নিজের কোমল ফুলের পাপড়ির ন্যায় ঠোঁট দিয়ে শৃঙ্গার করতে

শুরু করে। নিজের নখাগ্র দ্বারা প্রভাবিত করতে থাকে রাজনের রিপুকে। কিন্তু কই কোন প্রভাব তো হচ্ছেই না রাজনের উপরে এই কাম ক্রিয়ার! অথচ এটা হবার কথা তো নয়! নেত্রীকার মত সুন্দর নারী এ সাম্রাজ্যে কেন অন্যান্য কোন সাম্রাজ্যেতেও কেউ নেই। তাকে দেখে কোন পুরুষের কামনা জাগবে না এমনটা আগে কোনদিন হয়নি, হওয়াটা স্বাভাবিক ও নয়। অসাধারণ সৌন্দর্য ও লাবণ্যে অনন্যা এক নারী হিসেবে বেড়ে উঠেছে এই নগর বধূ এবং বিবিধ শিল্পজ্ঞানে প্রতিভাবান সে। সাম্রাজ্যের বহু তরুণ অভিজাত তার সঙ্গ পেতে আকুল। তপ্ত কাঞ্চনের ন্যায় তার গাত্র বর্ণ, পদ্মলোচনা, মুক্তার মত দন্ত, দীর্ঘ নাসিকা ও উন্নত বক্ষ তথা সূক্ষ্ম কটিদেশ। পান খেলে তার রস গলা বেয়ে নামলে পর্যন্ত যার গলায় রক্তিম আভা দেখা যায় সে কেন কামদেবকে জাগ্রত করতে আজ অক্ষম রাজনের মধ্যে!

কারণ নেত্রীকা জানে না আবার রাজন ও জানেন না। জন্মেজয় রাজনের মধ্যে সে সাধক প্রবৃত্তির জন্ম দিয়েছে তাতে রাজন এখন কোন ভাবেই কামাতুর হতে পারেন না। যোগ যার মধ্যে পুঞ্জীভূত হয়েছে সে লিপ্সাকে ত্যাগ করে।

নেত্রীকা দেখল রাজনের ঘাড় ও তার চারপাশে কিঞ্চিৎ নীলাভ বর্ণ ধারণ করেছে। নেত্রীকা সেখানে হাত দিয়ে দেখতে গিয়ে স্পষ্ট দেখল রাজনের পিছনে দাঁড়িয়ে আছে এক দীর্ঘদেহী পুরুষ। যার মাথায় জটা, রং না কালো না নীলাভ, চোখ দুটো অসম্ভব তেজ দীপ্ত। এ মুখ আগেও দেখেছে নেত্রীকা। এ তো রাঠোর রাজ জন্মেজয়!

কিন্তু এই বেশে! এভাবে এখানে তিনি কি করে এলেন! নেত্রীকা ভয়ে চিৎকার করে ওঠে। রাজন ভীত নগরবধূকে জিজ্ঞাসা করেন, কী হয়েছে! এভাবে ভয় পেয়ে গেছ কেন?

নেত্রীকা রাজনের পিছনের দিকে অঙ্গুলি হেলন করে নির্দেশ দেয়। ও সঙ্গে সঙ্গে চেতনা হারিয়ে ফেলে।

রাজন নেত্রীকার সঙ্কেত অনুযায়ী পিছন ফিরে দেখে কিন্তু কোথাও কেউ নেই। রাজন দাসীদের ডেকে নেত্রীকাকে সরিয়ে নিয়ে যেতে বলেন। আগামীকাল দণ্ডক বনে যাবে সেনা। তারা হত্যা করে ফিরে আসবে জন্মেজয়কে। এমনটাই রাজনের নির্দেশ থুড়ি রাজনের মুখ ব্যবহার করে একদন্তর নির্দেশ। রাজন ছটফট করেন ভিতরে ভিতরে, মনে পড়ে জন্মেজয়ের সঙ্গে কাটানো মুহুর্ত গুলি। তার জ্ঞান, তার রাজ ধর্ম সবই রাজনকে মোহিত করেছিল। কিন্তু সেই জন্মেজয় কি করে ঊর্মির সঙ্গে!

না আর পারছেন না ইন্দ্রাশিস। এভাবে বাঁচা যায় না। দেবী দ্রাক্ষানী কি খেলা খেলছেন রাজনের সঙ্গে? এই নিশি প্রহরে রাজন যাবেন কারাগারে। দেখা করবেন সেই কলঙ্কিনীর সঙ্গে। তাকে সরাসরি জিজ্ঞাসা করবেন কিসের অভাব তাকে দিয়েছিলেন রাজন? সংসার, বৈভব, সুখ, শান্তি, শরীর, প্রেম । কোনটাই তো কম ছিল না। যতটা একটা দাম্পত্য জীবনের জন্য প্রয়োজন তার চেয়ে দ্বিগুন দিয়েছেন দ্রাক্ষ রাজ ইন্দ্রাশিস তার রাজমহিষীকে। এমনকি যুগে যুগে চলে আসা নিয়মের উল্লঙ্ঘন করে তিনি রাজমহিষীকে বাঁচাবার কথা পর্যন্ত দিয়েছিলেন। তবুও অবৈধ সম্পর্কে কি করে জড়াল ঊর্মিমালা?

রাজন টলমল পায়ে এগিয়ে যান কারাগারের দিকে। রাজ রক্ষীরা নত মস্তকে রাজনকে সম্মান প্রদর্শন করে।

ঊর্মিমালা পাথুরে মেঝেতে একটি কুশের আসনে বসে ছিল। তার শরীর এখন অনেক স্থুল, পূর্ণ গর্ভ না হলেও শরীর ভারী হয়ে এসেছে। কুশের আসনে বসে একমনে সে দেবী দ্রাক্ষানীর জাপ করে যাচ্ছে। দেবীকে মূর্তিতে একদন্ত যে কুটিল আচারে বন্দি করে রেখেছে, সেখান থেকে নিষ্পত্তির একমাত্র উপায় ভক্তের ভক্তির জোর।

রাজন ঊর্মির কারাগারের সামনে এসে দাঁড়ান। চাঁদের আলো এসে পড়ছে ছোট্ট গবাক্ষ দিয়ে ঊর্মির মুখের উপর। মুদিত নয়ন

ঊর্মি ধ্যানস্ত। রাজন স্পষ্ট দেখতে পান ঊর্মির কপালে আর একটি নয়ন। সেটিও মুদিত অবস্থায় আছে। ঊর্মির ঠোঁটটি স্বল্প নড়ছে। রাজন কান পেতে শুনতে চেষ্টা করলেন ঊর্মি কী বিড়বিড় করছে। রাজন শুনতে পেলেন ঊর্মি উচ্চারণ করছে ....

"ওঁ কালী করালবদনা বিনিষ্ক্রান্তাসিপাশিনী। বিচিত্রখট্টাঙ্গধরা নবমালাবিভূষণ ॥ দ্বীপচর্ম্মপরাধান শুষ্কমাংসাতিভৈরব। অতিবিস্তা-রবদন জিহ্বাললনভীষণা। নিমগ্নারক্তনয়ন নাদাপুরিভদিঘুখ।" *ওঁ হ্রীং শ্রীং চামুণ্ডায়ৈ নমঃ"।।

ঊর্মির ত্রিনয়ন, তার দেবী দ্রাক্ষানীকে স্মরণ। তার পূর্ণ গর্ভ, তার স্নিগ্ধ মুখমন্ডল। রাজনের বুকে যেন তোলপাড় শুরু হয়। কী ঠিক কী ভুল এটা যেন জীবনের সবথেকে বড় প্রশ্ন হয়ে দাঁড়িয়েছে। রাজনের মনে তীব্র ইচ্ছা হয় ঊর্মিকে ওই গারদের ওপার থেকে বের করে আনতে। কিন্তু ইন্দ্রাশিস কেবল এক স্বামী বা পুরুষ নয়। সে একজন রাজা, রাজচক্রবর্তি রাজন ইন্দ্রাশিস। চোখ বেয়ে নেমে আসে জলের ধারা। ঊর্মি চোখ খুলে দেখে সামনে কারাগারের দরজার বাইরে দাঁড়িয়ে আছেন রাজন। এতগুলো দিন পরে রাজনকে দেখে যেন মন পরিতৃপ্ত হয় ঊর্মির। সেই শেষবার রাজন হাসিমুখে বিদায় নিয়ে গিয়েছিল জন্মেজয়ের সঙ্গে। তারপর এসেছিল রাজনের আদেশ, ঊর্মিকে বন্দি করার আদেশ। অনেক সময় পেরিয়ে গেছে তারপর, রাজনকে দেখার ইচ্ছা নিয়ে বেঁচে আছে ঊর্মি।

ঊর্মি অনেক কষ্ট করে পাথরের মেঝে থেকে উঠে এগিয়ে আসে রাজনের দিকে। রাজন ইন্দ্রাশিসের বুক ফেটে যায় তার প্রিয় রাজ-মহিষীকে এভাবে কষ্ট পেতে দেখে। তবে মুখে কাঠিন্য বজায় রেখে

রাজন সেই স্থান ত্যাগ করে চলে যেতে পা বাড়ান। ঊর্মি রাজনকে কোমল শান্ত কণ্ঠে বলে, একবার এই দাসীর কথা শুনে যান। আমি তো কিছু দিনের অতিথি। তারপর তো আমাকে বলি যেতে হবে। আমার সন্তান আর আমার রক্তে ধৌত হবে আপনার মনের কালিমা। আমার মৃত শরীর নিয়ে চলবে উন্মত্ত জনতার নৃত্য। আর তারপর আমার মরেও নিষ্কৃতি হবে না। আপনার কুলপুরোহিত আমার মৃত দেহটা নিয়ে সম্ভোগ করবে ওই লুরনির ঝর্ণার গুহার মধ্যে।

রাজন ঘুরে তাকান ঊর্মির দিকে। তারপর ক্রোধ নিয়ে বলেন, বানিয়ে বানিয়ে এমন কিছু বলবে না রানী যাতে কুলপুরোহিতকে মিথ্যুক ও ঠগ সাজাতে গিয়ে তুমি নিজেই ঠগী প্রমাণিত হও।

ঊর্মি : আপনার হাত দুটি আমার দিকে এগিয়ে দিন স্বামীন। আপনাকে আমি কিছু দেখাতে চাই।

রাজন কী ভেবে অনিচ্ছা সত্ত্বেও হাত দুটি কারাগারের ভিতরে ঢুকিয়ে দেয়। ঊর্মি নিজের স্ফীত উদরে হাত দুটি রাখে রাজনের। একটা হালকা আলোড়ন সৃষ্টি হয় সঙ্গে সঙ্গে। রাজনের ভিতরে একটা তরঙ্গ খেলে যায়। মন অনাবিল আনন্দে ভরে যায়। ঊর্মি বলে, রাজপুত্র তার জনকের স্পর্শ চিনে নিয়েছে। অথচ তার জনক নিজের আজন্ম সন্তানকে এখনো চিনতে পারলেন না।

রাজন : তুমি আর জন্মেজয় দুজন মন্দিরের ওই গুপ্ত কক্ষে, আমি নিজের চোখে দেখেছি সেই অতীতের ঘটে যাওয়া ঘটনাকে। একদন্ত আমাকে নিজের সিদ্ধির বলে তা দেখিয়েছেন।

ঊর্মি : আমি মরমে মরে যাচ্ছি রাজন। আপনি কী করে একদন্তর ছলে পা দিলেন? আপনি নিজেও সক্ষম এমন মায়া বিস্তার করতে। চেষ্টা করেই দেখুন একবার। আপনাকে যেটা একদন্ত দেখিয়েছেন, আপনি সামনাসামনি তেমন কিছু দেখেছেন কি? একদন্ত অতীতের নাম দিয়ে মায়া দেখিয়েছে আপনাকে। উনি অমর হতে চান। তাই এই রাজ পরিবারে বেছে বেছে রোহিনী

নক্ষত্রজাতা নারীদের বিবাহ দিয়ে নিয়ে আসেন ও তাদের দেবী দ্রাক্ষানীর চরণে বলি দিয়ে দেবী মূর্তিকে অপবিত্র করে দেবীকে আটকে রেখেছেন ওই মূর্তিতে।

আপনার জন্মদাত্রী মায়ের হত্যা করেছে ওই একদন্ত, আপনার প্রথম প্রেম ধারাকে হত্যা করেছে ওই একদন্ত এখন আপনার সন্তানকে ও আপনার ঊর্মিকে হত্যা করবে ঐ পিশাচ। দেবীর নামে আর কত প্রাণ যাবে এভাবে?

রাজন : তুমি আমাকে সন্দেহ করতে বাধ্য করেছ ঊর্মি। আমাকে তুমি অনেক কিছু গোপন করে গেছ।

ঊর্মি : স্বামীন ... আমি বলতাম আপনাকে সব কিছু। আমি নিজেও দ্বিধায় ছিলাম। নমস্য গুরুদেবের কাছে শিক্ষা গ্রহণ করতে করতেই আমি ঐ গুপ্ত কক্ষের সন্ধান পাই। দেবী দ্রাক্ষানী নিজে ওই পথ আমাকে দেখান। খুকির রূপ নিয়ে পদে পদে আমাকে সাহায্য করেন। আমি একটি একটি পুঁথি অধ্যয়ন করে জানতে পারি কে এই দেবী দ্রাক্ষানী। কি তার পুরান রহস্য। কি তার পূজা পদ্ধতি। আপনি বিশ্বাস করুন আদিপরাসর শক্তি পরম বৈষ্ণবী। তিনি কোন মাংস আহার করেন না। তিনি রক্তে কলুষিত হন।

রাজন : না না সব মিথ্যা। জন্মেজয় আমাকে দেবী কেসীর সঙ্গে সম্পর্কের কথা লুকিয়ে গেছে। তুমি অনেক কিছু লুকিয়ে গেছ। তোমরা মিথ্যাচার করেছ আমার সঙ্গে ।

রাজন ঊর্মির কাছ থেকে দ্রুত সরে আসেন। তিনি টলমল পায়ে পাথুরে সিঁড়ি বেয়ে চলে যান রাজমহলের দিকে।

ঊর্মির ভিতরে কষ্টের আগ্নেয়গিরির লাভা সঞ্চার হয়। দাঁতে দাঁত চেপে ঊর্মি সহ্য করে একদন্তর এই অনাচার। রাজনকে সে যেভাবে বশীভূত করে রেখেছে তার ফল রাজন দেখেও দেখছেন না। তিনি শুনেও শুনছেন না। তবে এই অন্ধকার বেশি দিনের নয়। কৌশিকী

অমাবস্যার কালো আকাশেই ফুটে উঠবে দিব্য জ্যোতি। তখন ওই পিশাচকে কেউ রক্ষা করতে পারবে না।

ঊর্মি কোন সাধারণ মানবী নয়। এই পৃথিবীতে ঘোর অনাচারের বিরুদ্ধে রুখে দাঁড়াতে মনুষ্য যোনিতে ফিরে এসেছে স্বয়ং কালভৈরব রুরু ও চৌষট্টি যোগিনীর এক যোগিনী কপালিনী। ঊর্মি ও জন্মেজয় মানুষ হয়ে জন্ম নিলেও তাদের মধ্যে আছে পুঞ্জীভূত শক্তি। রাজনের ভিতরে ঢুকে থাকা একদন্তর কালো শক্তির প্রভাব শেষ হলেই এই দ্রাক্ষা সাম্রাজ্যতে উদিয়মান হবে রৌদ্রজ্জ্বল প্রভাত।

রাজন ফিরে আসেন নিজের কক্ষে। মন বড্ড অশান্ত। এতদিন পর ঊর্মিকে ওই ছোট্ট সংকীর্ণ কারাগারে বন্দি দেখে খুশি হতে পারলেন কই রাজন! ভিতরে ভিতরে কষ্টর লাভার স্রোত রাজনকে পুড়িয়ে খাক করে দিচ্ছে। রাজন কী যেন ভেবে সোজা চলে আসেন দেবী দ্রাক্ষানীর মন্দিরে। যাকে ঘিরে এই দুই দলের বিতর্ক, সেই যদি রাজনকে কোন দিশা দেখাতে পারেন। তার অমৃতজ্ঞান যদি রাজনকে পথ প্রদর্শন করে তাহলে রাজন কোন ভাবেই ভুল পথে পা বাড়াবেন না। মন্দিরের বাইরে জ্বলছে মশাল। চারদিকে কেউ নেই, দেউড়ির কাছে কয়েকটি সেনা মোতায়েন আছে। রাজন শ্লথ গতিতে মন্দিরের কবাট খুলে ভিতরে ঢুকে আসেন। ঘিরের প্রজ্বলিত দীপের আলোয় উদ্ভাসিত দেবীর মুখমন্ডল। যেন তিনি নিজেই অপেক্ষায় ছিলেন রাজন ইন্দ্রাশিসের।।

রাজনের চোখ যেন ঘুমে আচ্ছন্ন হয়ে যাচ্ছে ধীরে ধীরে। রাজনের চেতনা যেন সুপ্ত হয়ে আসছে দিব্য জ্যোতির্ময় আলোর স্পর্শ পেয়ে।

ফাটল ধরা অষ্টধাতুর মূর্তি ভেদ করে যিনি বাইরে বেরিয়ে আসেন তিনি অনন্য সুন্দর এক নারী। যার মাতৃসুলভ আভা মনের মধ্যে প্রস্বস্তি বোধ করায়। রাজনের কথা জড়িয়ে আসে। রাজন বলেন, কে তুমি মাতে? আমার কুলদেবীর মূর্তি তুমি নষ্ট করে দিলে? জানো মাকে তুষ্ট করতে আমার রাজবংশ কত বলিদান করেছে? কত মন ভেঙেছে আমার কুলদেবীর তুষ্টি করতে গিয়ে। তারপর আমি কি পেয়েছি এই পাথুরে হৃদয় আদিপরাসর শক্তির কাছে? ভ্রান্ত ধারণা, ছল, কপট ....

রাজন দেখে সৌম্য নারী আচমকাই রক্তে রঞ্জিত হয়ে যাচ্ছেন। ওঁর মুখে ছেয়ে যাচ্ছে অমানিশার আলো আঁধার। মুখে একটা হাহাকার আর ঘৃণা ফুটে উঠছে ওই মাতৃকার। রাজন বুঝতে পারেন মাতৃকা কষ্ট পাচ্ছেন। রক্তের ধারা তার অস্বস্তির কারন। মাতৃকা অঙ্গুলি হেলনে রাজনকে নির্দেশ করেন ঈশান কোণের দিকে। রাজন ওদিকে তাকাতেই তিনি দেখেন একদন্ত রাজন ইন্দ্রাশিসের পিতাকে কেমন বলিপীঠে মহিষের সঙ্গে বদলে দিলেন। তারপর কেমন করে একদন্ত দেবী কেসীর মস্তকবিহীন মৃতদেহের সঙ্গে সঙ্গমে লিপ্ত .... একের পর এক অজানা সত্য ঈশান কোনের ওই কালো আকাশে পরিস্ফুটিত হয়ে যাচ্ছে অলৌকিক ভাবে। অথচ একটু আগেই ঊর্মিকে যখন রাজন দেখতে গিয়ে ছিলেন তখন আকাশে চন্দ্রালোক উদ্ভাসিত ছিল। রাজন মাথা ঘুরিয়ে দেখেন সেই মাতৃকাকে। মাতৃকার চোখে জল, তিনি ব্যথিত। মাতৃকা কোন কথা বলেন না কেবল নিজের অলৌকিক শক্তি দিয়ে রাজনকে অতীত দর্শন করাতে থাকেন। পদে পদে ফুটে উঠছে একদন্তর পৈশাচিক ক্রিয়া। আকাশ বাণী কানে আসে রাজনের। এক জলদগম্ভীর কণ্ঠ বলে যায় এক কালো ইতিহাসের বর্ণনা ....

পূর্বে তখন রাজন শ্বেতব্রুহুর রাজত্ব চলছিল, যিনি ছিলেন রাজন ইন্দ্রাশিসের পিতামহর পিতা। রাজ্য ছিল শান্তিপূর্ণ ও কুলদেবী

দ্রাক্ষানী ছিলেন পরম বৈষ্ণবী। ওঁর পুজোয় কোন বলি প্রথা ছিল না। ওঁর কালভৈরব ছিলেন রুরু। মন্দিরের ওই গুপ্ত কক্ষে সাজিত ছিল দেবীর পুঁথি যার মধ্য চন্ডিকা পুরাণ, ভূতডামর তন্ত্র, দেবী ভাগবত ইত্যাদি মহা পবিত্র পুঁথি। দেবী সতীর দেহাংশ থেকেই দেবী দ্রাক্ষানীর সৃষ্টি। প্রজাপতি দ্রাক্ষ কন্যা তাই তিনি দ্রাক্ষানী। দেবীর বাৎসরিক পুজো হত প্রথা অনুযায়ী বৈষ্ণব মতে। বলির কোন অস্তিত্ব এখানে ছিল না। রক্ত দেবীকে অপবিত্র করে তাই রক্ত থেকে রাজা দূরে রাখতেন দেবীকে। রাতের বেলা রাজা স্পষ্ট শুনতেন রুরু ভৈরব ও দেবী দ্রাক্ষানীর নৃত্যর শব্দ, নিক্কন ধ্বনি।

দেবী নিজে রক্ষা করতেন তার ভক্তদের। দেবীর একমাত্র ভোগ পকান্ন। গব্য ঘৃত, গোবিন্দ ভোগ চাউল, ইক্ষু দ্বারা নির্মিত শর্করা, কামধেনু গাভীর দুগ্ধে নির্মিত ক্ষির দ্বারা নির্মাণ হত রাজমহিষীর হস্ত নির্মিত এই পকান্ন। রাজা শ্বেতব্রুহ নিজে পুজো করতেন তবে তিনি জন্মগত ক্ষত্রিয় তাই কুলপুরোহিত দিদন্ত দেবীর হোমে বিল্বপত্র নিবেদন করতেন কারন যজ্ঞ কুণ্ডে বিল্বপত্র কেবল যজ্ঞউপবিত ধারণকারী পুরুষই দান করতে পারেন। কুলপুরোহিত কেবল নিত্য সেবা করতেন ও যজ্ঞ নির্বাহ করতেন। বাকি সকল সেবা রাজা নিজের হাতেই করতেন। যে সঙ্কেই তুষ্ট তিনি দেবী দুর্গা। তিনিই দেবী দ্রাক্ষানী। দেবী নির্গুণ অবস্থায় এই জগৎসংসারে বিরাজ করেন।তার জন্ম হয়না,আবির্ভাব ঘটে,যাকে বলা হয় প্রাকত্ব।দূর্গা সপ্তশতী তে বর্ণিত আছে, যে মহাশক্তি ব্রম্মার ব্রম্মত্ব,শিবের শিব-ত্ব,বিষ্ণুর বিষ্ণুত্ব প্রদান করেছেন ,সেই দেবী দেবতাদের সমষ্টিভূত ত্বেজপুঞ্জ থেকে স্বরূপ ধারণ করেন। যেসকল পুরাণ ও উপপুরাণে দুর্গা সংক্রান্ত আলোচনা রয়েছে সেগুলি হল: মৎস্যপুরাণ, মার্কণ্ডেয় পুরাণ, দেবীপুরাণ,কালিকাপুরাণ ও দেবী ভাগবত। তিনি জয়দুর্গা, জগদ্ধাত্রী, গন্ধেশ্বরী, বনদুর্গা, চণ্ডী, নারায়ণী, শিবানী, কালী, গৌরী, উমা প্রভৃতি নামে ও রূপে পূজিতা হন।তিনি কখনো বা

নিমুণ্ডমালিনি চামুন্ডা,তিনিই আবার তমোময়ী নিয়তি ।শত্রুদহনকালে তিনি অগ্নিবর্ণা, অগ্নিলোচনা। তিনিই জগদীশ্বরী,আপন মহিমায় এই পৃথিবীতে পরিব্যাপ্ত হয়ে আছেন প্রতিটি জীবের শরীরে। তিনি ঘটন-অঘটন পটিয়সী, দুর্গতিনাশিনী। তিনিই জগৎকে চালান ও প্রতিপালন করেন জগদ্ধাত্রী রূপে,আবার প্রলয়কালে তিনিই হয়ে উঠেন প্রলয়ংকারী দেবী কালিকা।

দ্বিদন্তর একমাত্র পুত্র একদন্ত মোহিত হয়ে ছিলেন রূপবতী রাজমহিষী, রাজন শ্বেতবুহুর স্ত্রী নিন্যাবতীর প্রতি। দেবী মন্দিরের তলদেশ দিয়ে প্রবাহিত লুরনি নদীর একটি শাখা থেকে যে উষ্ণ প্রবর্ষণ ছিল তাতেই স্নানরত ছিলেন সেদিন নিন্যাবতী। তিনি তখন সদ্য সন্তান জন্ম দিয়েছেন। রূপের আগুনের সঙ্গে মাতৃত্বের মিশেল ঘটে রূপ যেন বৃদ্ধি পেয়েছে। লুকিয়ে লুকিয়ে আগেও রানীকে স্নানরত অবস্থায় দেখেছে একদন্ত। কিন্তু সেদিন কি যে হলো একদন্তর! নিন্যাবতীর স্তনবৃন্ত থেকে নির্গত দুগ্ধ ও প্রবর্ষণের জল মিশে একাকার হয়ে যাচ্ছে, এই দৃশ্য দেখে কামাতুর হয়ে পড়ে একদন্ত। রানী জানতেন এই সাম্রাজ্যে দেবীর সুরক্ষা বলয়ে সুরক্ষিত তাই তিনি একাই যেতেন স্নানে। দাসীদের সঙ্গ সর্বদা পছন্দ করতেন না তিনি। রানীকে একা পেয়ে একদন্ত পিছন থেকে হামলা চালায় রানীকে। রানী অতর্কিত আক্রমণে মুখ থুবড়ে পড়েন পাথুরে জমিতে। মাথায় আঘাত পেয়ে সঙ্গে সঙ্গে মারা যান রানী। একদন্ত একটুও বিচলিত হননা রানীর মৃত্যুতে। মৃতা রানীর সঙ্গে সঙ্গম লিপ্ত হয় পাপক একদন্ত। নিজের কাম তৃষ্ণা মিটিয়ে রানীকে ওখানেই ফেলে পালাতেই যাবে এমন সময় একদন্ত দেখে সামনে দাঁড়িয়ে আছে স্বয়ং কালভৈরব রুরু ও দেবী দ্রাক্ষানী। দেবীর চোখে ক্রোধাগ্নি।

একদন্ত বুঝে যায় রানী যদিও মরে বেঁচে ওঠেন দেবীর কৃপায় কিন্তু তার আর রেহাই নেই। মাথায় খেলে যায় রুরু দেব ও দেবী দ্রাক্ষানী পরম বৈষ্ণব। রক্ত সহ্য করেন না। ওদের দিকে এক বিন্দু

অন্যায়ের রক্ত গেলেই অপবিত্র হবেন শিবশক্তি। একদন্ত কোমরে গোঁজা ছুরিকার আঘাতে রানী নিন্যাবতীর মস্তক কর্তন করে। আর নিমেষে সেই রক্ত ছুড়ে দেয় কালভৈরব রুরু ও শক্তির দিকে। আকাশ মুহূর্তে কালো রঙের মেঘে ছেয়ে যায়। দিবাকর অস্তমিত হন। বিস্ফোট হয় ভয়ংকর, রুরু দেব অস্তমিত হন। আর দেবী এক দিব্য জ্যোতির্ময় আলোকে পরিণত হয়ে মূর্তিতে সমাধি নেন। দেবী সমাধিস্থ হবার আগে এক ভয়াল কণ্ঠে তিনি অভিশাপ দিয়ে যান একদন্তকে .... যার মাধ্যমে তুই করলি এই অনাচার সেই মাধ্যম হবে তোর অন্তের আধার ।।

একদন্ত যে পাপ করে তার কোন ক্ষমা নেই। একদন্ত বুঝে যান দেবীকে পবিত্র করে ফেলবে তার নিজের পিতা দিদন্ত ও রাজন শ্বেতব্রুহ। আর একদন্ত পাপ ঢাকার যতই চেষ্টা করুক সে অসফল হবে। দেবী দ্রাক্ষানী তাকে ভয়ঙ্কর মৃত্যু দেবেন। একদন্তর আত্মাকে নিক্ষেপ করবেন নিম্ন যোনিতে। একদন্তকে মারাত্মক ফল ভোগ করতে হবে এই পাপের জন্য, জন্ম জন্মান্তর।

এর থেকে নিস্তার কি ভাবে পাওয়া যাবে?

একদন্ত খুব দ্রুত ভেবে নেয় নিজেকে বাঁচাবার জন্য একটা গল্প, যার পরিণতি ভোগ করে গেছে এই দ্রাক্ষা রাজবংশ বহুদিন ধরে।

দেবীর কৃপাধন্য এই দ্রাক্ষা সাম্রাজ্যে ছিল সুখী, আনন্দময়। তারপর একদন্তর কূটনৈতিক তৎপরতা এই সাম্রাজ্যের নিবাসীদের করে তুলল নৃশংস, দাম্ভিক। অস্তমিত হলো সততার দিন।

নিন্যাবতীর দ্বিখন্ডিত দেহ ওখানেই ফেলে একদন্ত ছুটে গেল নিজের গৃহে। কারন ঘর শত্রু বিভীষণ তার পিতা দিদন্ত বেঁচে থাকতে

কিছুতেই রাজা শ্বেতব্রুহুকে চোখে ধুলো দিতে পারবে না একদন্ত। রানী নিন্যাবতীকে নিয়ে যে গল্প ফাঁদতে চলেছে একদন্ত সেটা যুগে যুগে বহাল রেখে যেতে হবে তাকে নচেৎ দেবী দ্রাক্ষানীর অভিশাপ ফলবে। আর পিতা দিদন্ত হলেন জ্ঞানী পুরুষ, তিনি থাকতে কোন ভুল তথ্য পরিবেশন করা অসম্ভব। হাতে সময় খুব কম, এর মধ্যে যখন তখন রানীর খোঁজে এসে তার দাসীরা তাকে মৃত অবস্থায় পেয়ে যাবে। একদন্ত নিজের গৃহে প্রবেশ করে দেখল পিতা আরাত্রিকার জোগারে ব্যস্ত। কুটিল হাসি খেলে গেল একদন্তর মুখে। কার জন্য পিতা আরাত্রিকা সাজাচ্ছেন? তিনি তো নিজের মূর্তির মধ্যেই সীমাবদ্ধ হয়ে গেলেন কিয়োৎকাল আগে।

ধীর পায়ে দিদন্তর পিছনে এসে দাঁড়াল তাঁরই ঔরস জাত পুত্র একদন্ত। পিতার ঘাড়টি দ্রুত গতিতে ধরে নিমেষে মটকে দিল সে। দিদন্ত জানতেও পারলেন না তিনি কখন শেষ হয়ে গেলেন বা কে তাকে মৃত্যুর দোরগোড়ায় পৌঁছে দিল।

দিদন্ত নেই তাই কুলপৌরোহিত্য এবার স্বাভাবিক ভাবেই আসবে একদন্তর হাতে।

একদন্ত অপেক্ষা করতে লাগল কখন রাজবাড়ী থেকে অনর্থ ঘটার সংবাদ আসবে।

নিন্যাবতীকে মৃত অবস্থায় পেল তার দাসীরা প্রবর্ষনের কাছে। রাজা শ্বেতব্রুহু ভেঙে পড়লেন অর্ধাঙ্গিনীর এই করুন মৃত্যু দেখে। খবর এলো দিদন্তর কাছে। প্রহরী এসে দেখল একদন্ত পিতার মৃতদেহ নিয়ে বসে আছে। রাজা কুলপুরোহিতের মৃত্যু সংবাদ পেয়ে দেবীকে স্মরণ করেন, এ কি অনর্থ ঘটল। চারদিকে এদিকে খোঁজ পড়ে গেছে রানীকে কে এভাবে হত্যা করেছে। একদন্ত পিতার শবদেহ নিজের গৃহে রেখে গেলেন রাজবাড়ীর অভিমুখে। রাজা শ্বেতব্রুহুকে একদন্ত বললেন, আমার পিতার অন্তেষ্টির আগে পিতার শেষ কথা গুলি আপনাকে জানাতে এলাম রাজন। পিতা বার্ধক্যজনিত কারণে

মারা গেছেন। কিন্তু রাজমহিষীকে যদি আপনি ভাবছেন কেউ হত্যা করেছে তো সেটা আপনার ভ্রান্ত ধারণা মাত্র। পিতা মৃত্যুর পূর্বে গিয়েছিলেন মন্দিরে। তখনই একটি আর্তনাদ শুনে তিনি প্রবর্ষ-নের কাছে যান। ও নিজের চোখে দেখেন কালভৈরব রুরু ও দেবী দ্রাক্ষানী কালের নিয়মে নিজেদের বৈষ্ণবত্ব ত্যাগ করেছেন। দেবী নিন্যাবতীর বলি গ্রহণ করেছেন দেবী। তিনি রক্তপিপাসু হয়েছেন। পিতা সে দৃশ্য দেখে ভয়ে গৃহে ফিরে আসেন ও আমাকে কোনমতে সবটা বলেই দেহত্যাগ করেন। পিতা ওই দৃশ্য দেখে সহ্য করতে পারেননি। ওঁর হৃদয় বিকল হয়ে যায়।

শ্বেতব্রুহ : মা যে আমার পরম বৈষ্ণবী! মা তারই পকান্ন রন্ধনকারী রাজমহিষীর বলি কেন নেবেন! না না এ হতে পারে না। আমি মানি না। তোমার পিতার পর তুমি এখন কুলপুরোহিতের দায়িত্ব প্রাপ্ত। পিতার অন্তিম কার্য শেষ করে তুমি এর বিধান খুঁজে বের করো।

একদন্ত পিতার অন্তিম কাজ করতে চলে যায়। এদিকে রাজমহি-ষীর অন্তিম ক্রিয়ার জন্য চন্দন কাঠের চিতা সেজে ওঠে। রাজা তার সদ্য মৃতা স্ত্রীর মুখাগ্নি করতেই যাবে এমন সময় একদন্ত সেখানে উপস্থিত হয়ে মুখাগ্নিতে বাধা দেয়। একদন্ত বলে বলি যাওয়া নারীকে মুখাগ্নি দিতে নেই। রানীর পার্থিব শরীর লুরনির ঝর্ণায় নিরঞ্জন দেওয়া উচিত।

সেই থেকে এই নিয়ম চলে আসছে। একদন্ত নিজেকে অমর করার উপায় খুঁজে বের করে নিম্ন তন্ত্র সাধনার মাধ্যমে। যার প্রাক শর্ত হলো দেবীকে মূর্তিতে দুইশ বৎসর ধরে বন্দি করে রাখতে হবে ... দেবীকে বন্দি রাখতে গেলে চাই রোহিনী নক্ষত্র জাতার রক্ত। যা দেবীকে অপবিত্র করবে। সেই নারীকে যদি বলির পর একদন্ত তার সঙ্গে যৌনাচার করে শব সাধনা করবে। এই ক্রিয়ার মাধ্যমে একদন্ত দুইশত বৎসর নিজেকে বাঁচিয়ে রাখতে সক্ষম হবে। তারপর দুইশ এক বৎসর এলে কোন সুলক্ষনা নারী আসবে এই রাজবংশে রানী

হয়ে। তার বলি দেবীর চরণে দিলে দেবী চিরতরে দ্রাক্ষা সাম্রাজ্যে ত্যাগ করবেন, তিনি চির সুপ্ত অবস্থায় চলে যাবেন। ও একদন্ত হবে অমর ,অজেয়। পরিকল্পনা অনুযায়ী রাজাকে পরবর্তীতে একদন্ত এটাই বুঝিয়ে দেয় যে দেবী দ্রাক্ষানী রাজমহিষীর রক্তে তুষ্ট, তিনি নিজেই প্রথম বলি গ্রহণ করেছেন। কলি যুগে দেবী শাক্ত রূপ নিয়েছেন। তাই রাজা হিসেবে শ্বেতব্রুহুকে বছর বছর বিবাহ করে দেবীর বাৎসরিক পূজার সময় রাজমহিষীর বলিদান করে দেবীকে তুষ্ট করতে হবে, নচেৎ দেবী প্রজাদের ভক্ষণ করে নিজের রক্ত তৃষ্ণা নিবারণ করবেন।

শ্বেতব্রুহুর কাল থেকেই চালু হয় এই নরমেধ যা পাঁচ পুরুষ পর ইন্দ্রাশিসের রাজত্ব পর্যন্ত চলে আসছে। একদন্ত পাঁচটি রাজার কাল কাটিয়ে দিয়েছে নিজের নিম্ন তন্ত্রর জোরে। এই বার শেষ বলি দিয়ে সে চিরঅমর হয়ে যেতে চায়। একদন্ত গুরুকুল থেকে ফিরেই এই অশুভ কান্ড ঘটিয়েছিল। তার কাছে দেবীর গুপ্ত কক্ষের পুঁথি গুলি ছিল অজানা। আর স্ত্রীর মৃত্যু, দেবীর রক্ত পিপাসু হয়ে যাওয়া সবটা মিলিয়ে রাজা শ্বেতব্রুহুর মনে চলে আসে বৈরাগ্য, দেবীর প্রতি ভয় মিশ্রিত ভক্তি। তিনি তারপর থেকে মন্দিরে আসতেন না। কেবল বৎসরিক বলির দিন তিনি মন্দিরে পা রাখতেন। কালের নিয়মে গুপ্ত কক্ষটি সবার চোখের আড়ালে চলে যায়। একদন্তর নিয়ম গুলি হয়ে ওঠে মন্দিরের পূজার নিয়ম। নিন্যাবতীর রক্তে রঞ্জিত হয়ে পবিত্র প্রবর্ষণের ধারাও বন্ধ হয়ে যায়। ওখানে একদন্ত পরে গড়ে তোলে একটি বলিপীঠ। মন্দিরের তলদেশের প্রবর্ষণ, লুরনির একটি শাখার অবস্থানের কথা ধীরে ধীরে বিস্মৃত হয়ে যায়।

যে পুঁথিগুলির খোঁজে এতদিন ছিল একদন্ত, সেগুলি এই মন্দিরে পেয়ে এখন সে মরিয়া সেগুলি বিনষ্ট করতে। অবশ্য একদন্তর কাছে এখনো অজানা গুপ্ত কক্ষের ওদিকে বাইরে যাবার যে দরজা, ও তার বাইরে লুকায়িত লুরনির শাখা ও বলি যাওয়া হতভাগ্য রানীদের

নরকঙ্কাল। এই অজানা তথ্য জানে কেবলমাত্র ঊর্মিমালা। তাকে যে পথ দেখাচ্ছে স্বয়ং দেবী দ্রাক্ষানী ও জন্মেজয় রূপী কালভৈরব রুরু।।

একদন্ত রাজন ইন্দ্রাশিসের বিশ্বাস, প্রেম নিয়ে খেলতে চেয়েছিল। ইন্দ্রাশিসের পৌরুষে আঘাত হেনে নিজের শক্তি বৃদ্ধি করতে চেয়েছিল। অশুভ শক্তির উৎসকে দ্রবীভূত করতে চেয়েছিল সে রাজনের আত্মার মধ্যে। কিন্তু যুগে যুগে অসত্য যতই প্রবাহমান হোকনা কেন সত্যর হরকা বান এসে তাকে আটক করেছে। কুলপু-রোহিত দ্বিদন্তের ঔরসজাত পুত্র হয়েও একদন্তর মধ্যে পিতার কোন গুণাবলী ছিল না। গুরুকুল থেকে এসেই সে কুলপুরোহিত্য দখল করার বাসনা মনের মধ্যে পুষে রেখেছিল। নিন্যাবতীর মৃত্যু দিয়ে সে আসক্ত হয়ে পড়ে মৃতের সঙ্গে যৌন সংসর্গে। জীবন্ত মানুষের প্রতি তার কামবাসনার মৃত্যু হয়। একদন্ত বিবাহ করেনি, কালের নিয়ম ভঙ্গ করে সে অশুভ শক্তির আরাধনা করে নিজেকে বাঁচিয়ে রেখেছে। লোকচক্ষুর সামনে সে দেবী দ্রাক্ষানীর পূজারী হলেও সে আসলে অপদেবতার উপাসক। দেবীর সতী খন্ডকে ধ্বংস করে একদন্ত অমরত্বর স্বপ্ন পূরণের কাছাকাছি চলে এসেছে। দেবী দ্রাক্ষানী ও কালভৈরব রুরু সেদিন একদন্তর কাছে হেরে যাননি। তারা অপেক্ষায় ছিলেন সেই ব্রহ্মাহ মুহূর্তের যা এই বিশ্ব চরাচরে দুইশত বৎসর বাদে আসে। কৌশিকী অমাবস্যার পূণ্য তিথিতে পৃথিবীরপাশ ঘেঁষে চলে যায় আকাশ গঙ্গার এক ঊর্যাপূর্ণ ধূমকেতু। সেই সময় সকল অশুভ শক্তির ব্যাপ্তি রোধ হয়। দেবী পরম বৈষ্ণবী মা দ্রাক্ষানী ও রক্তের দ্বারা অপবিত্র হওয়া থেকে অব্যাহতি পান।

সেই মুহূর্তে একদন্তর বিনাশ সম্ভাব্য। কালচক্রকে যে যখন বাধা দেবার চেষ্টায় ব্রতী হয়েছে সেই মরেছে।

রাজন ইন্দ্রাশিস দৈব দর্শনে সব অজানা তথ্য জানতে পারে। পিছন ফিরে রক্তস্নাত দেবীকে দেখতে গিয়ে সে দেখে দেবী অদৃশ্য হয়েছেন। মূর্তির খুব কাছে গিয়ে রাজন লক্ষ্য করে মূর্তির মধ্যে সুক্ষ সুক্ষ ফাটল। ইন্দ্রাশিস ভূমিতে বসে যায় হতাশা নিয়ে। একি করে ফেলেছে সে! স্বয়ং কালভৈরব রুরু এসেছিলেন ইন্দ্রাশিসের কাছে। নিজের অগ্রজ ভ্রাতার সন্মান দিয়েছিল জন্মেজয় তাকে। আর রাজন সেই জন্মেজয়কে এভাবে সন্দেহ করলো? নিজের স্ত্রীকে সন্দেহ করে এই গর্ভাবস্থায় তাকে কারাগারে বন্দি করে রাখল! নিজেকে হাজার ধিক দিয়েও যেন কুণ্ঠা যাবার নয়।

এমন সময় কানে এলো সেই পরিচিত কণ্ঠ .... রাজন .... কাল সর্বত্র বিরাজমান। কালকে কালের গর্ভে বিলীন করার প্রয়াস করা বৃথা।।

রাজন ঘুরে তাকালেন সামনে দাঁড়িয়ে আছে জন্মেজয় ... কিন্তু একি! কোথায় তার রাজ বেশ? কোথায় তার গৌর বর্ণ ? জন্মেজ-য়ের পরনে ব্যাঘ্র চর্ম, নীলাভ বর্ণ ধারণ করেছে জন্মেজয়ের সম্পূর্ণ তনুখানি। মাথায় সেই বাবরি চুলের স্থানে নেমে এসেছে বটমূলের ন্যায় জটা।

রাজন জন্মেজয়ের পদতলে বসে গেলেন করজোড়ে।

"ক্ষমা করে দিন দেব ... এই অধমকে ক্ষমা করুন। মহা পাতক আমি, আমাকে আপনি নিজের অগ্রজর স্থান দিয়েছিলেন আর আমি আপনাকে ... আমার দৃষ্টি, আমার শ্রবণ শক্তি, আমার বাক শক্তি আপনি কেড়ে নিন দেব। " রাজন ইন্দ্রাশিস বললেন।

জন্মেজয় রাজনকে ধরে দাঁড় করিয়ে দিলেন নিজের সামনে। জন্মেজয়ের পবিত্র স্পর্শ যেন রাজনের অন্তরআত্মাকে পবিত্র করে তুলল।

রাজন হাত জোড় করে বলল, প্রভু এ কি মহাপাতকের ন্যায় কার্য করলাম আমি? আপনাকে হত্যা করার জন্য দণ্ডক বলে সেনা পাঠালাম? মা দ্রাক্ষানী পরম করুণাময়ী তাই আমি আজ পাপ করা থেকে বেঁচে গেলাম। আপনি দণ্ডক বন থেকে এখানে এসে গেছেন।

জন্মেজয় হাসলেন মৃদু তারপর জানালেন, আমি দণ্ডক বনেও আছি, আমি এখানেও আছি। আমি তো আসলে তোমাকে ত্যাগ করে যাইনি কোনদিন রাজন। আমি সর্বদা তোমার সঙ্গেই আছি। সেনা পৌঁছে গেছে ওখানে। ওরা আমার নশ্বর দেহ আবরণকে বিনষ্ট করবে এই তো? করুক না ... তাই করুক। যে কারনে নশ্বর শরীর দিয়ে যে অনন্ত কাল পরে আমি ফিরে এসেছি তা সম্পন্ন হতে বেশি সময় বাকি নেই। একদন্ত সেটাই জানুক যেটা ও জানতে চায়। ও জানুক রাজন তার বশীভূত, ও জানুক জন্মেজয় রাঠোর মৃত। তবেই তো ওর আত্মবিশ্বাস ওকে সেই হারিকাঠের সামনে এনে ফেলবে যার তলা দিয়ে গেছে এই রাজ পরিবারের রাজমহিষীরা। দেবী তাদের রক্তে রঞ্জিত হয়ে সুখী নন সেটা নিশ্চই এতক্ষনে বুঝে গেছ রাজন। আমি সুক্ষ শরীরে ছিলাম তোমার পাশে, এখন আছি আর কাল ও থাকব। তোমার অষ্ট সিদ্ধি পূর্ণ হয়েছে। তুমি এখন কেবলমাত্র রাজা না, তুমি চৌষট্টি যোগিনী কপালিনীর যোগ্য সাধন সঙ্গী। তোমার আত্মা কলুষিত নয়, তুমি এখন সিদ্ধি লাভ করেছ তাই তুমি আমাকে ও দেবী দ্রাক্ষানীকে নিজের চর্মচক্ষু দ্বারা দেখতে সক্ষম।

আমি দণ্ডক বনে শরীর যোগবলে ত্যাগ করে এসেছি। আমি এখন জন্মেজয় নয়, আমি রুরু ... কালভৈরব রুরু।

রাজন প্রণাম করে রুরু দেবকে। তার চোখের উপরের পর্দা সরে গেছে। সে জানে এখন এই দ্রাক্ষা সাম্রাজ্যের অতীতকে, একদন্তর ছলনাকে ও ঊর্মি রূপে জন্ম নেওয়া কপালিনীকে।

তবে অষ্ট সিদ্ধির ব্যবহার তো ইন্দ্রাশিস জানেন না।

কালভৈরব বুঝতে পারলেন ইন্দ্রাশিস কি ভাবছেন। তাই ভৈরব বললেন, সাধনার সোপান বেয়ে যোগী যতই উঁচুতে উঠতে থাকেন, তত একের পর এক সিদ্ধি তাঁর সেবায় নিযুক্ত হয়। কিন্তু কখনও নিজের ক্ষমতা জাহির করার জন্য যোগীরা এই সিদ্ধাইয়ের প্রয়োগ করেননি। ভক্তের আকুল ডাকে সাড়া দিতে গিয়ে কখনও প্রকাশ হয়ে পড়েছে সিদ্ধাই। তুমি সিদ্ধি পেয়েছ নিজের অজান্তেই। তার ব্যবহার কীভাবে করবে সেই চিন্তা করছ রাজন?

রাজন অষ্টসিদ্ধি অর্জন সহজ নয়। চাই প্রবল কৃচ্ছসাধনস সঙ্গে উত্তুঙ্গ তপোবল। প্রথমে সদগুরুর আশ্রয়ে নিজেকে শুদ্ধ করতে হয়। দীক্ষাগ্রহণের পর গুরুর দেখানো পথে সাধনযাত্রা। নির্জন স্থান বেছে নিয়ে অভীষ্ট পূরণে কঠোর যোগাভ্যাস, তপস্যা। তুমি ভাবছ যে তুমি এমন কী করলে যে তুমি সিদ্ধি লাভ করলে?

তবে শোনো, তুমি এক উত্তম পুরুষ। যে বহু কাল পরে এই সাম্রাজ্যতে জন্ম নিয়েছ। তুমি আমার কাছে সিদ্ধি জ্ঞান অর্জন করতে সম্মতি প্রদান করেছিলে। তাই পরবর্তীতে তুমি আমাকে তাড়িয়ে দিলেও তোমার আত্মা তোমারই অজান্তে সিদ্ধি লাভ করে আমাকে সদগুরুর স্থানে বসিয়ে। আর ঊর্মিমালাকে কারাগারে পাঠিয়ে তুমি যে নিদারুণ মনঃকষ্ট পেয়েছ, রাজন হয়েও যে কৃচ্ছসাধন করেছ তুমি নিজের রিপুকে নিয়ন্ত্রণ করে তাতে তোমাকে যে সিদ্ধি দিতেই হত।

অষ্টসিদ্ধি আট প্রকার- অণিমা, লঘিমা, গরিমা, প্রাপ্তি, প্রাকাম্য, মহিমা বা কামাবসায়িতা, ঈশিত্ব বা ঈশিতা, বশিত্ব বা বশিতা। সিদ্ধ যোগী হিসেবে ইচ্ছা করলে অণুর মতো ক্ষুদ্র আকার ধারণ করতে সক্ষম তুমি রাজন। কিংবা চাইলে বায়বীয় অবস্থায় চলে যেতে পারো যেখানে খুশি। এই সিদ্ধিকে বলে অনিমা। ইচ্ছেমতো হালকা হয়ে জলের উপর হেঁটে যেতে বা শূন্যে ঘুরে বেড়াতে পারো

চাইলে। একে বলে লঘিমা। আর ভারী হওয়াকে বলে গরিমা। যে কোনও স্থান থেকে যা ইচ্ছা তাই পেতে পারে। এই সিদ্ধি অর্জনকে বলে প্রাপ্তি। 'প্রাকাম্য' নামের সিদ্ধাইয়ের বলে যোগী চাইলে নিজের যে কোনও বাসনা পূরণ করতে পারে। কেউ কেউ মর্জিমাফিক যে কোনও রূপ ধরতে পারে যেমন তুমি চাইলে এখন একদন্তর রূপ ধারণ করতে পারো। এই ধরনের সিদ্ধি অর্জনকে বলে মহিমা বা কামাবসায়িতা। যোগী চাইলে কোনও স্থানে যা খুশি সৃষ্টি করতে পারেন, চাইলে কোনও কিছু ধ্বংস করাও তাঁর হাতের মুঠোয়। এই সিদ্ধির নাম ঈশিতা ... এটিও তোমার হাতে এসে গেছে। জড় উপাদানকে ইচ্ছা অনুসারে নিয়ন্ত্রণ, সৃষ্টির প্রতিটি জীবকে নিজের বশীভূত করাকে বলে বশিতা যা এখন করতে তুমি সক্ষম রাজন।

রাজন মহাদেবী ও রুরু ভৈরবের দর্শন পেয়ে ধন্য। রাজনের চোখের উপর থেকে অন্ধকার সরে আলোর প্রকাশ ঘটেছে। রাজন এখন অষ্টসিদ্ধ সাধক। রাজমহিষীকে কারাগার থেকে সরানো যাবে আগে ইন্দ্রাশিস রুরু ভৈরবের রূপে জন্মেজয়ের পার্থিব শরীরকে নিজের পাঠানো সেনার হাত থেকে রক্ষা করবেন। জন্মেজয় রুপী রুরু ভৈরব যে রাজনকে অগ্রজ ভ্রাতার স্থান দিয়েছেন। অষ্ট সিদ্ধির প্রয়োগে রাজন পৌঁছে গেলেন নিমেষে দণ্ডক বনে। কিছুটা হেঁটে গিয়ে দেখলেন জন্মেজয় যোগাসনে বসে আছে। হাত মুদ্রায় রেখেই জন্মেজয় দেহত্যাগ করেছে। দেখে মনে হয়না জন্মেজয় আর নেই, এ শরীর এখন জীবনহীন। রাজন রুরু ভৈরবকে দেখেই এসেছেন। রুরু ভৈরব তাঁর দেবী দ্রাক্ষানীর কাছে পৌঁছে গেছেন। রাজন

ইন্দ্রাশিসের পূর্বজ শ্বেতব্রুহুর সময় কুলপুরোহিত একদন্তর পাপের ফলে কালভৈরব রুরু দ্রাক্ষা রাজবংশ ত্যাগ করে গিয়ে ছিলেন। আবার স্নেহময় পিতার মত ভৈরব ফিরে এসেছেন। রাজনকে পদে পদে ভ্রাতার মতোই সাহায্য করেছেন। রাজন জানেন আদি অন্ত যিনি তিনি কালভৈরব তবুও এই নিষ্প্রাণ দেহটি দেখে চোখ বেয়ে নেমে আসে অশ্রু। আজ রাজনের সামনে যে নিষ্প্রাণ দেহটি যোগ-মুদ্রায় সে যে রাজনের ভ্রাতা ছিল। রাজন চোখ মুছে ভাবতে থাকেন কি করা যায়। এই পবিত্র দেহটি কিভাবে রক্ষা করা যায়? এখনো তো সেনা এসে পৌঁছায়নি। তারা রাজনকে এখানে তাদের আগেই উপস্থিত দেখলে অবাক হবে। অলৌকিক ঘটনা গুলো রাজ্যে ছড়িয়ে পড়তে সময় নেবে না। অথচ এখন একদন্তকে কিছুই বুঝতে দেবেন না রাজন। কৌশিকী অমাবস্যার পূর্ণ তিথিতেই বিনাশ হবে সকল পাপের। রাজন নিজের সিদ্ধির প্রয়োগ করে জন্মেজয়ের পার্থিব শরীর নিয়ে এসে পৌঁছে যায় দেবী দ্রাক্ষানীর মন্দিরে। গুপ্ত কক্ষে প্রবেশ করেন রাজন জন্মেজয়কে নিয়ে। জন্মেজয়ের শরীরে নিজ হাতে হরিদ্রা কুলকুল ও চন্দনের প্রলেপ দিয়ে একটি আসনে অধিষ্ঠিত করেন ইন্দ্রাশিস। এই পবিত্র শরীর পাথরে রূপায়িত হয়ে যাবে যখন তখন দেবী মূর্তির পাশেই স্থান পাবে জন্মেজয় রূপে রুরু ভৈরব। রাজন দেখেন এই গুপ্ত কক্ষের মধ্যে আর কোন পুঁথি নেই। তার অর্থ এখানে এখন একদন্তর যাতায়াত শুরু হয়ে গেছে। সেই সব পুঁথি সরিয়ে দিয়েছে। রাজন ভাবতে থাকেন তাহলে একদন্ত এখানে এসে যদি জন্মেজয়ের এই পার্থিব শরীরকে দেখে ফেলে?

আচমকাই ভাবনায় ছেদ পড়ে। রুরু ভৈরব স্বয়ং হাজির হয়েছেন। তিনি রাজনকে বললেন, পার্থিব শরীর তো খোলস মাত্র। তার কোন মূল্য নেই। মূল্য আছে আত্মার। তবুও তুমি যদি রাজন এই শরীর রক্ষা করতে চাও। তো নিজের মন্ত্র শক্তি দিয়ে তুমি এই গুপ্তকক্ষ

বন্ধ করে দিও। একদন্ত এখন এখানে আসবে না কারন তার পুঁথি সরিয়ে ফেলা হয়ে গেছে। তার কার্যসিদ্ধ হবার পর এখানে আসার কথা নয়। তবুও যদি আসতে চায় দরজা না খুললে তো এখানে পৌঁছাতে পারবে না।

রাজন বললেন, দেব তাহলে তো একদন্তর সন্দেহ হবে।

ভৈরব বললেন, হোক সন্দেহ। সে নানান রকমের কথা ভেবে ভয় পাক। তবেই তো ওর নিম্ন তন্ত্রবল কমবে। এই গুপ্ত কক্ষের বাইরে যে লুরনি নদীর স্রোত আছে তা কালের বিবর্তনে মানুষ ভুলে গেছে। সেই লুরনির স্রোতে ভেসে এসেছে দুইশ নর কঙ্কাল। তোমার পরিবারের হতভাগ্য নারীদের কঙ্কাল। লুরনির ঝর্ণায় সেই মুন্ডহীন দেহগুলি ফেলে এসেছে এতকাল একদন্ত। সেগুলি লুরনি ঘুরিয়ে দেবীর চরণের কাছে এসে হাজির করেছে। এবার সেই কঙ্কালের দল জেগে উঠেবে। তারা তান্ডব নৃত্য করে বেড়াবে। তারা দেখবে একদন্তর সংহার।

রাজন : তাই হোক তবে। তবে দেব আমি এখন কি রাজমহিষীকে কারাগার থেকে মুক্ত করব না তাকে ওখানেই থাকতে হবে? আর দেবী দ্রাক্ষানীকে কিভাবে আমি মূর্তি থেকে নিষ্কৃতি দেব আমি?

ভৈরব বললেন, আকাশবাণীতেই উত্তর আছে। ভেবে দেখো রাজন। আর ঊর্মিমালা এখন কারাগারেই সুরক্ষিত।তাকে বাইরে আনলেই একদন্ত বুঝে যাবে যে তার মারণ উৎচাটন শেষ হয়ে গেছে। রাজন একদন্ত দেবী, জন্মেজয়কে সন্দেহ করুক, সে যেন ঘুণাক্ষরেও না জানতে পারে যে রাজচক্রবর্তি ইন্দ্রাশিস তার হাতের মুঠোয় বাইরে চলে গেছে।

এদিকে দণ্ডক বনে পৌঁছে সেনা জন্মেজয়কে খুঁজে না পেয়ে ভয় পেয়ে যায়। রাজন ও একদন্ত তাদের সপরিবারে হত্যা না করে এই অসফলতার জন্য। তারা এদিক ওদিক খুঁজে হতাশ হয়ে রাজ্যে ফিরে আসার জন্য প্রস্থান করে।

রাজন দেখেন আলো ফুটে উঠবে এবার। একদন্ত তার পিশাচ সাধনা সেরে ফিরে আসবে এবার রাজবাড়ী। তারপর দেবীর একনিষ্ঠ সাধকের ভেক ধারণ করে মন্দিরে আসবে। রাজন ভেবেছিলেন একবার ঊর্মিমালা ও নিজের আসন্ন সন্তানকে দেখে আসবেন কিন্তু সেটা করতে গেলে এখন একদন্তর চোখে পড়ে যাবেন। তাই রাজন গুপ্তকক্ষ মন্ত্রবলে বন্ধ করে নিজের কক্ষে ফিরে এলেন। রাজ শয্যা যেন এখন কন্টকসম মনে হচ্ছে রাজনের। সাধকের কাছে যে ভোগের দ্রব্য বিষের ন্যায়। তার কাছে যোগের থেকে প্রিয় কিছুই নেই। রাজন শয্যা ত্যাগ করে ভূমি গ্রহণ করে নিদ্রাতুর হলেন।

একদন্ত স্নান সেরে মন্দিরে ঢুকেই দেখলেন মন্দিরে এক অনিন্দ্য সুন্দর ঘ্রাণ ম-ম করছে। এ গন্ধ একদন্ত চেনে, এ গন্ধ দিব্য। একদন্ত এগিয়ে যায় দেবী মূর্তির দিকে। মূর্তি এখন ফাটলে পরিপূর্ণ ...একদন্ত ভয় পেয়ে যায়। দেবী দ্রাক্ষানী যে শক্তির প্রতীক, তিনি গৌরী আবার তিনিই কালী।মায়ের রূদ্র রূপ তিনি। মহাকালের সহধর্মিনী তিনি। তবে কি দেবী মূর্তি থেকে বাইরে এসেছেন? কিন্তু সেটা কি করে সম্ভব? দেবী মূর্তি যে রক্তে অপবিত্র হয়ে আছে এত বৎসর ধরে। কোনভাবেই এটা হওয়া উচিত নয়। জন্মেজয়কে রাজন তাড়িয়ে দিয়েছেন। সে বাদে এমন কে সিদ্ধ সাধক আছে যে দেবীকে শুদ্ধ করবে? রাজন ইন্দ্রাশিস? সে কি করে সম্ভব? ইন্দ্রাশিসকে একদন্ত নিজের হাতে প্রতিপালন করেছে। একদন্ত জানে ইন্দ্রাশিস এমনিতে শান্ত প্রকৃতির। বীর ,তেজী, সত্যবাদী, যুদ্ধে অদ্বিতীয়। একই সঙ্গে উদারহস্ত, বন্ধুবৎসল, গুরু ভক্ত, রাজা হিসেবে অতুলনীয়। তবে ইন্দ্রাশিসের চরিত্রে দুটি দোষ আছে। এক তার অহংকার। সে রাজ-চক্রবর্তি রাজা, দ্রাক্ষা রাজবংশর রক্ত তার ধমনীতে প্রবাহমান ... সেটা এক মুহূর্তের জন্য বিস্মৃত হতে পারেন না ইন্দ্রাশিস। কোথাও কোন পরিস্থিতিতে তার সম্মানহানি ঘটলে মুহূর্তে সেই স্থান ত্যাগ

করেন ইন্দ্রাশিস অথবা শাস্তি দেন সেই ব্যক্তিকে। দুই, ক্রোধান্বিত হলে ইন্দ্রাশিসের অগ্র পশ্চাৎ জ্ঞান থাকে না।

তার মত এক ক্ষত্রিয় রাজনের পক্ষে সম্ভব নয় অষ্টসিদ্ধি লাভ করে দেবীকে উপযুক্ত মাধ্যমে রক্তদোষ থেকে নিষ্কৃতি দেওয়া।

রাজমহিষী দেবী দ্রাক্ষানীকে রক্ত দোষ থেকে নিষ্কৃতি কিভাবে দেওয়া যায়? অনেক ভেবেও উত্তর পাইনি আমি। কালভৈরব পদে পদে আমাকে সাহায্য করেও এই বিষয়ে মুখ খুলতে চাননা। তিনি কেবল জানিয়েছেন আকাশবাণীর মধ্যেই উত্তর রয়েছে।

রাজন ইন্দ্রাশিস বললেন ঊর্মিমালাকে।

ঊর্মিমালা বলে, আপনি আমাকে খুলে বলুন স্বামীন সেদিন কি হয়েছিল। কেন আদিপরাসর শক্তি রুষ্ঠ হলেন। তাকে কি ভাবে ফেরানো সম্ভব সেটা যদি আকাশবাণীতে আছে তো আমাকে আপনি সব খুলে বলুন। দেবী কোন ভাবেই বন্দি হতে পারেন না। তিনি সনাতনী, তিনি প্রকৃতি। তাঁর লীলা বোঝা দুষ্কর। তিনি স্বয়ং আপনাকে দর্শন দিয়েছেন। তিনি কেবল চান উপযুক্ত ভক্তি দিয়ে রাজপরিবারে মানুষ তাকে আবার নতুন করে প্রতিষ্ঠা করুক। আর এই পদ্ধতি বা নিয়ম জানতে হবে আমাকে।

রাজন একে একে আকাশবাণীর সব কথা বলেন ঊর্মিকে। কারাগারের এদিকে আছেন রাজন আর ওদিকে ঊর্মিমালা। তবে আজ দুই জনের মধ্যে কোন লৌহ কপাটের বাধা কোন বাধা নয়। তাঁরা দুজন ভুল বোঝার বাইরে এসে আবার একসঙ্গে পথ চলতে তৈরি। দেবী দ্রাক্ষানীর ভৈরব রুরু দেব যেমন ফিরে এসেছেন জন্মেজয়ের মানব শরীরের খাঁচা ত্যাগ করে তেমন ইন্দ্রাশিস ও রাজার বর্ম ত্যাগ করে কেবল ঊর্মির স্বামীন হয়ে

ফিরে এসেছেন। রাজন একদন্তকে বলেছেন কৌশিকী অমাবস্যা আসন্ন। এমন সময় আসন্ন প্রসবা ঊর্মিমালাকে কারাগারে রাখা সমীচীন নয়। তার যদি কোন শারীরিক ক্ষতি হয় তাহলে বলি আটকে যাবে। তাই তাকে এবার শেষবারের মতো প্রজাদের চোখে রাজমহিষী সাজিয়ে রাজমহলে ফিরিয়ে আনা উচিত। তার যথাযত যত্ন প্রয়োজন।

একদন্ত জানে রাজন তার অধীনে। তাই ঊর্মির জন্য তিনি ভাববেন না। একদন্ত জানায় সেটাই ভালো হবে। রাজমহিষীকে রাজমহল ফিরিয়ে আনার জন্য তিনি দাসীদের পাঠাবার ব্যবস্থা করতে চাইলে রাজন জানান তিনি নিজে ফিরিয়ে আনবেন বলির জন্য বরাদ্দ রাজমহিষীকে।

রাজনের এ ধরণের কথা বলতে খুবই কষ্ট হচ্ছে তবুও তিনি একদন্তর চোখে ধূলি নিক্ষেপের জন্য এসব কটু কথা বলেন।

রাজন ঊর্মিকে কারাগারে সব কিছু জানিয়ে ফিরিয়ে আনেন রাজমহলে। ঊর্মির শরীর ভারী হয়ে এসেছে। ফিরতে ফিরতে ঊর্মি দেখে চারদিকে আয়োজন দেবীর বার্ষিক উৎসবের।

বিশাল বিশাল তামা পিতলের বাসন পরিষ্কার করে রাখা হয়েছে। বলির জন্য যে চন্দ্রহাঁস খাড়াটি ব্যবহার হয় সেটি পরিষ্কার করে রাখা আছে এক কোণে। বহুদিন পর মা দ্রাক্ষানীর মন্দির দেখতে পেয়ে ঊর্মি করজোড়ে প্রণাম করল। গুরুদেব হাজির হয়েছেন ঊর্মির মুক্তি পাবার খবর পেয়ে। ঊর্মি গুরুদেবকে প্রণাম করতে গেলে গুরু প্রতি নমস্কার জানিয়ে বললেন, আপনি কেবল রাজমহিষী নন মাতে। আপনি চৌষট্টি যোগিনীর এক যোগিনী। অধমকে পুত্রের নজরে দেখুন মাতে।

রাজন গুরুদেবকে বলেন, আপনি রাজমহিষীর সঙ্গে বসুন। আমি ব্যস্ত আছি, এখন আমাকে কুলপুরোহিতের কাছে যেতে হবে। তিনশো পঁয়ষট্টি পাঁঠা দেখে আসি।

গুরুদেব বলেন, রাজন দেবী রক্ত চান না। তিনি পরম বৈষ্ণবী। আপনি বলি প্রথা বন্ধ করে দেখুন একবার।

রাজন গুরুদেবের কথা সত্য জানলেও বাধ্য এখন অভিনয় করে যেতে। তাই গুরুদেবের দিকে ইচ্ছা করে তাচ্ছিল্যপূর্ণ হাসি দিয়ে রওনা দিলেন।

গুরুদেবকে সব কিছু ঠিক হবে এই আশ্বাস দিয়ে ঊর্মি নিজের কক্ষে ঢুকে এলো। সেই সব স্মৃতি ঘিরে এলো ঊর্মিকে কক্ষে এসে যা বিবাহের পর যে কক্ষ ওর আর রাজনের প্রেমের সাক্ষ্য বহন করছে। ঊর্মি বসে বসে ভাবতে লাগল যে আকাশবাণী রাজন শোনালেন ওকে তাতে কি এমন আছে যেটা দেবীকে ফিরিয়ে আনতে সাহায্য করবে। ঊর্মি অনেক ভেবেও কিছুতেই কিছু পেল না। মনমরা হয়ে ঊর্মির মুখ থেকে বেরিয়ে এলো খুকি তুই কই ...

ঊর্মি নিজের শরীরে একটা কচি হাতের স্পর্শ অনুভব করল। মুখ ফিরিয়ে ঊর্মি দেখল খুকি এসেছে। মা দ্রাক্ষানী খুকি রূপে আগেও ঊর্মিকে পথ দেখিয়ে এসেছেন। আজও ঊর্মি কন্যারূপী মাকে স্মরণ করতেই মা এসেছেন খুকি হয়ে।

খুকিকে কোলে তুলে নিল ঊর্মি। মাতৃত্ব ক্ষরণ হতে লাগল খুকি রূপে দেবীকে কোলে নিয়ে। কি মিষ্টি একটা গন্ধ, অনুভব ঘিরে ধরল ঊর্মিকে। খুকির মুখে লেগে আছে হলুদ রঙের কোন খাবার।

ঊর্মি বলল, খুকি কি খেয়েছ মা?

খুকি : পক্কান লে ... মা তুই বানাবি আমার জন্য? নিন্যাবতী বানিয়েছিল। অনেক দিন খাইনি।

ঊর্মির গা শিউরে ওঠে। পকান্ন ... আকাশবাণী আর রক্তশুদ্ধি ... ঊর্মি শরীর যেন হালকা হয়ে যায় আচমকাই। কোল থেকে নেমে যায় ছটপটে খুকি। ছুটে চলে যায় তার নিবাসের দিকে। ওকে ঊর্মি দেখতে পায় কিন্তু এত দাস দাসীর মাঝে যে খুকি চলে গেল কেউ দেখতে পেল না। ঊর্মির তৃতীয় নয়ন উন্মুক্ত হয়, ঊর্মি দেখে

যোগবলে পকান্ন তৈরি করছে দেবী নিন্যাবতী। মায়ের মুখে হাসি ফুটে উঠেছে প্রিয় পকান্ন নির্মাণের সুগন্ধে।

এরই মাঝে ঊর্মি দেখে ওই মন্দিরের তলদেশে লুকায়িত লুরনির স্রোত থেকে একে একে বেরিয়ে আসছে সাদা নরকঙ্কাল। যাদের মস্তক নেই, কেবল ধর আছে। তারা অমাবস্যার নিকষ অন্ধকারে ও সারা মন্দির চত্বর ঘিরে ফেলেছে।মনে হচ্ছে যেন সাদা ফুলে ফুলে ঘিরে গেছে বলিপীঠ। ঊর্মি ঘেমে ওঠে। চোখ খুলে ফেলে।

আগামীদিনে কি ঘটনা ঘটবে তা দেখতে সক্ষম ঊর্মি। কিন্তু সে রাজন ইন্দ্রাশিসের রাজমহিষী হয়ে এই লড়াই লড়তে চায়। চৌষট্টি যোগিনীর শক্তি থাকলেও সেই শক্তি ব্যবহার করে পাপের বিরুদ্ধে এ লড়াই ঊর্মি জিততে চায়না।

একদন্ত এতগুলি বৎসর ধরে নরবলি দিয়ে দেবীকে আটকে রেখেছেন মূর্তিতে। আর বলি যাওয়া রাজমহিষীদের মৃত শরীরে যৌনাচার করে বেঁচে থেকেছেন কেবল মাত্র তাই নয়। একদন্ত প্রচুর শক্তির উৎস নিজের মধ্যে পুঞ্জীভূত করেছেন।

সেই শক্তি সে নিশ্চিত ব্যবহার করবে যখন জানতে পারবে যে রাজন তার বশীভূত নন। দেবী দ্রাক্ষানীকে কৌশিকী অমাবস্যাতে পুনঃ স্থাপনা করা হবে পকান্ন ভোগে। ঊর্মিমালাকে বলি দেওয়া হবে না। অমরত্ব পাবার শেষ পর্যায়ে এসে এত সহজে মেনে নেবেন না একদন্ত নিজের হারকে।

ঊর্মি রাজনকে জানাল মা দ্রাক্ষানীকে সন্তুষ্ট করে আবার রাজনের কুলদেবী করে প্রতিষ্ঠা করার উপায়। রাজন বললেন যে এমন কী ব্যাপার। পকান্ন ভোগ দিয়ে তিনি মন্দিরের চাতাল ভর্তি করে দেবেন। ঊর্মি বলল, আগেই আপনাকে কালভৈরব জন্মেজয় রূপে

বুঝিয়ে গেছেন যে দেবতা কিছুই ভক্ষণ করেন না। তিনি কেবল ভক্তের ভক্তিকে ভক্ষণ করেন। পকান্ন কেবল বানাবে রাজমহিষী, নিজের কন্যাকে খাওয়াতে গেলে যতটা যত্ন ও স্নেহ দিয়ে তিনি বানাতেন। ততটাই আবেগ দিয়ে একটা কন্যা শিশু যতটা খেতে পারবে ততটাই বানাতে হবে। রাজকীয় অহংকার দিয়ে দেবী কোনকালে তুষ্ট হননা। নিজের পিতা দক্ষকে তিনি ক্ষমা করেননি অহংকার প্রদর্শন করার জন্য তো ভাবেন কি করে তিনি আপনার রাজকীয় ছাপ্পান্ন ভোগের আশায় থাকেন। তিনি বেছে নিয়েছেন আমাকে। আমার শ্বশুরকূলের নারীদের। তাঁদের মা মনে করেন মা দ্রাক্ষানী, আর নিজেকে শিশু।

রাজন বললেন বেশ তাই হোক না হয়। অতি গোপনে কন্যার জন্য পকান্ন রন্ধন করে ঠিক সময়ে ভোগ নিবেদন করবে তুমি ঊর্মি। আর আমি নিজে এবার পুজোয় বসব। দেখি একদন্তর কুটিলতা জেতে না আমাদের ভক্তি।

ঊর্মি : রাজন আপনার কুলদেবী সতীর অংশ। তিনি দ্রাক্ষা কন্যা। আর ব্রহ্মার পুত্র দক্ষ প্রজাপতি, সেই দক্ষের অসংখ্য কন্যা। তাদের মধ্যে সতী একজন। রূপে গুণে অতুলনীয়া। ব্রহ্মা চিন্তা করলেন—শিবের সঙ্গে তার বিয়ে দেবেন।

রাজন : তারপর যেমন ভাবা তেমন কাজ। ব্রহ্মা দক্ষকে বললেন—তার মনের কথা।

দক্ষ বললেন, হে পিতা, আপনি যখন বলছেন, তাহলে কোনো চিন্তা নেই। কিন্তু পাত্রের গুণ, কুল, বিদ্যা, রূপ এসব তো দেখতে হবে? বিশেষ করে দাতা কিম্বা গ্রহীতার চরিত্র না দেখে কন্যা সমর্পণ করা যায় না। আপনি শঙ্করের পরিচয় আমার কাছে বলুন।

ব্রহ্মা বললেন, তিনি পঞ্চানন আবার তার সহস্র রূপ। সাধারণত ত্রিনেত্র। কখন কখন শত সহস্রও হয়। শশধরের মতো তার বর্ণ।

কখনও নীলবর্ণ আবার কখনও কমলবর্ণও হয়, কখন কী যে ভাবেন বোঝা যায় না। তাঁর বিদ্যা জানতে এমন কেউ নেই সে তা জানতে পারে। চারিবেদ তার সীমা দিতে পারে না। তাঁর গোত্রের কোনো ঠিক নেই। সবার ঈশ্বর তিনি, তিনি সিদ্ধিদাতা, মুক্তিদাতা, তিনি সৃষ্টি করেন আবার তিনি অন্তিম সংহার করেন। দিবানিশি শ্মশানে ঘোরেন।

শিবের চরিত্রের কিছু বললাম। আমি মনে করি সতীর উপযুক্ত হবেন।

ব্রহ্মার মুখে পাত্রের এমন পরিচয় পেয়ে দক্ষ বিস্মিত হয়ে বললেন—শিবের মধ্যে বর হবার কোনো লক্ষণ দেখতে পাচ্ছি না। সতীর রূপের তুলনা হয় না। সব ক্রিয়াকাণ্ডের বাইরে শিব। তার হাতে কন্যা দান করা অসম্ভব। আমার কন্যা কখনই শ্মশানবাসী হতে পারবে না।

আমি রাজা আর আমার জামাই ভিখারী?

দক্ষের কথায় ব্রহ্মা দুঃখিত হয়ে বললেন, সকল জীবের পরম ঈশ্বর শিব, সকল দেবতার থেকে তিনি প্রবীণ, তিনি নির্গুণ হয়েও সগুণ, তার সমান পাত্র জগতে দ্বিতীয় কেউ নেই।

ব্রহ্মার মুখে এমন কথা শুনে দক্ষ বললেন—হে পিতা, আমি আমার সতীকে আপনার হাতেই তুলে দিলাম। তারপর আপনি আপনার ইচ্ছামতো যার হাতে তাকে তুলে দিন।

এই কথা বলে দক্ষ সতীকে এনে ব্রহ্মার হাতে তুলে দিলেন। ব্রহ্মা সতীকে নিয়ে হিমালয়ে চলে গেলেন। তারপর তিনি সকল দেবতাদের স্মরণ করতে সবাই উপস্থিত হলেন সেখানে। তারপর গন্ধর্ব, চারণ, সিদ্ধগণ ও সপ্তর্ষিকেও স্মরণ করে আনা হল। সপ্তর্ষি বেদমন্ত্র উচ্চারণ করলেন। ব্রহ্মা শিবের হাতে সতীকে সম্প্রদান করলেন। নৃত্য গীতে সবাই আনন্দ উপভোগ করলেন। দেবতারা শিব-সতীর মাথায় পুষ্পবৃষ্টি করলেন।

সকলকে প্রস্থান করিয়ে ব্রহ্মা আপন পুরীতে চলে গেলেন। দেবতারাও চলে গেলেন। শিবকে পতিরূপে পেয়ে সতীর খুব আনন্দ। একসময় ব্রহ্মা বিষ্ণু সহ সকল দেবতাগণ শিব-সতাঁকে দর্শনের জন্য গেলেন। দক্ষও গেলেন কন্যা-জামাতাকে দেখতে। সতী সবাইকে দেখে আনন্দিত হলেন এবং সবাইকে সমান সম্মান দিলেন।

সবাই খুশি, কিন্তু দক্ষ অপমানিত বোধ করলেন। তিনি শিবের শ্বশুর আর তাকেও কিনা সমান সম্মান।

দেবী সতী, পরমাত্মা স্বরূপিণী হন, তার দৃষ্টি সবার প্রতি সমান, দক্ষ শিবের তত্ত্ব না জেনে কন্যা জামাতা জ্ঞান করলেন। তাই অপমানিত বোধ করে চলে গেলেন।

একদিন দক্ষ এক মহাযজ্ঞের আয়োজন করলেন, সেখানে সকল দেবতা এসে হাজির হলেন, কেবল শিব ও সতীকে তিনি ডাকলেন না।

মহাযজ্ঞের ধূম আকাশে উঠল, সতী বললেন, কে এই যজ্ঞ করছেন। শিবহীন যজ্ঞ হয়ে কেমন করে, আমার পিতা বড়ই মূর্খ।

শিব বললেন, সকল দেবতা যজ্ঞস্থলে উপস্থিত, তাঁরা যজ্ঞাংশ ভক্ষণ করবেন, তাতেই আমি মুগ্ধ।

দেবী বললেন, পিতা-মাতার চরণ দর্শন করতে আমি পিতৃগৃহে যাব। তুমি অনুমতি দাও। বাবা কেন শিবহীন যজ্ঞ করেছেন আমি জানবো।

শিব বললেন, সতী বিনা নিমন্ত্রণে যাওয়া উচিত নয়। আমাদের আমন্ত্রণ নেই। না যাওয়াই ভালো।

দেবী বললেন, মেয়ে বাপের বাড়ি যাবে সেখানে আমন্ত্রণের কি প্রয়োজন?

সতীর উৎসাহ দেখে শিব বললেন, দেবী আমার আদেশ উপেক্ষা কোরো না। বিনা নিমন্ত্রণে গেলে অপমানিত হতে হবে।

ঊর্মি : আমাদের সাধারণ মানুষের মতোই পিতার ঘরে যাবার আকাঙ্ক্ষা নিয়ে সতী শিবের আপত্তি দেখে খুব রেগে গিয়ে বললেন, আমি কেন যাব না? দেখে নাও আমি কে?

এই কথা বলে দেবী দশমহাবিদ্যা রূপ দেখালেন শিবকে। কালী, তারা, ষোড়শী ভুবনেশ্বরী, ভৈরবী, ছিন্নমস্তা, ধূমাবতী, গলামুখী, মাতঙ্গী ও বগলা।

শিব এই রূপ দেখে ভয় পেয়ে গেলেন। তার পর দেবী তার নিজরূপে ফিরে আসলে শিব বললেন,— আমি তোমাকে চিনতে পারিনি। তুমি যজ্ঞে যাও তবে তাড়াতাড়ি ফিরে এস।

দেবী গেলেন, ব্রহ্মাদি দেবতাগণ সবাই তার চরণ বন্দনা করলেন। কিন্তু দক্ষ অনাহুত সতীকে দেখে রাগে বলতে লাগলেন—শ্মশান-বাসী শিবের ভার্য্যা এখানে এসেছে। যজ্ঞস্থল অপবিত্র হল। বিনা নিমন্ত্রণে এল, এর কি কোনো লজ্জা নেই?

দক্ষের এমন কথা শুনে ব্রহ্মা বললেন, তিষ্ঠ পাপিষ্ঠ দক্ষ, শিবের ঘরণী সতীকে তুমি চিনতে পারনি।

দেবী জগৎ-জননী আদ্যাশক্তি, এঁর থেকেই সৃষ্টি ত্রিভুবন। আর শিবকে চিনবে কেমন করে আমিও চিনতে পারিনি তাঁকে।

রাজন : দধীচি বললেন, হে দক্ষ, ব্রহ্মা তোমার পিতা, তুমি পিতার কথা লঙ্ঘন করো না। তাতে ধর্মাবৃদ্ধি পাবে। শিব রেগে গেলে তোমার যজ্ঞ ধ্বংস হবে।

তাদের কথা শুনে দক্ষ বললেন, যে শ্মশানে-মশানে ঘোরে, তাকে হবি দান করতে পারবো না, শিব রেগে গেলে কি ক্ষতি করবে আমার? আমার আজ্ঞাবহ দেবতাদের আমি হবি দান করব।

দধীচি মুনি রেগে আবার বললেন—ব্রহ্মা, বিষ্ণু আর সকল দেবতাগণ এঁরা যতই থাকুন, শিব রেগে গেলে এই যজ্ঞ কেউ রক্ষা করতে পারবে না। তার থেকেই সৃষ্টি আর শেষ, যেজন শিব নিন্দা করবে তার জীবন সুখকর হবে না। হে দক্ষ, তুমি রুদ্রের উপর হিংসা করলে, তোমার মঙ্গল হবে না।

তারপর ব্রহ্মাও অনেক বোঝালেন দক্ষকে, কিন্তু দক্ষ রেগে শিব নিন্দা করতে ছাড়লেন না। বললেন, শিবের চরিত্র আমার জানা

আছে, শ্মশানে-মশানে থাকে, ভাঙ ধূতরা খায়, লজ্জাহীন উলঙ্গ, গায়ে তেল নেই, ছাই মাখে, কোন বেশভূষা নেই, মাথা জটা আর তার অনুচররা সকলেই ভূত প্রেতের দল।

দক্ষের মুখে এমন শিবের নিন্দা শুনে উপস্থিত সকল দেবতাগণ দুঃখিত হয়ে কানে আঙ্গুল দিলেন।

সতী নিজের কানে পতি নিন্দা শুনে মহারুষ্ট হলেন, তিনি পিতাকে বললেন, আজ পর্যন্ত কেউ শিবের নিন্দা করেনি। তুমি তাই করলে। তুমি যেহেতু মহেশ্বরের বদনাম করলে, তাই তোমার কুল নষ্ট।

এইভাবে দক্ষকে ভর্ৎসনা করলেন সতী এবং নিজের প্রাণবায়ু রোধ করে যজ্ঞস্থলে মৃত্যুবরণ করেন।

ঊর্মি : শিব অন্তর্যামী তাই তিনি কৈলাসে থেকেও সতীর দেহত্যাগের কথা জানতে পারলেন। তিনি মহাক্রুদ্ধ হলেন, তার চোখ দিয়ে আগুন বেরোতে লাগল। শঙ্করের গাত্ররোম থেকে অতি ভয়ঙ্কর এক মহাবীরের সৃষ্টি হল। তার হাজার হাজার হাত, হাজার হাজার চোখ, হাতে শূল, গদা, চক্র বজ্র, দগর করে আছে, সিংহের মতই তার বিক্রম।

শিবরোম জাত সেই বীর শিবকে বললেন, হে মহেশ্বর, আমাকে সৃষ্টি করলেন কেন? আমাকে কী করতে হবে।

শিব বললেন, যেহেতু তোমার জন্ম আমার ক্রোধ থেকে, তাই তোমার নাম বীরভদ্র। তুমি তাড়াতাড়ি দক্ষের যজ্ঞাগারে যাও, ধ্বংস করে এস যজ্ঞ। তোমার সাহায্যের জন্য যাকে খুশি সৃষ্টি করে নেবে।

রুদ্রের কৃপায় বীরভদ্র নিজের মনে ক্রোধের সৃষ্টি করে দেবী ভদ্রকালীকে সৃজন করলেন।

মহেশ্বর তখন দুজনকেই আশীর্বাদ করলেন।

তারা সঙ্গে নিলেন অসংখ্য প্রমথগণকে। তারপর তারা যজ্ঞাগারে উপস্থিত হল। হরিদ্বারের কাছে। কখল নামে এক স্থানে দক্ষের যজ্ঞ-স্থল, সেই যজ্ঞাগারের উত্তরদ্বারে দাঁড়াল বীরভদ্র আর দক্ষিণদ্বারে দাঁড়াল ভদ্রকালী।

তাঁদের দেখে দেবতারা বুঝতে পারেন, যজ্ঞস্থল এক্ষুনি ধ্বংস হবে। প্রমুখ ধর্মরাজ ও বীরভদ্রের মধ্যে যুদ্ধ বাধল। ধর্মরাজকে পরাস্ত করে বীরভদ্র ঢুকলেন যজ্ঞাগারে। সকল দেবতাগণ তাকে বাধা, দেওয়ার চেষ্টা করেন। ভয়ঙ্কর যুদ্ধ বাধল, আহত হয়ে দেবতারা পিছু হঠতে বাধ্য হলেন। প্রমথগণ যেখানে যজ্ঞযুদ্ধে গচ্ছিত হচ্ছিল সেখানে গিয়ে উপদ্রব শুরু করল। তখন সেই যজ্ঞের পুরোহিতগণ ভয়ে পালাল এবং তারা নারায়ণের শরণাপন্ন হলেন।

নারায়ণ যুদ্ধ করে বসেছিলেন, পরে তিনি উঠলেন অস্ত্র-শস্ত্র নিয়ে মারলেন বীরভদ্রের উপর। বীরভদ্রের গায়ে লেগে সব অস্ত্র মাটিতে পড়ে গেল। বহুক্ষণ যুদ্ধ করলেন নারায়ণ, যত অস্ত্র মারেন, শিবের প্রসাদে সব অস্ত্রই ব্যর্থ করে দেন বীরভদ্র। বীরভদ্রকে দমন করতে না পেরে হরি নাক দিয়ে বীরভদ্রকে ধারণ করে ভূমির উপর ফেলে বাহু আর উরুর দ্বারা শোষণ করতে লাগলেন। তার ফলে বীরভদ্র রক্তবমি করল। সেই রক্তের সঙ্গে একটি চক্র বের হল। শ্রীহরি সেই চক্রটি নিয়ে বীরভদ্রকে ছেড়ে দিলেন।

এমন সময় মহেশ্বর ক্রোধান্বিত হয়ে যজ্ঞস্থলে উপস্থিত হলেন। বীরভদ্র তাকে দেখে তার শরণ নিলেন। বীরভদ্রের রক্তমাখা শরীর দেখে মহাদেব ক্রুদ্ধ হন। তিনি নিজে যজ্ঞের মধ্যস্থলে গিয়ে সব লন্ডভন্ড করে দিলেন। রুদ্রের সেই ভয়ঙ্কর মূর্তি দেখে ভগবান শ্রীহরি ভয় পেয়ে সেই স্থান ছেড়ে কুজাম্রকাননে আশ্রয় নেন। দেবতারা ভয়ে, যেদিকে পারলেন চলে গেলেন।

এইসব দৃশ্য দেখে প্রজাপতি দক্ষ ভাবলেন। শিবকে অপমান করার জন্যই এইসব হল। অপমানিত হয়ে সকল নিমন্ত্রিতগণ চলে গেলেন। পুণ্যের জন্য যজ্ঞ করেছিলাম, পেলাম যা পাবার ছিল।

শিবের অনুচরেরা মহর্ষিগণকে মারতে লাগলেন, তখন মহর্ষিগণ বীরভদ্রের স্তব করলেন। তবুও বীরভদ্র শান্ত হল না। তিনি দক্ষের মাথায় আঘাত করলো এবং সঙ্গে সঙ্গে দক্ষের মাথা ছিন্ন হয়ে গেল।

যারা যজ্ঞ করলেন তারাই মারা গেলেন। তাই সকলেই ভয়ে পালিয়ে যাওয়ার চেষ্টা করলেন। দ্বারের কাছে ভদ্রকালী ও প্রমথেরা ছিল। যারা পালাতে চেষ্টা করছিল তাদেরকে তারা বধ করেছিল। তখন উপায় না দেখে দেবতাগণ পাখির রূপ ধরে যজ্ঞস্থল ছেড়ে পালিয়ে গেলেন। ব্রহ্মা মুক্ত রূপ ধরে পালাবার চেষ্টা করলে শিব তাঁকে ধরে ফেলেন। কোন উপায় না দেখে ব্রহ্মা রুদ্রের স্তব-স্তুতি করলেন। শিব তুষ্ট হয়ে ব্রহ্মাকে বললেন, বল কি চাই?

ব্রহ্মা বললেন, দক্ষকে বাঁচিয়ে দিন এবং যাঁরা যাঁরা এই যুদ্ধে মারা গেছেন তাঁদের প্রত্যেকের প্রাণ দান করুন।

মহেশ্বর বললেন, এখানে যজ্ঞে যে পশুকে বলি প্রদত্ত করা হয়েছে, সেই পশুর মাথা দক্ষের কাঁধে যুক্ত করে দিলে সে বেঁচে উঠবে, আর হে ব্রহ্মা, তোমার কমণ্ডলুর জল সবার গায়ে ছড়িয়ে ছিটিয়ে দিলে সবাই প্রাণ ফিরে পাবে।

শিবের কথা তো ব্রহ্মা ছাগলের মস্তক দক্ষের কাঁধে যোগ করলেন। তারপর তিনি কমণ্ডুলর জল ছড়িয়ে দিলেন চারদিকে, সকলেই বেঁচে উঠলেন। দক্ষ তখন শিবকে বললেন, এই যজ্ঞে আপনাকে নিমন্ত্রণ না করার ফল আমি পেলাম। এই কথা বলে দক্ষ অর্কত্রের সঙ্গে শিবকে হবি দান করলেন।

সকল দেবতারা শিবের স্তব-স্তুতি করলেন, রুদ্রদেব বীরভদ্রকে সংবরণ করলেন।

রাজন : বীরভদ্র ও আছেন আমাদের সহায় আর দেবী দ্রাক্ষা-নীও আছেন। আমাদের এখন যুদ্ধের জন্য প্রস্তুত হতে হবে। রাত পেরিয়ে কৌশিকী অমাবস্যা।

ঊর্মির মা মুগ্ধা দুটো দিন ধরে সমানে কেঁদেই চলেছে। মুখে সে এককনা অন্ন পর্যন্ত দেয়নি। নিজের জামাতা রাজন ইন্দ্রাশিসকে গাল অভিশাপ দিয়ে দিয়ে শান্তি পাবার বৃথা চেষ্টা করে চলেছে মুগ্ধা। উদ্ভব চাষা বউকে বুঝিয়ে পারেনা যে এটাই ভবিতব্য। আর নতুন কিছু তো নয় এটা। উদ্ভবের বাপ ঠাকুর্দা সকলেই বছর বছর রাজমহিষী আসতে দেখেছে আবার তাদের মরতেও দেখেছে। এই সাম্রাজ্যের কণা কণা সেই হতভাগী রাজমহিষীদের যন্ত্রনায় মোড়া। মুগ্ধা বলে, পেটেরটার কথা ভাববে না তা বলে রাজন? সে তো রাজরক্ত? সে তো রাজার ঔরসজাত সন্তান, তাও প্রথম সন্তান। ঊর্মিকে এত ভালোবেসে, এতটা কাছে টেনে কেন দূরে ঠেলে দিলেন রাজা ঊর্মিকে! জানে না ঊর্মি। জানার অধিকারটুকুও নেই। মেয়ের জীবনের অন্তিম সময়ের কথা ভেবে শিউরে শিউরে উঠছে মুগ্ধা। এদিকে সাম্রাজ্যের চারদিকে উৎসবের মেজাজ। আজ কুলদেবী মা দ্রাক্ষানীর পুজো। সাম্রাজ্যের চারদিকে মানুষের ঢল। সেজে উঠছে রাজমহল ও মন্দির। চাড়ালরা তৈরি রাজমহিষীর রক্তে নিজেদের সিক্ত করতে। তারা ব্যস্ত সোমরসে নিজেদের গলা ভিজিয়ে নিতে।

এদিকে একদন্ত নিজের তীক্ষ্ণ দৃষ্টি দিয়ে রেখেছে অন্তিম শিকার ঊর্মির দিকে। রাত্রির মধ্য যামিনীতেই দেবী দ্রাক্ষানীকে চিরকালের জন্য সুপ্ত করে দিতে হবে এই রোহিনী নক্ষত্রজাতার বলিদান করে। একদন্ত ব্যস্ত ছিল পুজোর জোগারে। আজই শেষ দিন যখন একদন্ত দেবীর সামনে নত হয়ে পুজো করবে। কালকের প্রভাত একমাত্র অমর মৃত্যুঞ্জয়ী একদন্তর জন্য তোলা আছে। যেখানে না থাকবে দেবী দ্রাক্ষানী, না থাকবে রাজন ইন্দ্রাশিস। জন্মেজয়কে দণ্ডক বনে খুঁজে পায়নি সেনা এটাই একটা কিন্তু থেকে গেছে একদন্তর। সে আবার এসে নতুন করে হাঙ্গামা না করে। একদন্ত আরাত্রিকার জোগাড় করতে করতে রাজমহিষী বলির জন্য যে খড়্গ ব্যবহার হয়

সেটিতে কামাড়কে দিয়ে সান দেওয়া দেখছিল। এমন সময় সকলকে অবাক করে সেখানে উপস্থিত হলো সস্ত্রীক রাজন ইন্দ্রাশিস। তার পরনে রেশমের পোশাক, অঙ্গে মুক্তোর গয়না। রাজমহিষী ঊর্মিমালা সজ্জিতা রেশমের লাল রঙের শাড়িতে। তার খোলা চুল লুটাচ্ছে মন্দিরের মেঝেতে। বহুকাল আগের বিস্মৃত স্মৃতি নিন্যাবতীর মুখটা মনে পড়ে গেল একদন্তর। ঊর্মিমালা আর নিন্যাবতী যেন মিলমিশে একাকার হয়ে গেছে। মনের মধ্যে একটা অশনি সঙ্কেত উঁকি দিয়ে গেল একদন্তর। আর এটাও বিস্ময়কর যে এত বছরে কেউ কোনদিন দেখেনি যে যাকে বেলা পেরিয়ে বলি দেওয়া হবে সে স্বইচ্ছায় সাজসজ্জা করে মন্দিরে এসেছে। রাজনের সঙ্গে রাজমহিষী এমন ভাবে হাসিখুশি এলো যে একদন্তর মনেই এখন সংশয় সৃষ্টি হচ্ছে।

একদন্ত রাজন ও ঊর্মির মনস্থিতি বুঝতে চেয়ে বললেন, রাজন দেবী উর্মিমালাকে এখন মন্দিরে কেন আনলেন? আসন্ন মৃত্যু সকলের মনেই ভীতির সৃষ্টি করে। উনি পূর্ণগর্ভাবস্থায় আছেন এবং আজ দেবীর চরণে নিবেদিত হবেন। এমন অবস্থায় ওঁকে এখানে না আনাই সমীচীন। চোখের সামনে নিজের বলির অস্ত্র শান দিতে দেখে কি উনি সহ্য করতে পারবেন?

রাজন বললেন, উর্মিমালা নিজেই আসতে চাইল। আর দেবী দর্শনে আমি কাউকে বাধা দিয়ে পাপ বৃদ্ধি করতে চাইনা।

ঊর্মি : আপনি কুণ্ঠিত হবেন না কুলপুরোহিত মহাশয়। আমি মনে করি দেবী দ্রাক্ষানী পরম করুণাময়ী। তিনি যা করেন ভালোর জন্যই করেন। তিনি যদি চান তবেই প্রানের সঞ্চার হয়। তিনি চাইলে তবেই প্রাণহানি হয়। মাতৃকার ইচ্ছায় জগৎ সংসার চলে। আপনি, আমি, রাজন তো অছি মাত্র। আমার ভিতরে প্রাণ যে সঞ্চার করেছে, সেই সময় হলে কেড়ে নেবেন। কোন জীব এ দাবি করতে পারেনা যে তার জন্য নির্ধারিত আয়ু আসলেই কত। আমি মৃত্যুর কাছে পরাজিত না। রিপুকে জয় করে ফেলে যে সে জন্ম মৃত্যুর

জটিলতা থেকে মুক্ত হয়ে যায়। আমার কাছে ধ্রুব সত্য আদিপরাসর শক্তি ও তার ভৈরব। আর কিছু আমি ভাবি না। আজ রাত্রে সঠিক সময়ে আমি নিজেই উপস্থিত হয়ে যাবো। আপনি এই নিয়ে মনে কোন দ্বিধা রাখবেন না।

একদন্ত : বেশ তাই ভালো। আপনি যান ভিতরে মাকে প্রণাম করে আসুন। তবে হ্যাঁ এ মন্দিরে কেবল আছেন দেবী দ্রাক্ষানী, কোন ভৈরব নেই ওঁর।

রাজন জানেন ঊর্মির মুখনিঃসৃত প্রত্যেকটি কথাই কি অর্থ বহন করে। একদন্ত বিশেষ পাত্তা দেয়না। রাজন জানেন মন্দিরের গুপ্ত কক্ষে আছেন জন্মেজয়ের প্রস্তরীভূত শরীর যা স্বয়ং কালভৈরবের আধার। অষ্টসিদ্ধ সাধক রাজচক্রবর্তি রাজন ইন্দ্রাশিস ও যোগিনী ঊর্মিমালার তপ ও ভক্তি দেবীকে তুষ্ট করেছে। বিশেষ তিথি আগমনে দেবী প্রকট হবেন নিজে। আর নিজ হস্তে পাপের সংহার করবেন। কোন অশুভ শক্তি তাকে ঠেকাতে পারবে না আজ। তাই সব কিছু সুষ্ঠ ভাবে নিষ্পত্তির জন্য রাজন সেটাই করে যাচ্ছেন যেটা একদন্ত দেখে স্বাভাবিক মনে করবে।

ঊর্মিমালা গর্ভগৃহে প্রবেশ করে। দেবী মূর্তির সূক্ষ্ম ফাটল রাজন ও ঊর্মি দেখতে পায় স্পষ্ট কিন্তু একদন্তর কুটিলতা ভরা দুটো চোখ তা দেখতে অক্ষম।

ঊর্মি দেবীর চরণে হরিদ্রা চর্চিত করে। তারপর একটি পুষ্প মালা দেবীর গলায় পরিয়ে দিয়ে নিষ্ঠা ভরে উচ্চারণ করে দেবীর বন্দনা ....

"মেঘাঙ্গীং বিগতাম্বরাং শবশিবারূঢ়াং ত্রিনেত্রাং পরম্, কর্ণা-লম্বিত শবযুগ্মভয়দাং মুণ্ডস্রজাং মালিনীং।।বামাধোর্ধ্ব করাম্বুজে নরশিরঃ খড়্গঞ্চ সব্যেতরে।দানাভীতি বিমুক্তকেশনিচয়াং বন্দে সদা কালিকাম্।।

ঊর্মির চোখ বন্ধ। ভক্তির ভাবে সে বিভোর। রাজন দেখেন দেবীর মূর্তির মধ্যে চক্ষু যেন জীবন্ত হয়ে উঠেছে। রাজন শিহরিত হন কুলদেবীর ত্রিনয়ন স্বচক্ষে দর্শন করে। মনে মনে রাজন দেবীকে ডাকেন। দেবীকে রাজন প্রার্থনা করেন যেন উচিত সময়ে তিনি আবির্ভূতা হয়ে ঊর্মির সঙ্গে সঙ্গে তিনশ পঁয়ষট্টিটি ছাগ শিশুর জীবন ও রক্ষা করেন। এদিকে নিশ্চই ঊর্মির মাও কেঁদে কেঁদে সারা হচ্ছে মেয়ের আসন্ন মৃত্যুর কথা ভেবে।

ঊর্মিমালা গোপনে একটি মাটির খুড়িতে তার কন্যাসম দেবী দ্রা-ক্ষানীর জন্য পকান্ন রন্ধন করে। গব্য ঘৃত দ্বারা নির্মিত হয় দেবীর পছন্দের ভোগ। সেই ভোগ গুরুদেবের হাতে তুলে দেয় ঊর্মিমালা। সন্ধ্যা হয়ে আসছে। ভেড়ি ডোমরুর নিনাদ ভেসে আসছে। এখন ঊর্মিকে একদন্ত বলির জন্য তৈরি করতে আদেশ দেবে দাসীদের। রাজন লাল রেশমের পট্টবস্ত্রে তৈরি পাপের সংহার করতে। একদন্ত দেখ সে যেমনটা চেয়েছিল তেমনটাই ঘটছে। কোন অন্যথা হয়নি। গুরুদেব মায়ের মন্দিরে প্রবেশ করে পকান্নর খুপরি নিয়ে। পাঁচ মনের পকান্ন ভোগের স্থানে আজ এক মুষ্টি পকান্ন রেঁধেছে রাজমহিষী ঊর্মিমালা। কিন্তু দেবীর অমৃত ভক্ষনের জন্য এক কণা পকান্নও যথেষ্ট।

দেবীর কাছে হাউহাউ করে কাঁদতে কাঁদতে দেবীর মুখে পকান্ন তুলে দেন গুরুদেব।

গুরুদেব উচ্চারিত করেন মন্ত্র আর ভোগ নিবেদন করেন দেবীকে ....

এতে গন্ধপুষ্পে হুঃ বাং বটুকায় নমঃ,—এন সমাংসরুধিরবলিঃ হ্রুং বাং বটুকায় নমঃ। এতে গন্ধপুষ্পে তুং যাং যোগিনীভ্যো নমঃ,-এষ সমাংসরুপিরবলিঃ হ্রুং যাং যোগিনীভ্যো নমঃ। এতে গন্ধপুষ্পে হুং ক্ষাং ক্ষেত্রপালায় নমঃ,-এধ সমাংকুধিরবগিঃ তুং ক্ষাং ক্ষেত্রপালায় নমঃ। এতে গন্ধপুঙ্গে "হুং গাং গণপতয়ে নমঃ,—এন সমাংসরুধিরবলিঃ হ্রুং গাং গণপতয়ে নমঃ - ওঁ ঐং হ্রীং শ্রীং কৌশিকীরুপিবেণাপ্যায়তাম্।

গর্ভগৃহে এখন গুরুদেব ও দেবী ছাড়া কেউ উপস্থিত নেই। একদন্ত ব্যস্ত আছে বলির আয়োজন দেখতে। এবারের নরবলির যোগ অগ্রে ও পশুবলি তার পশ্চাতে হবে। দেবীর মূর্তিকে চির কলুষিত করে দেবে একদন্ত ঊর্মির রক্তে। তারপর সেই দেহ নিয়ে একদন্ত চলে যাবে লুরনি ঝর্ণার পাশের গুহায়। গুহায় শেষ শব সঙ্গম করে চির অমরত্ব লাভ করে ফিরে আসবে একদন্ত। রাজনকে তিনশো পঁয়যট্টি ছাগবলির দায়িত্বে ব্যস্ত রেখে সিদ্ধি লাভ করে ফেলবে একদন্ত। তারপর আর কি অমর একদন্ত ফিরে এসে ধ্বংস করবে রাজন, তার দেবীর মন্দির ও এই সাম্রাজ্যকে। কারো ক্ষমতা থাকবে না অবিনশ্বর একদন্তকে আটকাবার। রাজনকে আগেই জানিয়ে দিয়েছে একদন্ত যে এবারে নরবলি আগে হবে। সেই মত প্রস্তুতি তুঙ্গে। চাড়ালদের দল দাঁড়িয়ে আছে রাজমহিষীর বলিপ্রাপ্ত দেহ নিয়ে উদ্দোম নৃত্যের জন্য। প্রজারা ভীড় জমিয়েছে মন্দির এলাকায়। গাছে উঠে গেছে ছেলে ছোকরার দল এত ভিড়ে বলি স্পষ্ট করে দেখার জন্য। সোনার হাড়িকাঠ তার লকলকে জিহ্বা নিয়ে অপেক্ষায় নারী রক্তে সিক্ত হবার জন্য। যজ্ঞ কুন্ড সাজানো হয়েছে। বেল কাঠ ও ঘি দিয়ে তৈরি যজ্ঞকুন্ড তৈরি হয়ে গেছে রাজমহিষীর কর্তন করা মুন্ড আহুতি পেতে। এদিকে পকান্ন ভোগে তৃপ্ত দেবী মূর্তিতে অপেক্ষমান। গুপ্ত কক্ষে বিরাজমান স্বয়ং কালভৈরব রুরু। একজন অপেক্ষায় আছে নক্ষত্রর ব্রহ্মহমুহূর্তের।

এদিকে দৈব শক্তি অপেক্ষায় আছে কৌশিকী অমাবস্যার চরম মুহূর্তের। একদন্ত সেনাকে নির্দেশ দেয় যাতে কোনভাবেই রাজমহিষীর চাষা বাপ মাকে মন্দির চত্বরে প্রবেশ অনুমতি না দেওয়া হয়। মুগ্ধা ও উদ্ভব অনেক কাকুতি মিনতি করেও মন্দিরের এলাকায় ঢুকতে পায়না। ঊর্মিকে যারা কাছ থেকে দেখেছে সেই নগরবাসী মানুষ গুলো আজ নরবলির আনন্দ নিতে অপরাগ। নিজেদের কাছের মেয়েকে মরতে দেখে তারাও যেন বিমর্ষ। রাজন মন্দিরে আসবেন তার আগে ঊর্মিকে দেখতে আসেন। ঊর্মি ব্যস্ত ছিল বিবাহের দিনের পোশাকে নিজেকে সাজাতে। দাসীরা অবাক! এতটা নিঃস্পৃহ কেন রাজমহিষী! তার কি মৃত্যুর ভয় পর্যন্ত নেই? গর্ভের সন্তানের মৃত্যুর ভয় শোক নেই?

রাজন আসতে দাসীরা প্রস্থান করলো।

রাজন এসে নিজের রাজমহিষীকে বিবাহের বেশে দেখে মুগ্ধ হলেন। রাজন ঊর্মিকে নিজের জংঘায় বসিয়ে বললেন, ভয় পাচ্ছ প্রিয়ে?

ঊর্মি : স্বামীন ভয় কিসের? আপনি আর দেবী যেখানে আমার সহায় তবে ভয় কিসের?

রাজন : আমার বংশজ ঠিক আছে? তার যেন কোন প্রকার ক্ষতি না হয় ঊর্মি। আমার যে একটি সন্তান যোগ। তাকে রক্ষা করতে হবে তোমাকে।

ঊর্মি : এ সন্তান যদি কন্যা সন্তান হয় তবে সে কি আপনার সিংহাসন পাবার অধিকারী হবে?

রাজন : সে আমার বংশজ। সে পুত্র কন্যা ভেদে আমার সন্তান। তাই সিংহাসনে তার সম্পূর্ণ অধিকার।

তুমি তৈরি তো? আমাকে যেতে হবে একদন্তর সঙ্গে ।

ঊর্মি : আপনি আসুন স্বামীন। আদিপরাসর শক্তির কৃপায় আজ শেষ হবে অভিশাপ। শেষ হবে কুটিল একদন্তর খেলা।

রাজন এগিয়ে যান মন্দিরের দিকে। রাজনকে রাজতিলক করে একদন্ত।

রাজন আজ বিন্দু মাত্র সুরা পান করেননি কিন্তু এখানে এসে পৌঁছাবার আগে সব প্রথা অনুযায়ী দেখাতে মুখে ও শরীরে সুরা মিশ্রিত করে নেন। চোখে লাল লঙ্কার গুঁড়ো সামান্য ছিটিয়ে নিয়ে চোখ রক্ত বর্ণ করে এসেছেন। একাজ করতে গিয়ে যে অসহ্য যন্ত্রনার সম্মুখীন তিনি হয়েছেন তা ব্যক্ত করা শক্ত। তবুও তিনি দমে যাননি। এত গুলো প্রাণ কেবলমাত্র একদন্তকে অন্ধের মত ভরসা করে যেভাবে এই রাজপরিবারে রাজারা কেড়ে গেছেন। তার প্রায়শ্চিত্ত করতে এই সামান্য লঙ্কার গুঁড়োর জ্বালা দুই চোখে সহ্য করতে খুব বেশি কিছু মনে হয় না রাজন ইন্দ্রাশিসের।

একদন্ত দেখেন রাজন অন্য বারের মতোই লাল পট্টবস্ত্র পরিধিত। শরীরে সুরার গন্ধ ভরপুর। চক্ষুদ্বয় রক্তিম বর্ণ ধারণ করেছে মদিরার প্রভাবে।

একদন্ত আসন্ন বিজয়ের সম্ভাবনা প্রবল দেখে চওড়া হাসি হেসে বলল, আসুন রাজন। আপনারই অপেক্ষা, ব্রহ্মমুহূর্ত আগত। এবার রাজমহিষীকে বলি দানের জন্য আনা হোক তবে।

রাজন গম্ভীর হয়ে বললেন, রাজমহিষীকে বলিপিঠে নিয়ে আসা হোক।

উদ্ভব এদিকে মেয়ের প্রানের আশা ত্যাগ করে শোকে কাতর হয়ে বসে আছে নিজের কুটিরে। কিন্তু মুগ্ধা তো সন্তানের মা। সে হাল ছাড়েনি। সে সন্তানকে বাঁচাবার কাতর আকুতি নিয়ে ভিড়ের মধ্যে এদিক ওদিক করে বলিপিঠ পর্যন্ত পৌঁছেই যায়। রাজনকে একদন্তর সঙ্গে বলিপীঠের কাছে নির্বিকার দাঁড়িয়ে থাকতে দেখে মুগ্ধা চিৎকার করে ওঠে ....

হে রাজন! আমার সন্তানকে ওই রক্তখাকী দেবীকে উৎসর্গ করে পুণ্য পাবে ভাবো? না পাবে না, কখনোই পাবে না। আমার সন্তান

কেড়ে ... আমার সন্তানের গর্ভের সন্তানকে কেড়ে পুণ্য কেন ঘোর পাপ পাবে তুমি রাজা .... মায়ের কান্নার দাম দেবেনা এমন ক্ষমতা কোন দেব দেবতার নেইকো ......

ঊর্মির ভিতরে ভীষণ চাপ সৃষ্টি হচ্ছে। প্রসবের দিন এগিয়ে আসছে। ঊর্মি মনে মনে নানা ধরনের চিন্তায় মগ্ন ছিল। রাজন আর ঊর্মি স্বচক্ষে দেবীকে তো দেখেছেন কিন্তু এই যে নাটক তার যবনিকা পতন যথাযথ হবে তো! না অশুভ শক্তির এই দুইশত বৎসর ধরে নিজের দিকে রাস ধরে রাখার প্রচেষ্টাই সক্ষম হবে? একদন্ত সাধারণ মানুষ সেজে থাকলেও আসলে সে মনুষ্যরূপী পিশাচ। সে সাধারণ কুলপুরোহিত সেজে আছে তবে আসলে সে দেবীর বিরুদ্ধে সর্বদাই। মনুষ্য জীবন দুইশত বৎসরের হতে পারে না কিছুতেই।

মনুষ্য জীবনের শেষ সরলরেখা অনেক আগেই পেরিয়ে এসেছে একদন্ত। এই যে জীবিত একদন্ত সে একজন অমরত্বের লোভী পিশাচ। আজ হয় তার বিনাশ ঘটবে নয় ঊর্মিকে মরতে হবে। ঊর্মি মনে মনে দেবী দ্রাক্ষানীকে স্মরণ করে। চোখের সামনে ভেসে ওঠে জন্মেজয় রূপী কালভৈরব।

"দেবী আপনাকে নিয়ে যাবার আদেশ জারি হয়েছে।"

দাসীর ডাকে সম্বিৎ ফিরে পায় ঊর্মি। ঊর্মি উঠে দাঁড়ায়। তার চোখে কোন ভয় নেই, ক্ষোভ নেই। যেন আর পাঁচটা সাধারণ দিনের মতই ঊর্মি মন্দিরে যাচ্ছে দেবীর চরণ বন্দনা করতে। ঊর্মির আঁচল মাটিতে লুটিয়ে পড়েছে। হসি মুখে ঊর্মি মায়ের মন্দিরের দিকে এগিয়ে যাচ্ছে। দাসীরা হতবাক, তারা না তো কোনদিন এ দৃশ্য দেখেছে, না তো কল্পনা করেছে। তারা ভাবতেই পারেনা

যাকে কিয়োৎকাল পরে মরতে হবে সে এত স্বাভাবিক আচরণ করতেও পারে। নিকষ কালো আকাশ যেন আজ কৃষ্ণবর্ণ কে ঈষৎ ফিকে করে দিয়েছে। গুমোট ভাব কেটে মৃদুমন্দ বাতাস বইছে। একটা সুমিষ্ট গন্ধ আকাশে বাতাসে মিশে একাকার হয়ে গেছে। দাসীরা ঊর্মিকে বন্দি করে আনার সাহস পায়নি। ঊর্মি নিজেই স্বইচ্ছায় হেঁটে এগিয়ে এলো মন্দিরের কাছে। ঊর্মিকে আসতে দেখে উচ্ছাসিত প্রজারা জয় মা দ্রাক্ষানী, জয় রাজন ইন্দ্রাশিস বলে জয়ধ্বনি দিতে লাগল।

একদন্ত চমকে উঠল ঊর্মিকে এইভাবে মন্দির চত্বরে রানীর মত অহং নিয়ে প্রবেশ করতে দেখে। যেন তার কোন ভয়ই নেই আসন্ন যন্ত্রনাদায়ক মৃত্যু নিয়ে। রাজন গিয়ে ঊর্মিকে হাত ধরে নিয়ে এলো বলিপীঠের কাছে। ঊর্মি প্রেম ও বিশ্বাস ভরা দৃষ্টি নিয়ে রাজনের হাত ধরে উঠে এলো বলিপীঠে। ঊর্মির মা মুগ্ধাকে ধরে রেখেছে সৈন্যরা। ঢাকঢোলের শব্দ কিছু সময়ের জন্য বন্ধ হলে মুগ্ধা চিৎকার করে নিজের মেয়েকে ডাকে ....

তুই পালিয়ে যেতে পারলি না বোকা মেয়ে!

মায়ের কথাটা ভাবলি না? পেটেরটার কথা ভাবলি না? উন্মাদিনী হয়ে গেলি তুই ভক্তিতে? কার ভক্তিতে এত মগ্ন হয়ে আছিস? সে রক্তখাকি .... রক্তলোলুপা ....

ঊর্মি দেবীর নিন্দা শুনে কানে হাত দিল। কিন্তু তবুও মুগ্ধার আত্মচিৎকার ঊর্মির কান পর্যন্ত পৌঁছাতে লাগল। ঊর্মির ভিতরে ভিতরে জেগে উঠেছে চৌষট্টি যোগিনী কপালিনী। একদন্ত ইশারা করল মুগ্ধাকে সরিয়ে নিয়ে যেতে। প্রতি বারের মতো এবারও সেই এক আচার পালিত হতে শুরু করে।

কুলপুরোহিত একদন্ত দাসীকে ইশারা করলে সে একটি পুজোর থালা নিয়ে এলো। রাজন তাঁর মহিষীকে বেলপাতার মালা পরিয়ে দিলেন। তারপর নিজের অঙ্গুলি বলির জন্য রাখা বগির ধারালো

অংশে সামান্য কর্তন করে নিজের স্ত্রীকে অন্তিম বারের জন্য রক্ত তিলক করলেন।

এই বিধি পালনের সময় কুলপুরোহিত রাজনকে বলে গেলেন ....

রাজচক্রবর্তি দ্রাক্ষরাজ ইন্দ্রাশিস আপনি যথার্থ এক বীর ও প্রজাহিতকর রাজন। আপনি নিজের স্ত্রীকে বলিদান করে দেবী দ্রাক্ষানীকে তুষ্ট করতে যাচ্ছেন। তন্ত্র মতে যথাবিধি প্রদত্ত একটি নরবলিতে দেবী সহস্র বৎসর তৃপ্তি লাভ করেন, আর তিনটি নরবলিতে লক্ষ বৎসর তৃপ্তি লাভ করেন। মনুষ্য মাংস দ্বারা কামাখ্যা দেবী এবং আমার রূপধারী ভৈরব তিন হাজার বৎসর তৃপ্তি লাভ করেন। যেহেতু বলির মস্তক এবং মাংস দেবতার অত্যন্ত অভীষ্ট, এই হেতু পূজার সময় বলির শির এবং শোণিত দেবীকে দান করিবেন আপনি। বিচক্ষণ সাধক ভোজ্যদ্রব্যের সহিত লোমশূন্য মাংস দান করেন এবং কখন কখন পূজোপকরণের সহিতও মাংস দান করেন। দেবী আদিপরাসর শক্তির পুজোয় রক্তশূন্য মস্তক অমৃত তুল্য পরিগণিত হয়। কুষ্মাণ্ড, ইক্ষুদণ্ড, মদ্য ও আসব ইহারাও বলি এবং কৃষ্ণ ছাগতুল্য তৃপ্তি কারক কিন্তু আপনি রাজচক্রবর্তি ও সৌভাগ্যক্রমে দেবী আপনার কুলদেবী তাই আপনি রাজমহিষীর বলি দান করেন।

অপরদিকে গুরুদেব পকান্ন ভোগ নিবেদন করার পর থেকে এক মনে দেবীর জাপ করে যাচ্ছেন।

চন্ডী স্তব শুরু করেছেন তিনি। কারন আজকে জেগে উঠতে হবে দেবীর ভয়ংকরী রূপ দেবী কালরাত্রি চন্ডিকাকে।

কোবার্নের মতে, চণ্ডীকা হলেন ভয়ংকরী ও ক্রোধন্মত্তা দেবী।

গুরুদেব মন্ত্র আউড়ে যান দেবীকে জাগিয়ে তুলতে ....

যা চণ্ডী মধুকৈটভাদিদৈত্যদলনী যা মাহিষোন্মূলিনীযা ধূম্রেক্ষ-ণচণ্ডমুণ্ডমথনী যা রক্তবীজাশনী।শক্তিঃ শুম্ভনিশুম্ভদৈত্যদলনী যা সিদ্ধিদাত্রী পরাসা দেবী নবকোটীমূর্তিসহিতা মাং পাতু বিশ্বেশ্বরী।।

সিংহস্থা শশিশেখরা মরকতপ্রখ্যা চতুর্ভির্ভুজৈঃশঙ্খং চক্রধনুঃশ-রাংশ্চ দধতী নেত্রৈস্ত্রিভিঃ শোভিতা।আমুক্তাঙ্গদ-হার-কঙ্কণ-রণৎ-কাঞ্চীক্বণন্নূপুরাদুর্গা দুর্গতিহারিণী ভবতু নো রত্নোল্লসৎকুণ্ডলা।।

মন্দিরের গর্ভগৃহের ভূমি আন্দোলিত হতে শুরু করেছে। সেটা ভিতরে উপস্থিত গুরুদেব বুঝতে পারেন। হোমের কাছে বসে থাকা কাপালিক পূজারী কারণবারীতে মত্ত। তাই সে বিশেষ কিছু অনুভব করতে পারে না। সে যজ্ঞ কুণ্ডে গব্য ঘৃত দান করে যায়।

এদিকে আচার পালন করে ঊর্মিকে হাড়িকাঠে নিয়ে যাবার জন্য এগিয়ে আসে নারী সেনা। তারা ঊর্মির হাত পা বাঁধতে এলে ঊর্মি তাদের নিষেধ করে। সে নিজেই গিয়ে মাথা গলিয়ে দেয় স্বর্ণ নির্মিত হাঁড়িকাঠে। সকলে অবাক হয়ে যায় এই দৃশ্য দেখে।

রাজনকে খড়্গ তুলে দিতে এগিয়ে আসেন একদন্ত। রাজন স্মিত হেসে বলেন, আমি প্রথম বার পিতৃত্বের স্বাদ নিতে যাচ্ছিলাম কিন্তু কৌশিকী অমাবস্যা চলে আসায় সন্তানের মুখ দেখার আগেই তাকে আমায় বিসর্জন দিতে হবে। এখন যদি আমি রাজমহিষীকে বলিদান করি তো নিজ হস্তে সন্তানের হত্যা ও করব। আমার আগেও আমার পূর্বজ এই বলি দিয়েছেন কিন্তু তাদের কাছে তখন একটি অন্তত বংশজ ছিল। আমার নেই, এটি আমার প্রথম সন্তান। তাই এই হত্যা করে আমি সন্তানহীন হবার আশঙ্কা পেতে চাইনা। বরং আপনি যে বলিদান করুন। আপনি ও পুণ্য পাবেন।

একদন্ত তাড়াহুড়োর মধ্যে রাজনের চাল বুঝতে পারল না। একদন্ত সম্মতি দিল। সে জানে না তার সামনে কেবল রাজচক্রবর্তি রাজন ইন্দ্রাশিস দাঁড়িয়ে নেই, যে দাঁড়িয়ে আছে সে এক অষ্টসি-দ্ধ সাধক। পূর্ব জন্মের পুণ্য কর্মের ফলে সে যোগিনী কপালিনীর স্বামীন। একদন্ত খড়্গ হাতে তুলে নিল। এমন সময় কোথা থেকে একটা বিশালাকার ঘূর্ণি এসে উপস্থিত হলো। ধুলোর ঝড়ে প্রজারা নিজেদের বাঁচাতে পড়িমরি করে এদিক ওদিক ছুট লাগল। চাড়ালরা,

যারা ঊর্মির বলি যাওয়া দেহ নিয়ে উন্মত্ত নৃত্য করতে অপেক্ষায় ছিল তারা দেখল ভূমি কেঁপেকেঁপে উঠছে। আকাশে একটা আশ্চর্য্য আলো বিচ্ছুরিত হচ্ছে মুহুর্মুহু। একদন্ত ভারী খড়্গটি ঊর্মির মাথার উপর চালাবার চেষ্টা করে কিন্তু একি! খড়্গর কোপ পড়ার পরেও একটু ক্ষতি হয় না ঊর্মির। মৃত্যুর ছায়া ও পড়ে না ঊর্মির উপরে। একদন্ত বাতাসের প্রবল বেগে নিজেকে দাঁড় করিয়ে রাখতে চেষ্টা করে। মন্দির এলাকা নিমেষে জনশূন্য হয়ে পড়ে। কারণ এই প্রচন্ড দুর্যোগ ও ঘূর্ণির মাঝে কোন জীবের পক্ষেই দাঁড়িয়ে থাকা সম্ভব নয়। যাঁরা নিজেদের এই প্রকৃতির তান্ডবের মাঝেও টিকিয়ে রাখতে সক্ষম তারা হলেন সিদ্ধ রাজন ইন্দ্রাশিস, গুরুদেব, ঊর্মি ও পাতক একদন্ত। ঊর্মি হাড়িকাঠ থেকে উঠে দাঁড়ায়। একটা কুহক আলোক ছটা এসে পড়ে ঊর্মির উপরে। একদন্ত দেখে ঊর্মিকে .... ঊর্মির কপালে ফুটে উঠেছে একটা ত্রিনয়ন। স্বদন্ত বেরিয়ে এসেছে সাজানো দন্তের পাশে। সুসজ্জিত কেশরাজি পাল্টে যায় জটাজুটতে। একদন্ত এই রূপ দেখে এখন জানে ইনি আসলে কে। ইনি দেবী দ্রাক্ষানীর চৌষট্টি যোগিনীদের মধ্যে অন্যতমা কপালিনী।

একে বলি দিয়ে রমন করার চিন্তা করেছে একদন্ত। আর মানুষের মননকে নিমেষে পড়ে ফেলার ক্ষমতা যোগিনীর আছে। খড়্গ হাত থেকে পড়ে যায় একদন্তর। রাজনের পাশে সরে গিয়ে আশ্রয় পেতে চায় একদন্ত। কিন্তু এ কী! রাজন নিমেষে অদৃশ্য হয়ে যান। আবার রাজন দৃশ্যমান হন দেবী মন্দিরের কপাটের কাছে। রাজন সাধারণ মানুষ তাঁর পক্ষে এটা কী করে সম্ভব! কপালিনী একটা তীব্র উলু ধ্বনি দেন। কান ফেটে যাবার জোগাড় সেই উলু ধ্বনিতে। একদন্ত পিছাতে থাকে, পরম ব্রহ্ম শক্তির সঙ্গে লড়াই চালিয়ে যাওয়া সম্ভব নয়। কয়েক পা পিছাতেই একদন্ত পান কালভৈরব রুরুকে। রুরু দেবকে একদন্ত একবার দেখে জন্মেজয় রূপে, একবার মহাকাল রুরু রূপে। দক্ষিণ দিকে পালাবার চেষ্টা

করে একদন্ত। কিছুটা যেতেই থমকে যেতে হয় একদন্তকে। কারণ সামনে দাঁড়িয়ে আছে মহাভীমা দেবী দ্রাক্ষানী আবির্ভূতা হয়েছেন কালরাত্রি রূপে। ক্রোধান্বিত দেবী হুঙ্কার ছাড়েন। একদন্ত ভাবতে পারে না এখন বাঁচার কি উপায়। তারপর অতীতের বুদ্ধিকেই কাজে লাগাবার কথা ভেবে নিজের আঙ্গুল কামড়ে ছিঁড়ে ফেলে একদন্ত। আঙ্গুল কেটে ছিটকে পড়ে মাটিতে। যন্ত্রণায় চিৎকার করে ওঠে একদন্ত। তারপর নিজের শরীরে প্রবাহিত রক্ত দেবীর দিকে ছিটকে দিতে চায় একদন্ত। দেবী দ্রাক্ষানীর সামনে এসে দাঁড়িয়ে যায় কপালিনী। একদন্তর হস্ত নিঃসৃত রক্ত নিজের জিহ্বা দ্বারা উদরস্থ করে যোগিনী। তারপর একদন্তকে টেনে নিয়ে গিয়ে ফেলে দেবীর চরণে। একদন্ত মুখ তুলে তাকায় দেবীর দিকে। দেবীর গাত্রবর্ণ গাঢ় মেঘের ন্যায়; তিনি লোলজিহ্বা ও দ্বিভুজা; গলায় পঞ্চাশটি নরমুণ্ডের মালা; কটিতে ক্ষুদ্র কৃষ্ণবস্ত্র; স্কন্ধে নাগযজ্ঞোপবীত; মস্তকে জটা ও অর্ধচন্দ্র; কর্ণে শবদেহরূপী অলংকার; হাস্যযুক্তা, চতুর্দিকে নাগফণা দ্বারা বেষ্টিতা ....

আমাকে ক্ষমা করে দে মা। আমাকে ক্ষমা করে দে। একদন্ত কাতর নিবেদন করে। তার পিশাচ তাকে এই দুর্দিনে ত্যাগ করে গেছে। কারণ, পিশাচের ক্ষমতা নেই এই আদিপরাসর শক্তির সঙ্গে সম্মুখে লড়াই করার।

রাজন : কার কাছে ক্ষমা চাইছেন একদন্ত? কাকে মা বলে সম্বোধন করছেন? একটু আগেও যার পরম বৈষ্ণবী হওয়াকে দুর্বলতা ভেবে তাকে রক্ত দ্বারা সিঞ্চন করে কলুষিত করতে চেয়েছিলেন?

আপনি ভাবতে চাইছিলেন আমি আপনার অধীনে বশীভূত। আমি আপনাকে সেটাই দেখিয়ে এসেছি কিয়োৎকাল পূর্ব অবধি। এই যে নৈঋত কোণে যিনি বিরাজমান ... কালভৈরব রুরু। তিনি আমাকে নিজের জ্যেষ্ঠ ভ্রাতার সম্মান দিয়েছেন। তিনি আমাকে বুকে করে আগলে রেখে অষ্ট সিদ্ধ সাধকে রূপায়িত করতে

চেয়েছেন। আর আমি মূর্খ নর, অহংকারে বশীভূত হয়ে নিজেকে কেবল নৃপতি ভেবে গেছি। নিজে অপমানিত করে কালভৈরবকে বিতাড়িত করেছি। যিনি ব্রহ্মপুত্র আপন শ্বশুরমশাই দক্ষকে ক্ষমা করেননি তার অহং এর জন্য, তিনি আমাকে ক্ষমা করে আবার আমার কাছে ফিরে এসেছেন। আমাকে যে তিনি অগ্রজর সম্মান দিয়েছিলেন। কিন্তু এবার তিনি আমার অনুজ হয়ে ফেরেননি। আমার দম্ভ আমার অনুজ জন্মেজয়কে ছিনিয়ে নিয়েছে, এবার ফিরে এসেছেন আমার সঙ্গে কালভৈরব রুরু। আপনার বিনাশ আজ অবশ্যম্ভাবী।

একদন্ত প্রবল বাধা দিয়ে বললেন, না না কিছুতেই এটা হতে পারে না। দুইশত বৎসর যে শব সাধনা আমি করেছি, তা বিফল হতে পারেনা। আমি এতবড় ভুল কি করে করলাম?

কপালিনীকে আমি চিনতে পারলাম না? ঊর্মিমালা রূপী কপালিনীকে আমি রাজবধূ করে নিয়ে এলাম?

কপালিনী : ঊর্মিমালা একজন সাধারণ নারী। আর তার অন্তরাত্মা কপালিনী। যা কেবল একটি দিনই জাগ্রত হবার ছিল। সেই দিন আজকের দিন। রাজবধূদের বলি দিয়ে রমন করতে চাইতিস মূর্খ? বেশ। দেখ আজ দুইশত রাজ বধূর কঙ্কাল তোর রমনের আকাঙ্খা মেটাতে আসছে।

একথা শেষ হতেই বলিপীঠের মাটি ভেদ করে উঠে আসতে লাগল কঙ্কালের দল। দুইশত কঙ্কালে চারদিক ঘিরে ধরল। যেন চারদিক ফুলে ফুলে সাদা হয়ে গেছে। কালভৈরব ও দেবী দ্রাক্ষানী পাশাপাশি বিরাজ করলেন। রাজন ও কপালিনী ঊর্মি একধারে সরে এলেন। একদন্তকে এখন ঘিরে আছে কঙ্কালেরা। এরা সেই হতভাগ্য নারীরা, যারা একদন্তর শিকার হয়ে এসেছে বছরের পর বছর। মৃত্যুর পরেও যারা রেহাই পায়নি। তাদের স্কন্ধকাটা দেহের সঙ্গে মিলিত হয়েছে নিকৃষ্ট একদন্ত।

কঙ্কালদের হাত এগিয়ে আসে একদন্তর দিকে। একদন্ত পিশাচ সাধনার মন্ত্র উচ্চারণ করেন কিন্তু প্রবল আলোর শক্তির কাছে অন্ধকার হার মেনেছে্ন ততক্ষণে। কঙ্কালরা টানাটানি শুরু করে একদন্তকে নিয়ে। প্রচন্ড গতিতে টানা হ্যাঁচড়া শুরু হয়, কঙ্কালের হাড়ের খটখট শব্দ একদন্তর কানে তালা ধরিয়ে দেয়। তাঁর হাত দুটো ছিন্ন হয়ে মাটিতে পড়ে যায়। যন্ত্রনায় কেঁপে ওঠে একদন্ত। এভাবে এক এক করে তার অঙ্গ ছেদ করে কঙ্কালগুলি। রাজন এখন অষ্ট সিদ্ধি লাভ করেছেন। তিনি স্পষ্ট দেখতে পান কঙ্কালগুলির মনুষ্য জীবনের রূপ। তাদের মধ্যেই আছে ইন্দ্রাশিসের প্রথমা পত্নী ধারা, জন্মদাত্রী মাতা ইন্দুবালা, একাধিক সৎ মাতারা, অন্যান্য পত্নীরা ও বৎসরান্তে বলি যাওয়া হতভাগী কেসী। রক্তে রঞ্জিত একদন্তর পা দুটি এবং হাত দুটি খোয়া গেছে। এবার তাকে তুলে নিয়ে তার গর্দান সোনার তৈরি হাড়িকাঠে ঢুকিয়ে দেয় কঙ্কালগুলি। কালভৈরব এগিয়ে আসেন। প্রচন্ড ক্রোধ নিয়ে তিনি নিজের খড়্গ দ্বারা আঘাত করেন একদন্তর উপরে। একদন্তর মুন্ডটি কর্তন হয়ে মাটিতে পড়ে যায়। কঙ্কালগুলি অদৃশ্য হয়ে যায়। দেবী দ্রাক্ষানী কালরাত্রি রূপ ত্যাগ করে পুনরায় নিজ রূপে ফিরে আসেন। কপালিনী তাকে প্রণাম করে ঊর্মির শরীর থেকে চিরকালের জন্য অস্তমিত হন। রাজন প্রণাম করেন মা দ্রাক্ষানী ও কালভৈরব রুরুকে। তাদের বরাভয় মুদ্রা দ্বারা আশীর্বাদ করে বিলীন হয়ে যান মন্দিরের মূর্তিতে। ধীরে ধীরে ঘূর্ণিঝড়ের তান্ডব কমে আসে। একদন্তর ছিন্নবিচ্ছিন্ন শরীর ও ছিন্ন মুন্ডটি পড়ে আছে চাতালে।

তিনশ পঁয়ষট্টি ছাগ যথা স্থানে দাঁড়িয়ে, এখন তাদের কোন মৃত্যুভয় নেই। পাপের সংহার হয়েছে। চেতনা হারানো ঊর্মিকে রাজন কোলে তুলে নিয়ে রাজমহলে প্রবেশ করেন। এখন তিনি কেবল শক্তির উপাসক বা রাজচক্রবর্তি রাজন নন। তিনি ইন্দ্রাশিস, ঊর্মিমালার স্বামী। আসন্ন সন্তানের পিতা। প্রকৃতি শান্ত হলে

ফিরে আসে সকলে। কিন্তু তারা ফিরে দেখে মন্দিরে পড়ে আছে একদন্তর ভয়াবহ শব। মন্দিরে দেবী দ্রাক্ষানীর মূর্তি স্বমহিমায় বিরাজিতা, পাশে কালো পাথরের তৈরি কালভৈরব। কেউ কিছুই বুঝে উঠতে পারে না। রাজ সৈন্যরা ভিতরে প্রবেশ করে দেখে রাজন ও রাজমহিষী সুস্থ আছেন। গুরুদেবও ধ্যানস্থ অবস্থায় বিরাজ করছেন নিজের কুটিরে। সকলের অনুমান দেবী এবার কুলপুরোহিতের বলি গ্রহণ করেছেন হয়ত নিজেই। মুগ্ধা বুঝতে পারে এখন কেন তার ঊর্মি এভাবে নির্বিকার ভাবে বলিপীঠে দাঁড়িয়ে ছিল।

পরের দিন রাজন ঘোষণা করেন দেবী দ্রাক্ষানী পরম বৈষ্ণবী তাই এখন থেকে সমস্ত বলি বন্ধ করা হলো। কেবল ফলমূল, মিষ্টান্ন ও পকান্ন ভোগে দেবীর মহাপূজা সংঘটিত হবে।

অমাবস্যার পর অষ্টমঙ্গলার দিন এবারও নতুন সদস্য এসেছে রাজপরিবারে। তবে এবার কোনও নতুন রাজমহিষী নন, এবার এসেছে এই দ্রাক্ষা সাম্রাজ্যের রাজকুমার। রাজন ইন্দ্রাশিস তার নাম রাখলেন রুরুদেব।